痛 N1 日檢文法總整理

文法學習本

作者✿山田光子
監修✿遠藤由美子

無痛學 N1 文法
搭配練習冊，循序漸進快樂學習！

本書の目的

本書は日本語能力試験 N1 に出題される文法をマスターすることを目的としています。N1 合格を目指す方、仕事などの目的で N1 レベルの文法を身につけたい方、日本語の知識として N1 文法を勉強しておきたいという方など、様々な目的・目標を持った方々に、独習用の教材として利用していただけます。特に、日本語能力試験を受験される方々には、単に文法書としてではなく、聴解や読解の問題を解く上で必要となる「日本語能力の基礎を確認する参考書」としてとらえていただき、合格のカギとしてご活用いただければと思います。9 週間で本書をしっかりとマスターし、ぜひ N1 の確実な合格へとつなげてください。

本書の特徴

❖ 中国語でサポート

各機能語には、簡潔な説明と例文を挙げました。もちろん、日本語のみで十分にお分かりいただけると思いますが、より理解を深める目的で、各機能語の意味に加えて一つ目の例文には中国語の解説をつけてあります。特に独学で本書を利用なさる方はぜひご活用ください。

❖ 1日3～5の機能語、9週間の計画学習

本書ではN1文法を1日に3～5つずつわかりやすく配列しました。1週間5日、全9週間で終了できるように構成し、類似した表現と比べながら、効率よく進めていただけます。また、自分で確認しながら学べるように、目次には「学習記録」を設けました。

❖ N1文法だけでなくほかの重要表現も掲載

N1の文法だけではなく、使用度や出題度の高い機能語もピックアップ。第1週～6週ではN1文法、7週～9週はそれ以外の機能語や敬語表現を取り上げました。それらをマスターすることで、試験対策としてだけではなく、より確実に幅広くN1レベルの実力をつけることができます。

❖ 文字・語彙も確認しながら文法集中

本書に出てくる例文や確認問題の文、すべてふりがなをつけました。そのため、文字・語彙の確認に時間を取られることなく、文法に集中してスムーズに勉強が進められます。（ただし、できる限りふりがなに頼らず読めるようにしましょう）

❖ 勉強したら問題で確認

1日の勉強が終わったら、その後に確認テストがあります。実際に理解できたかどうかをチェックしながら進めてください。間違え閉まった項目については、マスターするまで何度でも確認しましょう。

目錄

第 1 週

學習記錄

第2週

學習記錄

第3週

學習記錄

第4週

學習記錄

第5週

學習記錄

第6週

學習記錄

第7週

學習記錄

1日目……176　　月　日　／12點

2日目……180　　月　日　／12點

3日目……184　　月　日　／12點

4日目……190　　月　日　／12點

5日目……196　　月　日　／12點

第8週

學習記錄

第9週

學習記錄

本書の構成と使い方

❖ 全体の構成と使い方

1日3～5つの機能語を学んで、5日で約20の機能語を身につけます。1～6週は主にN1文法を機能ごとに、7～9週は以外の重要表現および敬語を五十音順に確認していきます。

每天學習3～5個功能詞，五天就能學會20個左右的功能詞。第一週到第六週學習N1 語法中的各種功能詞，從第七週到第九週掌握按五十音度排列的其他重要表現及敬語。

Step1 各機能語の解説や例文を読んで、意味や接続、使い方を理解します。

學習掌握各功能詞的解說和例句，瞭解其意思、連接方式以及使用方法。

Step2 勉強した機能語に関する確認テストにチャレンジします。問題は8問、または12問です。8問の場合は7問以上、12問の場合は10問以上の正解を目指しましょう。間違えた場合は、その機能語についてもう一度確認しておいてください。また、確認テストの結果は目次の「学習記録」に記入し、理解度の把握に役立ててください。

學完後，通過測試瞭解學習的情況吧！試題有8道或12道題。8道題的試題要答對7道題以上；12道的要答對10道題以上才能達到目標。若有錯誤，請再重新確認一下句型。此外，請把測試後的結果填寫在目錄的「學習記錄」上，這樣會對理解度的把握有幫助。

❖ 解説ページの構成

意味 機能語の意味や特徴が書いてあります。いくつの意味がある場合は、(1)・(2) という形で分類してあります。

對功能詞的意思及特徵加以說明。若有多種意思時，以 A、B 的形式分別說明。

接続 機能語がどの品詞のどんな形に接続するかがわかります。日本語能力試験では、接続の仕方を問う問題も出題されますので、意味とともにしっかりチェックしておきましょう。

可瞭解功能詞與什麼樣的詞性連接。在日語能力考試中，會出關於連接方式的問題，因此與意思一起好好地掌握吧！

POINT 意味のところで説明し切れなかったこと、特に注意してほしいことを簡潔に示しました。

這裡主要是對意思欄的補充說明，以及對需特別注意的地方作以簡潔說明。

PLUS 説明した内容に補足したいものを最後に上げてあります。

對說明的內容加以最後的補充。

品詞や活用の表し方

	本書の表記		例
動詞（V）	V　辞書形	動詞の辞書形	書く
	V　ます形	動詞のます形	書き
	V　て形	動詞のて形	書いて
	V　た形	動詞のた形	書いた
	V　ない形	動詞のない形 （「ない」は含まない）	書か （「書かない」ではなく「書か」）
	V　ている形	動詞のている形	書いている
	V　ば形	動詞のば形	書けば
	V　意向形	動詞の意向形	書こう
	V　普通形	動詞の普通形	書く　書かない　書いた 書かなかった
い形容詞（イA）	イA	い形容詞の語幹	大き
	イAい	い形容詞の辞書形	大きい
	イAく	「い形容詞の語幹＋く」	大きく
	イA　普通形	い形容詞の普通形	大きい　大きくない 大きかった　大きくなかった
な形容詞（ナA）	ナA	な形容詞の語幹	便利
	ナAである	「な形容詞の語幹 ＋である」	便利である
	ナA　普通形	な形容詞の普通形	便利だ　便利じゃない 便利だった　便利じゃなかった
	ナA　名詞修飾型	な形容詞が名詞につく形	便利な　便利じゃない　便利だった 便利じゃなかった
名詞（N）	N	名詞	雨
	Nの	「名詞＋の」	雨の
	N（であり）	「名詞」または「名詞＋であり」のどちらでも良い	雨（雨であり）
	N　普通形	名詞の普通形	雨だ　雨じゃない　雨だった 雨じゃなかった
	N　名詞修飾型	名詞につく形	雨の　雨じゃない　雨だった 雨じゃなかった

～が早いか／～そばから／～なり／～や否や

「すぐあとで」がポイント。接続に注意！

01

～が早いか

意味　～とすぐ

「Aが早いかB」で、Aのすぐ後に続けてBという動作をする、あるいはAの瞬間にBが起こるという意味。

……之後馬上。用「Aが早いかB」的形式，表示A動作之後馬上做B動作，或者A動作的瞬間同時發生B動作。

接続　V　辞書形・た形　＋　が早いか

例

1. 先生が教室のドアを開けるが早いか、学生たちが「ハッピーバースデー」を歌い始めた。
   老師剛一打開教室的門，學生們就唱起了「生日快樂」的歌。

2. 時計が10時を告げるが早いか、いっせいに問い合わせの電話が鳴りだした。
   鐘一報時10點，詢問電話便同時一起響起。

3. 司会者が問題を言ったが早いか、解答者は笑顔でガッツポーズをした。
   司儀才一說出題目，答題者隨即滿臉笑容做出勝利手勢。

POINT　**「Aが早いかB」中的B不會出現命令或是意向句（表示說話者的意志、決心、願望等的句子）。**

✕「うちに帰るが早いか、宿題しなさい」

＊ いっせいに……みんながいっしょに、同時に

～そばから

意味　～しても、またすぐに

「AそばからB」で、何度Aをしても、また次々と同じ動作や現象Bが起こるという意味。。話し手の「もういい、もういやだ」という気持ちを表す。

儘管……還是（馬上）……。用「AそばからB」的形式，表示儘管做了幾次A，仍然接二連三地發生同樣的動作或現象B。表示說話人的「夠了、已經厭倦了」的心情。

接続　V　辞書形・た形　＋　そばから

1. 滑らないように雪かきをするそばから、どんどん雪が積もっていく。

   為了防止打滑，儘管除了幾次雪，但雪還是不斷地積了起來。

2. 子どもというものは、親が掃除したそばからおもちゃをちらかすものだ。

   所謂的小孩子就是父母親剛打掃好，就又亂丟玩具的。

3. 重要な文法なのに、勉強したそばから忘れていく。

   明明是重要的文法，剛學起來就又忘了。

POINT　**不會用在單次事物上。**

✕ 昨日買った新しい傘は、差したそばから壊れた。

～なり

意味 **～とすぐに**

「AなりB」で、Aのすぐ後に次の動作Bをすることを表す。Bは意外なこと、普通ではないような結果が多い。実際はともかく、話し手が「AとBの時間が短い」と感じたら使える。

……就馬上……。用「AなりB」的形式，表示A動作之後馬上做B動作。B是意外的，平時不怎麼發生這種情況。不管實際情況如何，說話的人覺得「A和B的時間間隔很短」的時候使用。

接続 **V　辞書形　＋　なり**

例

1. 迷子になっていた子どもは、母親の顔を見るなりわっと泣き出した。
迷路的小孩，一看到媽媽的臉就馬上「哇！」地哭起來了。

2. 父は僕の部屋に入ってくるなり、大声で怒鳴り始めた。
爸爸一進到我房間便破口大罵。

3. そのニュースを聞くなり、姉はショックでその場に倒れてしまった。
一聽到那件消息，姐姐便震驚得當場昏過去了。

POINT **「AなりB」中的B不會出現命令句或是意向句。**

✕「駅に着くなり、私に連絡を入れてください。」

＊ 怒鳴る……何か、誰かに対して大声で怒る。

～や否や／～や

意味 **～とすぐに、～と同時に**

「Aや否やB」で、Aに続いてすぐに次の動作Bをする、または続けてBが起こることを表す。

……就馬上，……同時。用「Aや否やB」的形式，表示A動作之後馬上做下面的動作B，或者繼續發生B動作。

接続 **V 辞書形 ＋ や否や／や**

例

1. 母の足音が聞こえるや否や、愛犬のチロは玄関までダッシュした。
   一聽見媽媽的腳步聲，愛犬「奇洛」馬上就跑到門口去了。

2. 電車のドアが開くや否や、どっと乗客が降りてきた。
   電車門一打開，乘客便一擁而出。

3. 犯人は警官の姿を見るや、駅と反対方向に逃げて行った。
   犯人一看到警官便往車站反方向逃去。

POINT **對A產生反應，而發生B。「～や」是「～や否や」的省略形。**

確認テスト

問題1　正しいものに○をつけなさい。

1 焼き肉を食べに行っても、私が焼いた（a. なり b. そばから）子どもたちが食べてしまう。

2 別れの手紙を読み終えた（a. や否や　b. が早いか）、彼は部屋を飛び出して行った。

3 その客は店に入ってくる（a. なり b. そばから）「ラーメン、大盛りで」と店員に告げた。

4 人気アイドルの写真集が（a. 発売された　b. 発売される）や、売り切れの書店が続出した。

5 新聞の見出しを（a. 見る b. 見ている）なり、彼は大声をあげた。

＊ 大盛り……通常よりも多く器に入れたごはん、麺など

問題2　（　　　）に入る適当な表現を□から選びなさい。
※同じ表現は一度しか使えません。

や否や	そばから	が早いか

1 ずっと電話を待っていた姉は、呼び出し音が鳴った（　　　　　　）受話器を取った。

2 野球の試合が終わる（　　　　　　）、観光客は出口に殺到した。

3 語学に挑戦しても、習う（　　　　　　）忘れていく。

問題3　（　　　）に入る最も適当なものを一つ選びなさい。

1 飼い主が名前を呼ぶが早いか、（　　　　　）。

a. 犬が走っている

b. 犬が走り出した

c. 犬はうれしそうだ

2 秋は庭をはくそばから（　　　　　）。

a. 木の葉が多い

b. 木の葉は邪魔だ

c. 木の葉が落ちてくる

3 彼女はデパートでそのバッグを見るなり、（　　　　　）。

a. 喜びのあまり飛び上がった

b. とても似合った

c. とてもうれしかった

4 テストが終わるや否や、（　　　　　）。

a. 学生たちは答えが知りたい

b. 学生たちは疲れている

c. 学生たちは正解を確かめた

（第9週5日目の解答）

問題1　**1** b　**2** a　**3** b　**4** b　**5** a

問題2　**1** 申し上げます　**2** 願います　**3** いたします

～かたがた / ～かたわら / ～がてら

その時、同時に何をする？

02

～かたがた

意味　～もかねて

「AかたがたB」で、AとB二つの目的で何かをするという意味。AとBは同程度。Bには「訪問する」「行く」など移動詞が多い。

兼帶……。用「AかたがたB」的形式，表示抱著A和B兩個目的做事。A和B的程度相同。B多用「訪問」、「去」等等移動動詞。

接続　N　＋　かたがた

1. 「先日のお礼かたがた、そちらに伺いたいのですが。」
   「對前幾天的事情還禮，同時還想順便拜訪一下。」
2. 結婚のご報告かたがた、上司のお宅を訪問した。
   報告婚事，兼拜訪了上司府上。
3. 恩師のお見舞いかたがた、上京することにした。
   決定探望恩師的同時，兼去東京。

POINT　**是拘謹的表現，在問候語中經常使用。**

~かたわら

意味　**一方で、ほかにも**

「AかたわらB」で、主なことAの他に、Bも並行して行っていることを表す。

另外、還有。用「AかたわらB」的形式，表示主要事情A之外，B也同時進行。

接続　{V 辞書形 / N} ＋ かたわら

例

1. 私の友人は学生のかたわら、イラストレーターとしても活躍している。
   我的朋友是學生，同時還是活躍的插畫家。
2. 彼女は会社員として働くかたわら、夜は専門学校に通っている。
   她以公司員工的身分工作，同時晚上還邊唸夜校。
3. 彼は日本語学校で日本語を学ぶかたわら、ボランティアとして通訳をしている。
   她在日本語學校學日文，同時還在當義工幫忙口譯。

POINT　**以工作來說，指的是非短暫性的，而是長時間持續的。**

～がてら

意味　**～のついでに**

「AがてらB」で、Aをする時に他のことBもするということ。Aが主目的。Bには「行く」「歩く」など移動詞が多い。

順便……。用「AがてらB」的形式，表示做A事情的時候，也做了其他事情B。A是主要目的。B多用「去」、「走」等移動動詞。

接続　**{V ます形 / N} ＋ がてら**

❶ あまりに暑くて、夕涼みがてら公園を散歩した。
太熱了，當作傍晚的乘涼順便到公園散步了。

❷ 天気がいいので、運動がてら隣の駅まで歩いてみた。
由於天氣不錯，當作運動順便走路到下個車站。

❸ 散歩がてらスーパーまで買い物に行った。
當作散步，順便去超市買東西。

確認テスト

問題1　正しいほうに○をつけなさい。

1 明日は暇なので、散歩し（a. がてら b. かたがた）友達の家に遊びに行くつもりだ。

2 友人は昼間、派遣社員として働く（a. かたわら b. かたがた）、大学の夜間部に通っている。

3 姉は長年、茶道を学ぶ（a. かたがた b. かたわら）、茶道体験教室を開いている。

4 留学中の息子の様子を見（a. かたがた b. がてら）、アメリカ旅行に行く。

5 「ごあいさつ（a. かたわら b. かたがた）、伺ってもよろしいでしょうか。」

問題2　（　　）に入る適当な表現を□から選びなさい。
※同じ表現は一度しか使えません。

がてら　　かたがた　　かたわら

1 彼女は女優の（　　　　　　　　）、幅広く平和活動を行っている。

2 いつか旅行（　　　　　　　　）、母の生まれ故郷を訪れたい。

3 おわび（　　　　　　　　）、部長といっしょに取引先に出向いた。

29ページで答えを確認！

（第1週1日目の解答）

問題1　**1** b　**2** b　**3** a　**4** b　**5** a
問題2　**1** が早いか　**2** や否や　**3** そばから
問題3　**1** b　**2** c　**3** a　**4** c

~ところを / ~にあって / ~に至る

ふつうではない状態に、どんなことか？

03

~ところを

意味　**~ときに、~状況に**

通常ではなく「こういうとき / こういう状況なのに」と言いたい時の表現。

……的時候，……情況下。不是一般的情況，而是想表達「在這個時候、這種情況下」的表達方式。

接続

V イA ナA N	名詞修飾型	＋　ところを

例

1. 本来なら私から連絡すべきところを、先生からメールをいただいた。按理來說是我應該聯繫的，可是老師先發來了電子郵件。
2. 平日で忙しいところを、講演会にたくさんの人が集まってくれた。平日都很忙碌的時候，竟然有這麼多人來聽演講。
3. 「お休みのところを、お越しくださり恐縮でございます。」「承蒙您在休假時撥冗前來，真是誠惶誠恐。」
4. 「お足もとの悪いところを、ご出席くださりありがとうございました。「您步行不便還承蒙出席，真是萬分感謝。」

POINT　**常以「お疲れのところを」、「お忙しいところを」等慣用表現方式使用。**

＊ 恐縮……他人にお世話になったり迷惑をかけた時に、身が縮んでしまうほど「申し訳ない」と思う様子

～にあって

意味 **～で、～に**

「Aにあって B」で、時間、場所、状況などを強調。「このような特別な中で」という意味。

在……。用「Aにあって B」的形式，強調時間、場所、狀況等。是「在這個特殊時候」的意思。

接続 **N ＋ にあって**

1. このような不況にあって、A社も厳しい経営状態が続いている。

   在這麼不景氣的情況下，A 公司的經營也一直處於嚴峻的狀態。

2. 震災後の厳しい状況にあって、人々が助け合っていることが救いだ。

   處於震災後的嚴峻狀況下，人們相互幫助本身就是一種拯救。

3. その作家は便利な時代にあっても、パソコンを一切使わないそうだ。

   聽說那位作家，即使在這如此方便的時代裡，依然堅決不用電腦。

～に至る / ～に至るまで / ～に至って / ～に至っては / ～に至っても

意味 **～になる、～になるまで、～になって、～になっても**

結果、範囲を示す。話し手の「こんなところまで」という驚きや呆れる気持ちを示すことが多い。

到……，到……程度，到了……，即使到了……。表示結果、範圍。多用來表示說話的人「……都達到那種程度了」的驚訝或吃驚的心情。

接続 **{V 辞書形 / N} ＋ ～に至る / ～に至るまで / ～に至って / ～に至っては / ～に至っても**

例

1. 不景気が長く続き、会社が倒産するに至った。
   由於長期蕭條，公司到了倒閉的程度。

2. 「当社は出会いから結婚式に至るまで、すべてをプロデュースいたします。」
   「敝公司從安排見面到婚禮全部都有企劃。」

3. 自殺者が出るに至って、ようやく警察は事件の解明に乗り出した。直到有人自殺，警察才終於出面追查事件。

4. 市民の 80％以上が反対するに至っても、その地域開発は中止されなかった。
   即使 80%的市民反對，該地區的開發案依然沒有叫停。

拘謹表現

＊ 解明……わからないこと、不明な点を調べて、はっきりさせること

確認テスト

問題1　正しいほうに○をつけなさい。

1 徹夜で（a. 疲れる b. 疲れている）ところを、友達に遊びに来られた。

2 二人はケンカは多かったが、離婚に（a. 至る b. 至って）とは思わなかった。

3 父は体調不良（a. ところを b. のところを）、わざわざ会いに来てくれた。

4 格差社会（a. のところを b. にあって）、若者の貧困層が増えている。

5 関係が悪化していた両国は、ついに戦争を（a. 始めた b. 始める）に至った。

＊ 格差社会……収入などの違いにより、同じ社会の中に大きな差ができた状態

問題2　（　　）に入る適当な表現を□から選びなさい。

※同じ表現は一度しか使えません。

に至って	ところを	にあって

1 両親は経済的に厳しい（　　　　　）、仕送りを続けてくれている。

2 独裁国家（　　　　　）、彼は人権問題を主張した。

3 同僚に目撃される（　　　　　）、ついに彼は恋人の存在を認めた。

＊ 仕送り……生活、勉強などに必要なお金を、離れて暮らす人に送ること。またそのお金

（第1週2日目の解答）

問題1　**1** a　**2** a　**3** b　**4** b　**5** b

問題2　**1** かたわら　**2** がてら　**3** かたがた

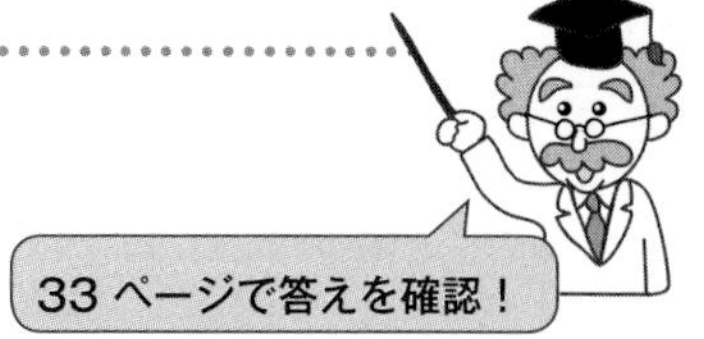

～てからというもの／～を皮切りに／～を機に

「それ」から何かが変わったり、始まったり！

～てからというもの

意味 **～てからずっと**

「Aてからというもの B」で、Aをきっかけに変化があり、その後はずっとBという状態が続いているという意味。

……之後一直。用「Aてからというもの B」的形式，表示以A為契機發生了變化，之後一直繼續保持B的狀態。

接続 **V　て形　＋　からというもの**

例

1 愛犬を亡くしてからというもの、娘は毎日夜になると泣いている。

愛犬死了之後，女兒每天一到晚上就哭。

2 友達と一緒に住み始めてからというもの、毎日が楽しくてしかたがない。

自從和朋友一起住以來，每天都快樂得不得了。

3 タバコをやめてからというもの、食べ物がとてもおいしく感じられる。

自從戒菸以來，就感到食物格外好吃。

4 ダイエットを始めてからというもの、甘い物は食べないようにしている。

自從減肥以來，我就儘量不碰甜食。

POINT **只用在持續性的事物。**

×彼女に会ってからというもの、一度食事に行った。

～を皮切りに／～を皮切りにして／～を皮切りとして

意味　**～をはじめとして**

「Aを皮切りにB」で、AをスタートとしてBが続くこと。AがBの一番初め。

以……為首。用「Aを皮切りにB」的形式，表示以A為起點繼續進行B。A是B的開始。

接続

{ V　辞書形・た形　＋　の / N } ＋ を皮切りに／を皮切りにして／を皮切りとして

例

1. その新人作家は、芥川賞を皮切りに新人文学賞をさらっていった。
   那位新人作家，在獲得芥川獎之後，又不斷地獲得了各種新人文學獎。
2. 東京公演を皮切りに、全国10都市でその人気バンドのコンサートが開かれる。
   東京公演之後，該人氣樂團便開始在全國10個都市辦演唱會。
3. その女優は中国ドラマへの出演を皮切りに、アジアに進出した。
   該名女演員演出中國電視劇後，便開始進軍亞洲。
4. ある事件を皮切りに、次々と不思議な事件が起こった。
   某起事件發生後，不可思議的事件便接二連三地發生。

＊ 芥川賞……芥川龍之介の業績を記念してつくられた、純文学の新人を対象とする文学賞

～を機に

意味　**～をきっかけにして**

「Aを機にB」で、Aがきっかけで何かが変わったり始まったりしてBになることを表す。

以……為契機。用「Aを機にB」的形式，表示以A為契機發生了什麼變化，或開始了什麼事情之後變成了B。

接続　**N　＋　を機に**

1. 災害を機に、多くの人が危機管理に関心を持つようになった。
   以災害為契機，許多人開始關心危機管理了。

2. 母の入院を機に、会社を辞めて実家に帰ることにした。
   因為這次母親住院的契機，我決定要辭掉工作回去老家。

3. イギリス留学を機に、異文化コミュニケーションへの興味が高まった。
   因為留學英國的契機，我對異國文化交流的興趣愈來愈濃。

4. 犯人逮捕を機に、事件の背景が明らかになった。
   藉由逮捕犯人的契機，事件的背景愈趨明朗。

POINT　**A非日常性的事物，而是特殊事件。**

＊ 実家……自分が生まれた家。結婚して家をはなれた人が、その家をさして言うことが多い

確認テスト

問題1　正しいほうに○をつけなさい。

1　留学（a. を機に b. してからというもの）、自国の文化を研究した。

2　彼女に（a. 出会って b. 出会った）からというもの、人生がキラキラ輝いている。

3　大阪（a. を皮切りに b. を機に）、全国でチャリティーイベントが開かれる。

4　海外進出（a. を機に b. を皮切りに）、社名を変えた。

5　泥棒に入られ（a. てからというもの b. たのを機に）、ずっと不安な日々を送っている。

＊ チャリティー……福祉に役立てる目的でイベントなどを行うこと

問題2　（　　　）に入る適当な表現を□から選びなさい。
※同じ表現は一度しか使えません。

を皮切りに	を機に	てからというもの

1　健康診断での再検査（　　　　　　　　　）、きっぱりお酒をやめた。

2　料理教室に通い始め（　　　　　　　　　）、毎日自炊をしている。

3　神戸での出店（　　　　　　　　　）、そのケーキ屋は全国にチェーン展開している。

＊ 自炊……自分の食事を自分で作ること　⇔外食

（第1週3日目の解答）

問題1　1 b　2 a　3 b　4 b　5 b

問題2　1 ところを　2 にあって　3 に至って

37ページで答えを確認！

第1週
5日目

～が最後／～を限りに／～をもって

「それ」で何かが終わる！

05

～が最後

意味　**もし～をしてしまったら**

「Aが最後B」で、AをしてしまったらBという大変な結果になる、すべてが終わってしまうという意味。過去ではなく、「大変なことになるから注意した方がいい」という文末が多い。

如果……做了的話。以「Aが最後B」的形式，表示如果做了A的話就會發生嚴重的結果B，一切就完了。不是用來表示過去的事情，而是擁有「因為會發生嚴重的後果所以還是注意為好」的結尾意義。

接続　**V　た形　＋　が最後**

1. ワンマンな社長に反論したが最後、クビになりかねないから気をつけたほうがいい。
   如果對獨裁社長進行反駁的話，會被炒魷魚的，所以還是小心為好。

2. 彼女に秘密を話したが最後、翌日にはみんなに知られてしまうだろう。
   如果跟她講這秘密的話，隔天就會被大家知道吧！

3. お酒好きな部長は一口飲んだが最後、朝まで飲まないと気が済まない。
   愛喝酒的經理只要喝上一口，不喝到早上是不會罷休的。

4. 赤ちゃんは泣きだしたが最後、なかなか泣き止まない。
   嬰兒開始哭便停不下來。

～を限りに

意味　～を最後に

「Aを限りにB」で、今までずっと続いていたことがAで終わる、またはAの時点でBをすることを表す。

以此為限……就不再……。用「Aを限りにB」的形式，表示持續到今的事情在A結束，或者在A點開始做B。

接続　N　＋　を限りに

1. 私の好きな野球選手が、健康状態を理由に今季を限りに引退するらしい。
   我喜歡的棒球選手，好像以健康狀況為由，打到本球季就要引退了。
2. 長く愛されたこの映画館も、今日を限りに閉館となった。
   這家長久以來一直受到喜愛的電影院，在今天也要吹熄燈號了。
3. 今月を限りに、当サービスは終了させていただくことになりました。本服務將在本月底前喊停。

意味　～を十分に、限界まで使って

「Aを限りにB」で、Aを惜しみなく使いきってBをする。

充分……，用到極限。用「Aを限りにB」的形式，表示A用到極限後做B。

接続　N　＋　を限りに

1. 決勝戦では、みんな声を限りに応援した。
   在決賽的時候，大家放聲加油。

PLUS　**「力の限り」是慣用表現**

どんなことがあっても、力の限り最後までやり抜きたい。
不管發生什麼事，我也必定竭盡全力做到最後。

～をもって

意味 **～で、～を使(つか)って、～によって**

「Aをもって B」で、B をする時(とき)の方法(ほうほう)や手段(しゅだん)Aを表現(ひょうげん)。

以……，用……，根據……。用「Aをもって B」的形式，表示做 B 時所用的方法或手段 A。

接続 **N ＋ をもって**

1. 選手(せんしゅ)たちは団結力(だんけつりょく)をもって、優勝(ゆうしょう)を勝(か)ち取(と)った。
選手們團結一致，獲得了冠軍。

2. 彼(かれ)はリーダーシップをもって、会社(かいしゃ)を成功(せいこう)させた。
他以其領導能力，讓公司成功（發展）。

3. 「結果(けっか)は商品(しょうひん)の発送(はっそう)をもって代(か)えさせていただきます。」
「結果將以寄送商品方式通知。」

意味 **～で**

それを区切(くぎ)りに何(なに)かが終(お)わったり、始(はじ)まったりする。あいさつなどに使(つか)われる表現(ひょうげん)。

以……。以此為界限結束或開始一件事情。用在問候語等的表現。

接続 **N ＋ をもって**

1. 今回(こんかい)の契約(けいやく)をもって、A社(しゃ)は正式(せいしき)に日露(にちろ)合弁会社(ごうべんがいしゃ)となった。
以此次合約為開端，A 公司就正式成了日俄合資公司。

2. 「節電(せつでん)のため、しばらくは7時(じ)をもって閉店(へいてん)とさせていただきます。」「為了省電，本店暫時於 7 點打烊。」

3. 「本日(ほんじつ)のパーティーは、これをもちましてお開(ひら)きとさせていただきます。」　「今天的派對在此結束。」

POINT　**「～をもちまして」是客氣的用法。**

確認テスト

問題1 正しいほうに○をつけなさい。

1 「深夜0時（a. をもって b. が最後）、応募を締め切らせていただきます。」

2 部長はマイクを（a. 握る b. 握った）が最後、1時間も一人で歌い続ける。

3 真心を（a. もって b. もった）、お客様にサービスをする。

4 「では、以上（a. を限りに b. をもって）、閉会いたします。」

5 どんなに大変でも、（a. 力を b. 力の）かぎり頑張ろう。

問題2 （　　）に入る適当な表現を□から選びなさい。

※同じ表現は一度しか使えません。

を限りに	をもって	が最後

1 彼女はまれな歌唱力と美貌（　　　　　　　）、スターになった。

2 一度言い出した（　　　　　　　）、父は自分の意見を曲げない。

3 先月の記者会見（　　　　　　　）、彼女はマスコミの前から姿を消した。

43ページで答えを確認！

（第1週4日目の解答）

問題1　1 a　2 a　3 a　4 a　5 a

問題2　1 を機に　2 てからというもの　3 を皮切りに

~きらいがある / ~ずくめ / ~まみれ / ~めく

そういう様子だ、そういう傾向がある！

06

~きらいがある

意味 **自然に~になりやすい、~という傾向や性格がある**

外見的なことではなく、ものの本質。話し手の悲観的な気持ちを表す。

自然而然容易……，有……傾向。不是表面而是本質上的問題。表示說話人的悲觀情緒。

接続 **{V 辞書形 / Nの} + きらいがある**

1. あの人は何でもオーバーに話すきらいがある。
   那個人有點愛將什麼都誇大來說的毛病。

2. 人は年をとると、他人の言葉に耳を傾けなくなるきらいがある。
   人一旦上年紀，就有聽不進別人說話的毛病。

3. 車を利用している人は、運動不足のきらいがある。
   （出入靠）開車的人都有運動不足的毛病。

POINT　**表示壞處多。是拘謹的表現。**

～ずくめ

意味 **～ばかりだ**

ほとんど～の状態(じょうたい)だ。それが続(つづ)いて起(お)こる。

一直……。幾乎……的狀態。一件事情不斷地發生。

接続 **N ＋ ずくめ**

例

1. 懸賞(けんしょう)で海外旅行(かいがいりょこう)も当(あ)たり、恋人(こいびと)もできて、最近(さいきん)いいことずくめだ。

   抽獎中了海外旅行，而且又有了戀人，最近盡是好事。

2. 以前(いぜん)、若者(わかもの)の間(あいだ)で全身黒(ぜんしんくろ)ずくめのファッションが人気(にんき)を呼(よ)んだ。

   以前，整身黑的流行時尚在年輕人之間擁有高人氣。

3. この一週間(いっしゅうかん)、レストランでの会食(かいしょく)が続(つづ)き、ごちそうずくめだ。

   這個禮拜都在餐廳聚餐，盡是美食。

POINT **像「いいことずくめ」、「異例(いれい)ずくめ」、「ごちそうずくめ」等等以慣用表現添加在句子中的表現很多。**

～まみれ

意味 **～がいっぱい**

全体に～がついている様子。汚れやよくないもの、不快感を与えるものが多い。

全是……；全身都沾滿了……的樣子。多數是髒東西、不好的東西或引起人不愉快的東西。

接続 **N ＋ まみれ**

1. 映画の中の戦争シーンで、主人公が血まみれになって倒れた。
   電影的戰爭場面中，主人公滿身鮮血地倒下去了。

2. 子どもは外で泥まみれになって遊んだ方がいい。
   小孩子最好在外頭玩得整身泥巴。

3. エアコンが故障して、オフィスではみんな汗まみれになっていた。
   空調故障，大家在辦公室裡汗流浹背。

～めく / ～めいた

意味 **～らしくなる、～のように見(み)える**

完全(かんぜん)ではない、そう強(つよ)くはないが～のような感(かん)じだという意味(いみ)。

變成像是……樣子，看起來像……樣子。還沒完全變成，也不那麼強烈，但是給人像……的感覺。

接続 **N ＋ めく / めいたN**

❶ そのドラマは、謎(なぞ)めいたストーリーが評判(ひょうばん)になっている。
那個電視劇的情節撲朔迷離，引人入勝，因而受到了好評。

❷ 風(かぜ)が暖(あたた)かくなり、梅(うめ)も咲(さ)き始(はじ)め、だんだん春(はる)めいてきた。
風吹起來暖暖的，梅花也開始綻放，春意漸濃。

❸ 先生(せんせい)は冗談(じょうだん)めいた口調(くちょう)で、その生徒(せいと)を注意(ちゅうい)した。
老師一副開玩笑的口吻警告該名學生。

確認テスト

問題1　正しいほうに○をつけなさい。

1　今回のオリンピックは日本選手が大活躍し、記録（a. ずくめ b. まみれ）の大会だった。

2　朝晩涼しくなり、だいぶ（a. 秋めいた b. 秋めいて）きた今日この頃だ。

3　中学生たちは、汗（a. ずくめ b. まみれ）になってグラウンドを走っている。

4　彼はとてもいい人だが、いつも周囲に遠慮（a. しすぎ b. しすぎる）きらいがある。

問題2　（　　）に入る適当な表現を□から選びなさい。必要なら適当な形に変えましょう。

※同じ表現は一度しか使えません。

ずくめ	きらいがある	まみれ	めく

1　全身ほこり（　　　　　　）になりながら、久しぶりに物置の掃除をした。

2　営業職にもかかわらず、彼は人見知りの（　　　　　　）。

3　彼の要求はエスカレートし、徐々に脅迫（　　　　　　）きた。

4　その女優は、結婚、出産、映画賞受賞とめでたいこと（　　　　　　）だ。

問題3 **次の文で正しいものには○、間違っているものには×を書きなさい。**

1 （　　　）今季のプロ野球は、日程変更や球場変更など異例ずくめの開幕となった。

2 （　　　）梅雨も明け、毎日30度を超えてすっかり夏めいた。

3 （　　　）メキシコ湾の事故で、油まみれになった魚たちの写真を見た。

4 （　　　）先生は私たちのことを、いつも心配してくれるきらいがある。

49ページで答えを確認！

（第1週5日目の解答）

問題1　**1** a　**2** b　**3** a　**4** b　**5** b

問題2　**1** をもって　**2** が最後　**3** を限りに

第2週 2日目 ～っぱなし / ～つ～つ / ～ながらに / ～ながらも

その時の状況をわかりやすく説明！

07

～っぱなし

意味 **～たまま**

自動詞の場合は「その状態が続く、よく起きる」、他動詞の場合は「処置や後始末をしないで、そのままにしておく」という意味。

一直……。接自動詞時表示「那種狀態保持下去或經常發生」，接他動詞時表示「不進行處理或收拾，就那麼放著」。

接続 **V　ます形　＋　っぱなし**

例

1. 通勤ラッシュで１時間も立ちっぱなしは辛い。
   在上下班的尖峰時間，持續站 1 個小時，很難受。
2. 弟は、私が何度注意しても見終わったＤＶＤを出しっぱなしにする。
   不管我提醒幾次，弟弟還是把看完的 DVD 扔著不收。
3. 窓を開けっぱなしにして寝るなんて、不用心すぎる。
   竟然開著窗戶就睡，太不小心了。
4. 今は大活躍中のあの選手も、高校時代は監督に怒鳴られっぱなしだったそうだ。
   那個選手聽說在高中時代也是被教練照三餐罵。

～つ～つ

意味 **～たり～たりする**

「AつBつ」で、対照的な二つのことが交互に起こっていることを示す。AとBの動詞は反対の意味を表すものだが、BがAの受身形になることも多い。

……一邊……一邊。用「AつBつ」的形式，表示具有對比性的兩件事情交替發生。A和B是表示相反意義的動詞，但是B是A的被動詞的情況也很多。

接続 **V ます形 ＋ つ ＋ V ます形 ＋ つ**

例

1. 人間はみんな、もちつもたれつで生きている。
   人們都是在互相幫助中生活著。

2. 日曜日のマラソン大会は、抜きつ抜かれつの大接戦となった。
   週日馬拉松大賽是場勢均力敵的拉鋸戰。

3. その店に入ろうかやめようか、行きつ戻りつして結局やめた。
   考慮到底要不要進那家店，踱來踱去的結果決定放棄。

POINT **「もちつもたれつ」（相互依靠）、「さしつさされつ」（相互斟酒）等等是慣用表現。**

＊ さしつさされつ……お互いにお酒をつぎあうこと

第2週 2日目

～ながらに / ～ながらの

意味 **～という状態のままで**

「AながらにB」で、Aの状態でB、AのときからずっとBという意味。

始終……狀態。用「AながらにB」的形式，表示在A的狀態下進行B，或者從A時刻開始一直保持B的狀態。

接続 { V ます形 / N } ＋ ながらに / ながらのN

例

1. そのバイオリニストは、生まれながらにまれな才能を持っていた。
   那個小提琴手天生就是奇才。
2. 彼はインタビュー番組で、涙ながらに過去を語った。
   他在訪談節目中流著淚訴說著過往。
3. この辺りには、昔ながらの自然が残っている。
   這附近還保留著一如往昔的大自然。

POINT **慣用表現**

PLUS **「居ながらにして」也常使用。**

例 パソコンがあれば、家に居ながらにして仕事ができる。
只要有電腦，即使在家也能工作。

～ながらも

意味 **～けれども、～のに**

「AながらもB」で、通常(つうじょう)AならBにはならないが、この場合(ばあい)はBになるという意味(いみ)。

但是……，卻……。用「AながらもB」的形式，表示一般情況下A不會變成B，但是在這種情況下卻能變成B。

第2週 2日目

接続

V　ます形・ない形 **イA** **ナA** **N**	**＋　ながらも**

例

1. その作家(さっか)は才能(さいのう)に恵(めぐ)まれながらも、ヒット作(さく)が出(だ)せずにこの世(よ)を去(さ)った。
   那個作家雖有天賦，但是沒能創作出好作品就去世了。
2. 新(あたら)しいマンションは環境(かんきょう)もよく、狭(せま)いながらも快適(かいてき)だ。
   新公寓環境好，儘管空間不大，但住起來很舒服。
3. このパソコンは小型(こがた)ながらも、最新(さいしん)の機能(きのう)が揃(そろ)っている。
   這台電腦儘管小台，但最新功能一樣不缺。

確認テスト

問題1　正しいほうに○をつけなさい。

1 久しぶりに旧友と再会し、（a. さしつさされつ b. さしつさされて）朝まで飲んだ。

2 インターネットを使えば、家に（a. 居ながら b. 居るながら）にして英会話のレッスンができる。

3 たとえ1分でもドアを（a. 開き b. 開け）っぱなしで家を空けるなんて。

4 その一家は（a. 貧しい b. 貧しく）ながらも、笑いが絶えないいい家族だ。

問題2　（　　）に入る適当な表現を□から選びなさい。

※同じ表現は一度しか使えません。

行きつ戻りつ	っぱなし	ながらに	ながらも

1 友人からDVDを1年も借り（　　　　　　　）にしてしまった。

2 困難に遭い（　　　　　　　）、彼は最後まで頑張り抜いた。

3 開店まで時間があったので、辺りを（　　　　　　　）してオープンを待った。

4 彼女には生まれ（　　　　　　　）してハンディキャップがあった。

問題３　（　　　　　）に入る最も適当なものを一つ選びなさい。

1 東京(とうきょう)は大都会(だいとかい)ながらも、（　　　　　　）。

a. 人口(じんこう)が 1000 万人(まんにん)を超(こ)えている

b. 私(わたし)は住(す)みたい

c. 自然(しぜん)が残(のこ)っている

2 彼(かれ)はカップラーメンを食(た)べっぱなしにして、（　　　　　　）。

a. スープを捨(す)てた

b. 出(で)かけて行(い)った

c. きれいにしなさい

3 上司(じょうし)に叱(しか)られて、彼女(かのじょ)は涙(なみだ)ながらに（　　　　　　）。

a. 反論(はんろん)した

b. すぐ帰(かえ)った

c. 泣(な)いていた

4 同期(どうき)の田中(たなか)さんとはもちつもたれつ、（　　　　　　）。

a. 荷物(にもつ)を運(はこ)んだ

b. いい関係(かんけい)を続(つづ)けている

c. 一緒(いっしょ)に帰(かえ)った

53ページで答えを確認！

（第２週１日目の解答）

問題１　**1** a　**2** b　**3** b　**4** b

問題２　**1** まみれ　**2** きらいがある　**3** めいて　**4** ずくめ

問題３　**1** ○　**2** ×　**3** ○　**4** ×

～と相（あい）まって / ～にかかわる / ～に即（そく）して

それとあれは、どんな関係？

08

～と相（あい）まって / ～と相（あい）まった

意味 **～といっしょに、～と影響（えいきょう）し合（あ）って**

「AとBが相（あい）まって」で、AB二（ふた）つが一緒（いっしょ）になってある結果（けっか）、効果（こうか）を生（う）むことを表（あらわ）す。

跟……一起，與……互相影響。用「AとBが相（あい）まって」的形式，表示A和B兩件事情共同作用，引起某種結果或效果。

接続 **N ＋ と相（あい）まって / と相（あい）まったN**

1. 面白（おもしろ）いシナリオと旬（しゅん）な配役（はいやく）が相（あい）まって、その映画（えいが）は空前（くうぜん）の大（だい）ヒットとなった。
   好的劇本和當紅演員的相互結合，令那部電影造成了空前的轟動。
2. 連休（れんきゅう）と晴天（せいてん）が相（あい）まって、遊園地（ゆうえんち）は今年（ことし）最高（さいこう）の人出（ひとで）だった。
   連續假期又加上晴天，遊樂園今年的人潮創新高。
3. 少子化（しょうしか）と高齢化（こうれいか）が相（あい）まって、日本（にほん）の人口構成（じんこうこうせい）は大（おお）きく変（か）わった。
   少子化再加上高齡化，日本的人口結構大幅改變。
4. 長年（ながねん）の努力（どりょく）と運（うん）のよさが相（あい）まった結果（けっか）、彼女（かのじょ）は大（だい）スターになった。
   長年以來的努力再加上運氣加持，她成為了一個大明星。

POINT **多表示好的結果。拘謹的表現。**

～にかかわる

意味 **～に関係する、～を左右する**

単なる関係ではなく、大きな影響があるという意味。

關係到……，左右……。不是簡單的關係，而是有很大的影響。

接続 **N ＋ にかかわるN**

例

1. 「社員のプライバシーにかかわることにはお答えしかねます。」
   「關係到公司職員隱私的問題，無法回答。」

2. 兄が交通事故に遭ったけれども、命にかかわるようなケガではなく安心した。
   儘管哥哥發生車禍，但不是什麼攸關性命的大傷，安心不少。

3. 環境問題は、地球の未来にかかわる大きな課題だ。
   環境問題是攸關地球未來的重大課題。

～に即して / ～に即しては / ～に即しても / ～に即した

意味 **～に従って、～に合わせて、～通りに**

「Aに即してB」で、Aをしっかり踏まえた上で、それに合わせてBをすることを表す。

遵從……，配合……，照……樣。用「Aに即してB」的形式，表示以A為依據，按照A的樣子做B。

接続 **N ＋ に即して / 即しては / 即しても / 即したN**

例

1. 夢みたいなことばかり言わずに、現実に即して考えなさい。
   不要盡說些理想的話，結合現實情況考慮一下。
2. 災害時には、実情に即したスピーディな対応が求められる。
   遇到災害時，要結合實際情況的迅速應對。
3. データだけではなく、現状に即して今後のことを検討するべきだ。
   不只是數據，應該結合現狀檢討以後的事情。
4. 現代人のニーズに即して、この商品は開発された。
   這商品結合現代人的需求而開發。

POINT **拘謹的表現。**

確認テスト

問題1　正しいほうに○をつけなさい。

1 問い合わせがあっても個人情報に（a. かかわり b. かかわる）ことは答えてはいけない。

2 この映画は、原作に（a. 即した b. 即して）内容とはいえない。

3 彼の料理は、色彩と味が（a. 相まった b. 相まって）芸術作品だ。

4 人脈と（a. 才能が b. 才能の）相まって、彼は事業を成功させた。

5 どんな事件の量刑も法律（a. に即して b. 即した）決められる。

＊ 人脈……同じ目的や利益のための人間関係

＊ 量刑……裁判で決められる刑の長さ、重さ

問題2　（　　　）に入る適当な表現を□から選びなさい。
※同じ表現は一度しか使えません。

が相まって	に即して	にかかわる

1 この件は会社の今後（　　　　　　　　）大きな問題だ。

2 意見がまとまらないので、現状（　　　　　）もう一度考えてみよう。

3 時代の流れと戦略（　　　　　　　）、会社の売り上げが一気に伸びた。

57ページで答えを確認！

（2週2日目の解答）

問題1　1 a　2 a　3 b　4 a

問題2　1 っぱなし　2 ながらも　3 行きつ戻りつ　4 ながらに

問題3　1 c　2 b　3 a　4 b

～ともなく / ～をものともせず / ～をよそに

意識しないで、気にせずに何かをする！

09

～ともなく / ～ともなしに

意味　特に～するつもりはなく、何となく

「Aともなく B」で、特にAをしようと意識していなかったが、結果的にBになったことを意味する。

並非刻意地……，不知不覺中。用「Aともなく B」的形式，表示沒有刻意地要做A的想法，結果卻變成了B。

接続　V　辞書形　＋　ともなく / ともなしに

1. 授業中、見るともなしに外を見たら、きれいな虹がかかっていた。
   在上課的時候，無意中向外看，發現有美麗的彩虹。

2. 電車の中で人の会話を聞くともなく聞いていたら、その人は友人の知り合いだとわかった。
   在電車裡無意中聽到別人的談話，發現那人竟是朋友的朋友。

POINT **經常使用「見る」、「言う」、「聞く」、「読む」等等動詞。**

意味　はっきりはわからないが

「～ともなく B」で、「いつからともなく」「だれにともなく」「どこへともなく」など、明確ではないがBという状態になったという意味。

不是很確定，但是……。用「～ともなく B」的形式，表示「不確定何時開始」、「不確定跟誰」、「不確定去哪裡」等，不明確之下成了B的狀態。

接続 **疑問詞（なに、どこ、いつ、だれ …）＋ から・に・へ ＋ ともなく**

例

1. いつからともなく彼女(かのじょ)を意識(いしき)するようになっていた。
   不知什麼時候開始意識到她的存在了。

2. どこからともなく美(うつく)しいピアノの音色(ねいろ)が聞(き)こえてきた。
   不知道從哪裡傳來了美麗的鋼琴聲。

慣用表現

～をものともせず

意味 **～を問題(もんだい)にしないで、～に負(ま)けずに**

「Aをものともせず」で、たとえAのような困難(こんなん)や障害(しょうがい)があっても、努力(どりょく)してそれを乗(の)り越(こ)えてBという好(この)ましい結果(けっか)になることを表(あらわ)す。

不當一回事……，不輸給……。用「Aをものともせず」的形式，表示即使遇到像A那樣的困難或障礙，經過努力克服後實現B這種所希望的結果。

接続 **N ＋ をものともせず**

1. 度重(たびかさ)なるケガをものともせず、その力士(りきし)は横綱(よこづな)まで上(のぼ)り詰(つ)めた。
   克服了很多次受傷，那個大力士達到了橫綱的地位。

2. 貧困(ひんこん)をものともせず努力(どりょく)し、とうとう彼(かれ)は国(くに)のトップになった。
   無懼貧困而不斷努力，他終於成為國內的第一把交椅。

3. 災害(さいがい)をものともせず、力(ちから)を合(あ)わせて町(まち)を復興(ふっこう)させた。
   無畏於災害，同心協力復興市鎮。

❹ 部長(ぶちょう)は批判(ひはん)をものともせず、自分(じぶん)の責任(せきにん)を最後(さいご)まで果(は)たした。
經理不理會批評，將自己的責任負責到最底。

POINT **不用在說話者本身的相關事物。**

～をよそに

意味 **～を関係(かんけい)ないものとして、～を気(き)にしないで**

「AをよそにB」で、Aを無視(むし)したり考(かんが)えないふりをしたりしてBをすること。

無視……，不把……放在心上。用「AをよそにB」的形式，表示在忽視A或不考慮A的情況下做B。

接続 **N ＋ をよそに**

例

❶ 国民(こくみん)の不安(ふあん)をよそに、政府(せいふ)の方針(ほうしん)は二転三転(にてんさんてん)している。
無視國民的不安，政府的方針總是變來變去的。

❷ 家族(かぞく)の心配(しんぱい)をよそに、父(ちち)は毎晩(まいばん)のようにお酒(さけ)を飲(の)んでいる。
無視家人擔心，父親幾乎每天晚上都在喝酒。

❸ 周囲(しゅうい)の反対(はんたい)をよそに、彼女(かのじょ)は無理(むり)なダイエットを続(つづ)け、とうとう体(からだ)を壊(こわ)した。
不顧周圍的反對，她繼續勉強地減肥，終於把身體給搞壞了。

❹ 近所(きんじょ)の冷(つめ)たい視線(しせん)をよそに、彼(かれ)は迷惑行為(めいわくこうい)を繰(く)り返(かえ)した。
無視附近鄰居的冷眼相對，他還是一而再地做些讓人傷腦筋的事。

POINT **屬於負面的內容**

確認テスト

問題1　正しいほうに○をつけなさい。

1　震災を（a. よそに b. ものともせず）、彼は大学進学を果たした。

2　公園で（a. 見るとも b. 見ないとも）なしに空を見上げると、UFOのようなものが飛んでいた。

3　みんな（a. が反対 b. の反対）をよそに、彼は18歳の若さで結婚した。

4　周囲の心配を（a. よそに b. ものともせず）、彼は夜遊びばかりしている。

5　電車で（a. だれに b. だれから）ともなく、独り言を言っている人がいる。

問題2　（　　）に入る適当な表現を□から選びなさい。
※同じ表現は一度しか使えません。

をよそに	をものともせず	ともなく

1　みんなの忠告（　　　　　　　）、そのジャーナリストは戦地へ向かった。

2　台風（　　　　　　　）、冒険家はヨットで世界一周を果たした。

3　窓を開けると、どこから（　　　　　　　）カレーの匂いが漂ってきた。

61ページで答えを確認！

（第2週3日目の解答）

問題1　1 b　2 a　3 a　4 a　5 a

問題2　1 にかかわる　2 に即して　3 が相まって

第2週 5日目

～からある / ～ごとき / ～というもの

「どのくらいか」を具体的に説明！

10

～からある / ～からの

意味 **～もある**

「Aからある B」で、Aは話し手が多い、大きい、長いなどと思うボリュームを強調。「実際にはA以上ある」という意味。

在……以上。以「Aからある B」的形式使用。表示A說話者強調「多、大或長……」的數量。表示「實際上比A還多」。

接続 **N ＋ からある / からの ＋ N**

例

1. きゃしゃな彼女が、30 キロからある荷物を軽々と持ち上げた。
   嬌嫩的她，輕而易舉地抬起了 30 多公斤的行李。
2. 祖父は昔、3 メートルからある熊に遭ったそうだ。
   聽說祖父從前曾遇到身長達 3 公尺的熊。
3. 駅の前に 8000 万円からの高級マンションができた。
   站前蓋了一棟多達八千萬日幣的高級公寓。
4. 彼のお父さんは社員 1 万人からの大企業の社長だ。
   （＝彼のお父さんは社員 1 万人からいる大企業の社長だ。）
   他的爸爸是擁有 1 萬名員工的大企業老闆。

POINT **「からある」、「からの」的前面是具體的數字。若前面接的是人或動物的數量，也可以用「～からいる」；價錢則可用「～からする」。**

＊ きゃしゃだ……体が非常にほそく、弱々しい様子。特に女性に使う

~ごとき / ~ごとく

意味 **~のような、~のように**

「Aごときで」で、AはBを具体的に説明するもの。

像……一樣。以「Aごとき B」的形式使用。A是具体說明B的內容。

接続 **N / V 辞書形・た形+か + の + ごときN / ごとく**

例

❶ 青春時代は矢のごとく過ぎ去っていくものだ。
青春時代飛逝似箭。

❷ 見てきたかのごときホラをふく。
吹牛吹到好像真的看過似地。

POINT **是略為舊式的慣用表現**

＊ ホラをふく……事実ではないことを大きく言う

意味 **~なんか、~など**

「Aごときに」で、Aという人や物を見下したり、否定したりする。

Aが自分自身の場合には謙遜の意味になる。

……之類，……等。用「Aごときに」的形式，表示鄙視與否定A這種人或物。A是自己的時候則表示謙虛。

第2週 5日目

接続 N ＋ ごときに

❶ 今度(こんど)の試験(しけん)では、あいつごときに負(ま)けるものか。
這次考試，怎麼能輸那個傢伙呢！

❷ 「私(わたし)ごときに、このような役割(やくわり)は務(つと)まりません。」
「在下實在無法勝任這樣的角色。」

～というもの

意味 ～という長(なが)い時間(じかん)、長(なが)い期間(きかん)

話(はな)し手(て)の「こんなに長(なが)くある状態(じょうたい)が続(つづ)いている」という気持(きも)ち。

……長時間，長期。表示說話人對「某一種狀態持續這麼長時間」的感覺。

接続 N ＋ というもの

❶ 別(わか)れてから５年(ねん)というもの、一日(いちにち)たりとも彼女(かのじょ)を忘(わす)れたことはない。
分別之後５年的時間，一天都沒有忘記過她。

❷ 明日(あす)は体重測定(たいじゅうそくてい)なので、ここ３日(か)というものろくに食(た)べていない。
由於明天就要測量體重了，所以這３天都沒好好吃東西。

❸ あんなに人気(にんき)があったコメディアンを、ここ１、２年(ねん)というもの全(まった)く見(み)ていない。
那麼受歡迎的喜劇演員，這１、２年完全不見蹤影。

❹ あまりに忙(いそが)しくて、ここ数(すう)か月(げつ)というものデートもしていない。
太忙了，這幾個月都沒約會。

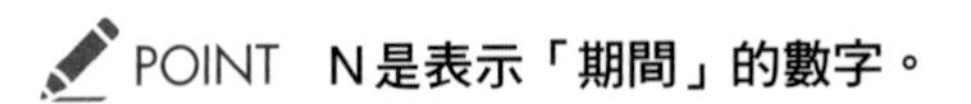

POINT **N是表示「期間」的數字。**

確認テスト

問題１　正しいほうに○をつけなさい。

1. 怒った時の父は（a. 鬼の b. 鬼）ごとき顔になる。
2. 彼は兄弟が多く、10人（a. から b. からいる）大家族で育った。
3. 彼とは前はよく会っていたが、ここ（a. 5年も b. 5年）というもの、全く連絡がない。
4. 「あいつ（a. ごとく b. ごとき）にバカにされるなんて、情けない。」
5. 年末のイベントには、3000人（a. から b. からの）人が集まった。

問題２　（　　）に入る適当な表現を□から選びなさい。
※同じ表現は一度しか使えません。

からある　　ごとく　　というもの

1. 会社に入って1年（　　　　　　）、忙しくて旅行どころじゃなかった。
2. 姉の新しい恋人は、身長が2メートル（　　　　　　）バスケットボールの選手だ。
3. その映画の恐竜は、スクリーンから出て来るかの（　　　　　　）、迫力があった。

67ページで答えを確認！

（第２週４日目の解答）

問題１　1 b　2 a　3 b　4 a　5 a

問題２　1 をよそに　2 をものともせず　3 ともなく

～たる／～と思いきや／～ともあろう／～ともなると

とくべつな立場の人はどうする？

～たる

意味　～である

「AたるB」のAはそういう立場や状況にある人。「Aという立場の人なら当然こうあるべきだ」という話し手の気持ちを表す。

作為……。「AたるB」中的A是處於那種立場或狀態的人。表示說話人覺得「處於A立場的人就理所當然地應該那樣」的想法。

接続　N　＋　たるN

例

1. 一国の長たるもの、もっとリーダーシップを発揮してほしい。
   作為一國之主，應該更加發揮領導的作用。
2. 学生たるもの、何よりも学業を一番に考えるべきだ。
   身為學生，應該要把學業擺第一。
3. 医師たるもの、患者の精神的ケアまでできなければならない。
   身為醫師，連患者的精神層面都得照顧到。

POINT　**拘謹的表現，常以「～たるもの」的形態出現。**

～と思いきや

意味 **～と思ったが**

「Aと思いきやB」で、Aだと思ったが実際には実違ってBだったという意味。話し手の驚きや失望を表す。

出乎意料……。用「Aと思いきやB」的形式，表示原來認為是A，但實際上卻是B。表示說話人的驚訝或失望。

接続

{V / イA / ナA / N 普通形}（か） ＋ と思いきや

＊但是「ナA」與「N」大部分不會伴同「だ」出現。

例

1. 5時間もかけた書類が完成したと思いきや、誤字脱字が多くやり直しになった。
   花了5個小時做成的資料，沒想到有那麼多錯字漏字，所以重新做了。

2. ジャンボ宝くじに当たったかと思いきや、前回の当選番号だった。
   以為中了巨額彩券，竟是上期的中獎號碼。

3. 自分の駅かと思いきや、寝過ごして8つも駅を過ぎていた。
   心想大概到站了，沒想到竟是睡過頭，過了8站了。

4. 留学生活は大変と思いきや、自由で楽しい毎日だ。
   原以為留學生活很辛苦，沒想到每天是自由又快樂。

~ともあろう

意味 **~のような**

話し手が高く評価している人を示し、「そういう人なのに期待外れのことをした」「そういう人だからふさわしい行動を期待する」という気持ちを表す。

像……那樣。說話人表示高度評價的人，「本應該是那樣的人卻做了令人失望的事情」「本應該那樣的人，所以希望行為也應該符合那種身份的人」的想法。

接続 **N ＋ ともあろうN**

1. 彼ともあろうミュージシャンでも、未だにアルバイトをしているそうだ。

   即使像他那樣的音樂家，聽說至今還在打工呢！

2. 鈴木先生ともあろう方が、あんな簡単な漢字を知らないとは驚いた。

   即使像鈴木老師那樣的人士，竟然連那麼簡單的漢字都不認識，真是令人吃驚。

3. 警察官ともあろうものが、人を騙すなんて許せない。

   即使像警察那樣的人竟也會騙人，真是不可原諒。

~ともなると / ~ともなれば

意味 **~になると**

「AともなるとB」で、普通の条件ではBではないが、Aという特別に進んだ条件ではBになるという意味。

一旦……就。用「AともなるとB」的形式，表示在一般情況下不會成為B的結果，但是在A這種特殊的條件下就會成為B的結果。

接続 **{V 辞書形 / N} + ともなると / ともなれば**

例

1. 日本語学校の上級クラスともなると、ディベートもできるようになる。

   到了日本語學校的高級班，就達到能進行辯論的程度。

2. 暑い日本の夏も、9月下旬ともなると朝晩は涼しくなる。

   夏天很熱的日本一到九月下旬，早晚也會變涼。

3. 大学生ともなれば、親の気持ちが少しはわかるようになるだろう。

   只要上了大學，就多多少少能體會父母親的心情吧！

POINT **比起「ともなると」，「ともなれば」的假定意味比較強。**

確認テスト

問題 1　**正しいほうに○をつけなさい。**

1 大統領（a. なる b. たる）もの、決断力がなければならない。

2 12 月（a. ともあろう b. ともなれば）、この地域にも初雪が降る。

3 合格通知か（a. と思いきや b. 思いきや）、電話料金の請求書だった。

4 60 歳を過ぎて（a. 留学する b. 留学して）ともなると、大変なことも多いだろう。

問題 2　**（　　　）に入る適当な表現を□から選びなさい。**
※同じ表現は一度しか使えません。

たる	ともなると	と思いきや	ともあろう

1 一人暮らしはさびしいか（　　　　　　　　　　）、気楽で私には合っているようだ。

2 あんなに無邪気だった彼女も、大学生（　　　　　　　　　　）大人っぽくなってきた。

3 彼女（　　　　　　　　　　）有名な作家が、他人の文を盗用するなんて信じられない。

4 二つ星レストランのシェフ（　　　　　　　　　　）もの、他の店にはない味が求められる。

問題3　（　　　　　）に入る最も適当なものを一つ選びなさい。

1　女の子も中学生ともなれば、（　　　　　　　　　　）。

a. もうすぐ高校生だ

b. お化粧に興味も持つだろう

c. まだ子どもだ

2　大学生たるもの、（　　　　　　　　　　）。

a. 毎日遊んでいる

b. 昔とはずいぶん違う

c. 政治にも関心を持つべきだ

3　政治家ともあろうものが、（　　　　　　　　　　）。

a. 差別発言をするなんて

b. 選挙活動をするなんて

c. まだ若いなんて

4　テストで失敗したかと思いきや、（　　　　　　　　　　）。

a. 半分もできていなかった

b. ギリギリでパスできた

c. やっぱり失敗した

73ページで答えを確認！

（第２週５日目の解答）

問題１　**1** a　**2** b　**3** b　**4** b　**5** b

問題２　**1** というもの　**2** からある　**3** ごとく

~たところで / ~としたところで / ~とはいえ / ~にして

話し手の「でも…」を表すいろんな表現！

~たところで

意味 **~ても**

「Aたところで B」で、もしAが成り立ったとしても役には立たない、無駄だという話し手の判断。

即使……也。用「Aたところで B」的形式，表示說話人做出「即使A成立了也沒有什麼用」的判斷。

接続 **V　た形　＋　ところで**

例

1. いくら家族が説得したところで、頑固な父は耳を貸さないだろう。

   即使家人怎麼進行勸說，固執的爸爸也不會聽的。

2. コンサートに遅れそうだが、タクシーで向かったところで間に合わない。

   看起來會趕不上演唱會了，即使搭計程車去都來不及。

3. 毎日残業したところで、それほど給料は増えない。

   即使每天加班，薪水也不會增加多少。

～としたところで / ～としたって / ～にしたところで / ～にしたって

意味 **～でも、～にしても**

「AとしたところでB」で、他(ほか)はもちろん、もしAという立場(たちば)や条件(じょうけん)でもBだという意味(いみ)。

即使……也，連……也。用「AとしたところでB」的形式，表示不用說其他的，即使在A這種立場或條件下也會成為B的結果。

接続

V / イA / ナA / N	普通形	+	としたところで / としたって / にしたところで / にしたって

＊但是「ナA」和「N」大部分不會伴同「だ」使用。

例

1. 二国間(にこくかん)の紛争(ふんそう)は、国連(こくれん)としたところで実際(じっさい)にはどうすることもできない。其實二國間的糾紛，即使連聯合國也無能為力。
2. この店(みせ)はコースメニューにしたって、手頃(てごろ)な値段(ねだん)で食(た)べられる。
這家店即使點套餐，都可以用平民價格享用。
3. 週末(しゅうまつ)のパーティーは全員参加(ぜんいんさんか)するとしたって、20人(にん)ぐらいだろう。
週末的派對即使全部的人都參加，也不過20個人左右吧！
4. 大先輩(だいせんぱい)としたって、私(わたし)たちに対(たい)するあの言(い)い方(かた)は不愉快(ふゆかい)だ。
就算是老前輩，對我們的那番說法，真令人不愉快。

POINT **用在否定的內容居多。「～としたって」、「～にしたって」是口語用法。**

～とはいえ

意味 **～でも、～といっても**

「Aとはいえ B」で、Aは事実だが、そこからイメージするものとは違って結果はBだという意味。

即使……也，雖說……但是。用「Aとはいえ B」的形式，表示雖然A是事實，但是跟從那所想像的不同，結果卻是B。

接続

V / イA / ナA / N 名詞修飾型 ＋ とはいえ

例

1. 定年退職したとはいえ、まだまだ働きたいという人が大勢いる。
   雖然退休了，但是很多人還想繼續工作。
2. 給料が出たとはいえ、家賃などであっという間になくなってしまった。
   雖說發了薪水，但也因房租等而瞬間花光。
3. 学校の規則とはいえ、携帯電話持ち込み禁止は厳しすぎる。
   雖說是學校規定，但禁帶手機也未免太嚴格。

～にして

意味 **～だから、～でも**

「AにしてB」で、Aは話し手が「レベルが高い、いい」と思っているもの。AだからBだ、またはAなのにBだという意味。

因為……所以，而……。以「Ａにして B 」的形式使用。Ａ是說話人認為「水準高、優秀」的人或物。表示因為是Ａ，所以是Ｂ的結果。或者雖然是Ａ，卻成了Ｂ的結果。

接続 **N ＋ にして**

1. 還暦(かんれき)にして、やっと人生(じんせい)が楽(たの)しいと思(おも)えるようになった。
   到了花甲，才感覺到人生的樂趣。
2. あのピアニストにして、未(いま)だに自分(じぶん)の演奏(えんそう)に満足(まんぞく)できないことがあるそうだ。聽說連那位鋼琴家至今有時都還不滿意自已的演奏。
3. ベテラン教師(きょうし)である姉(あね)にして、最近(さいきん)の学校教育(がっこうきょういく)は問題(もんだい)が多(おお)いと感(かん)じるらしい。好像連資深教師的姐姐都感到近來學校教育問題多。

意味 **～であると同時(どうじ)に**

作為……的同時。

接続 **{ ナA / N } ＋ にして**

1. チューリップは可憐(かれん)にして個性的(こせいてき)な花(はな)だ。
   鬱金香是很可愛、有個性的花。
2. この写真(しゃしん)の人(ひと)は、医師(いし)にしてタレントだ。
   這照片裡的人是位醫生也是位個藝人。

POINT **拘謹的表現。**

確認テスト

問題1　正しいほうに○をつけなさい。

1 寝起きが悪く、目覚まし時計を（a. 使った b. 使う）ところで、なかなか起きられない。

2 長年の（a. 友人 b. 友人の）とはいえ、そんな大金は貸せない。

3 いとこは（a. 日本語教師 b. 日本語教師だ）にして、大学院生だ。

4 どんな女優（a. のところで b. にしたって）、彼女の美しさには勝てない。

問題2　（　　）に入る適当な表現を□から選びなさい。
※同じ表現は一度しか使えません。

とはいえ	にして	にしたところで	たところで

1 クラス一の秀才（　　　　　　）も、この問題は解けなかった。

2 土下座し（　　　　　　）、彼女は絶対に許してはくれない。

3 希望大学に合格した（　　　　　　）、授業についていけるか心配だ。

4 人もペットで癒されるが、ペット（　　　　　　）愛されて幸せだろう。

問題３　（　　　　　　）に入る最も適当なものを一つ選びなさい。

1 大学の英文科を出たとはいえ、（　　　　　　）。

a. とても頑張った

b. 大学院に進むことにした

c. 英語がペラペラとは言えない

2 今のアルバイトは、朝から晩まで働いたところで（　　　　　　）。

a. けっこう稼げる

b. 大したお金にはならない

c. とても疲れる

3 妻がパートをするのは気分転換になるが、夫にしたって（　　　　　　）。

a. 反対している

b. 悪いことではないだろう

c. いいことではない

4 天才と呼ばれた彼は、７歳にして（　　　　　　）。

a.100 点をとった

b. 小学校に入学した

c. 高校の勉強が理解できた

79 ページで答えを確認！

（第３週１日目の解答）

問題１　**1** b　**2** b　**3** a　**4** a

問題２　**1** と思いきや　**2** ともなると　**3** ともあろう　**4** たる

問題３　**1** b　**2** c　**3** a　**4** b

～ではあるまいし / ～ならいざしらず / ～ならでは / ～なりに

「その人」は今どんな立場や状況？

13

～ではあるまいし / ～じゃあるまいし

意味 **～ではないのだから**

「Aではあるまいし B」で、もしAならわかるが、実際にはAではないのだから当然Bだという話し手の批判や不満などを表す。

因為不是……所以。用「Aではあるまいし B」的形式，表示要是A的話可以理解，但是實際上因為不是A，所以理所當然地認為是B了。表示說話人的批評或不滿。

接続 **{V 辞書形・た形 ＋ の（ん） / N} ＋ ではあるまいし / じゃあるまいし**

例

1. 「赤の他人じゃあるまいし、悩みがあるなら私に話してよ。」
   「又不是毫無關係的人，所以有煩惱就跟我說吧！」

2. 子どもではあるまいし、叱られたくらいで泣くなんて情けない。
   又不是小孩子，只是挨個罵就哭，實在丟臉。

3. 「移住するんじゃあるまいし、旅行にそんなにたくさん荷物を持って行かなくてもいいんじゃない？」
   「又不是要移民，去趟旅行要帶這麼多行李嗎？」

4. 彼氏が死んだのではあるまいし、そんなに泣くことはないだろう。
   又不是男友死了，沒必要哭成那樣吧！

POINT **「じゃあるまいし」是口語用法。**

～ならいざしらず

意味　**～ならわかるが**

「Aならいざしらず B」で、Aだったらわかるが、実際にはAではないので納得できないという話し手の気持ちを表現。

如果……就能理解，但是……。用「Aならいざしらず B」的形式，表示如果是A的話可以理解了，但是，實際上因為不是A，所以就不能認同。表示說話人的心情。

接続　{ V　辞書形・ない形 / N } ＋ ならいざしらず

1. 都会ならいざしらず、こんな田舎に立派な美術館を造って誰が行くのだろうか。

   如果是城市的話可以理解，但是在這樣的鄉下建造氣派的美術館，誰去呢？

2. 大金持ちならいざしらず、私なんかにはあのマンションは買えない。

   有錢人我是不知道啦，那種高級公寓我不可能買得起。

3. 知らないならいざしらず、知っているのに教えてくれないなんて不親切だ。

   如果不知道的話也就算了，但明明知道卻不告訴我，太不友善了。

～ならでは / ～ならではの

意味 **～だけの、～の他にはない**

「Aならではの」で、Aの他には見られない、Aの個性が出ている状況を表現。

只有……，除非……。用「Aならではの」的形式，表示只有A才能實現，表現A個性顯現出來的狀態。

接続 **N ＋ ならでは / ならではのN**

1. 全国各地に、その土地ならではの材料を生かした美味がある。
   全國各地都有利用當地材料做成的有地方特色的美味佳餚。

2. 「当ホテルならではの温泉風呂をお楽しみください。」
   「敬請好好享受本飯店特有的溫泉浴。」

3. ＤＶＤも便利だが、この迫力は映画館のスクリーンならではだ。
   DVD也很方便，但到電影院看大螢幕氣勢才磅礴。

～なりに / ～なりの

意味 **～に合わせて、～に応じて**

「AなりにB」で、Aに合ったB、AにふさわしいBという意味。

符合……，適應……。用「ＡなりにＢ」的形式，表示適合Ａ的Ｂ，或者與Ａ相稱的Ｂ。

接続

V			
イA	**普通形**	**+**	**なりに / なりのN**
ナA			
N			

❶ 会社で出世したら出世したなりにプレッシャーが大きくなる。
如果在公司熬出頭了的話，出頭天後的壓力也相對地變大。

❷ 芸術家である彼には彼なりの世界観がある。
身為藝術家的他，有他自己的世界觀。

❸ 子どもには子どもなりの悩みがあるようだ。
似乎小孩子也有小孩子自己的煩惱。

PLUS **也有「雖說不是十分，但會竭盡自己所能全力……」的意思。**

例 「大変な仕事ですが、私なりに頑張ってみます。」
「這工作不輕鬆，但我會竭盡全力努力。」

確認テスト

問題1　正しいほうに○をつけなさい。

1 まだ新人だが、彼女（a. なりに b. なりの）努力している。

2 学者に（a. なる b. ならない）ならいざしらず、博士課程まで進むことはないだろう。

3 （a. 外国語だ b. 外国語）じゃあるまいし、作文に丸一日かかるなんて信じられない。

4 家庭料理には、その家（a. ならでは b. ならではの）味がある。

＊ 丸一日……一日全部。朝から晩まで

問題2　（　　）に入る適当な表現を□から選びなさい。
※同じ表現は一度しか使えません。

ならいざしらず	なりに	じゃあるまいし	ならではの

1 私の故郷では、海辺の町（　　　　　　　）お祭りが行われている。

2 のん気そうだが、実は彼（　　　　　　　）あれこれ考えているらしい。

3 「占い師（　　　　　　　）、あなたの将来なんてわからないよ」

4 よその会社（　　　　　　　）、自分の会社の社長も知らないとは呆れる。

＊ のん気……何も心配することなく、のんびりとしている様子

問題３　（　　　　　）に入る最も適当なものを一つ選びなさい。

1 経済的には豊かでも、先進国なりに（　　　　　）。
- a. もっと恵まれているだろう
- b. 様々な問題があるのだろう
- c. ますます発展していくのだろう

2 二人きりで食事なんて。親しい関係ならいざしらず、（　　　　　）。
- a. 彼は親友だから
- b. 彼は単なる知り合いだから
- c. 彼とは友達になりたいから

3 （　　　　　）、東京ならではだ。
- a. この便利さは
- b. 日本の首都は
- c. 田舎に比べて

4 重傷ではあるまいし、（　　　　　）。
- a. 大げさだ
- b. 安心した
- c. 気をつけなさい

85ページで答えを確認！

（第３週２日目の解答）

問題１　**1** a　**2** a　**3** a　**4** b

問題２　**1** にして　**2** たところで　**3** とはいえ　**4** にしたところで

問題３　**1** c　**2** b　**3** b　**4** c

～というところだ / ～にたえる / ～にたえない / ～に足る

どんな評価か、これでわかる！

14

～というところだ / ～といったところだ

意味 **だいたい～、おおよそ～**

話し手の「もし多くてもこの程度、それ以上ではない」という気持ちを表す。

基本上……，大概……。表示說話人的「再多也就是這個程度，不會超過這些」的想法。

接続 **{V 辞書形 / N} ＋ というところだ / といったところだ**

1. 今は帰省する機会があまりなく、年1、2度といったところだ。
   現在回老家的機會不太多，一年大概就是一兩次吧！

2. みんな忙しそうなので、明日のクラスの飲み会は出席者7、8人というところだろう。
   大家看起來都蠻忙的，明天班上的喝酒趴大概只有7、8個人會來吧！

3. 休日はゆっくりしたいので、出かけるとしても近所で友人とランチをするといったところだ。
   假日想好好休息，就算要出門，大概也只在附近和朋友吃吃午餐。

POINT **N是表示數字或是程度的語詞。**

~にたえる

意味 **なんとか~できる**

完璧(かんぺき)・十分(じゅうぶん)とはいえないが、なんとか~することができるという判断(はんだん)を表(あらわ)す。

想辦法……就可以……。雖然不是完美或充分，但是能想辦法就可以做好。表示說話人做出的判斷。

接続 **{ V 辞書形 / N } ＋ にたえる**

1. まだまだ素人(しろうと)だが、やっと鑑賞(かんしょう)にたえる絵(え)が描(か)けるようになった。
   還是業餘愛好者，不過，終於能夠畫出讓人欣賞的畫了。
2. 歌(うた)が下手(へた)だと言(い)われているバンドだが、最近(さいきん)は聞(き)くにたえる歌(うた)も増(ふ)えてきた。
   大家都說這樂團歌唱得不好，但近來耐聽的歌愈來愈多了。
3. 宇宙(うちゅう)での長期滞在(ちょうきたいざい)にもたえる食品(しょくひん)が開発(かいはつ)されている。
   能供長期停留太空的食品正開發中。

～にたえない

意味 **～することができない**

「Aにたえない」で、あまりにひどくてAができない、続けられないという話し手の判断。

不能做……。用「Aにたえない」的形式，表示因為過於嚴厲，A是做不了。表示說話人做出不能繼續下去的判斷。

接続 **V　辞書形　＋　にたえない**

例

1. 同僚同士の陰口は、聞くにたえない。
   同事們背地裡說壞話，聽不下去了。

2. 大好きな俳優の初舞台に行ったが、残念ながら見るにたえない内容だった。
   去看我最喜歡的演員首次登台，但可惜的是內容真是乏善可陳。

意味 **とても強くそれを感じる**

那種感覺非常強。

接続 **N　＋　にたえない**

例

1. 被災された方々を思うと、同情にたえない。
   一想到受災的人們，就產生強烈的同情心。

2. 「滞在中、皆さまに親切にしていただき、感謝の念にたえません。」「停留此地期間，承蒙各位親切相待，不勝感激。」

 POINT　**N是表示心情、情緒的語詞。**

～に足る

意味　**～をする価値がある**

「十分に～できる」と高く評価する表現。

值得做……。表示「蠻可以做……」的高度評價。

接続　**V　辞書形 / N　＋　に足る**

例

1. 彼は日本のリーダーの座に足る人物として今後を期待されている。
   他是一個被人們期望可以成為今後的日本領導人的人物。
2. あの先生は尊敬するに足る素晴らしい人だ。
   那位老師是個值得尊敬的卓越人士。
3. 新しい社長は、社員が信頼するに足る能力がない。
   新老闆沒有值得員工信賴的能力。

POINT　**拘謹的表現。**

PLUS　**「～に足らない」、「～に足りない」表示「沒有做……」的價值、必要性。**

例　「机が汚いって、部長に叱られちゃいました。」
「そんなことは取るに足らないことだから、気にしなくていいよ。」

「被經理罵說桌子很髒。」
「那種事微不足道，別放在心上。」

確認テスト

問題1 正しいほうに○をつけなさい。

1 その映画は大作だったが、内容は（a. 見た b. 見る）にたえないものだった。

2 今回の災害は、すべての国民にとって悲しみ（a. にたえる b. にたえない）ことだった。

3 携帯電話のアドレス帳に登録しているのは、（a.100 人 b.100 人だ）というところだ。

4 残念ながら、彼はあの大学に推薦する（a. にたえない b. に足る）学生ではない。

問題2 （　　　）に入る適当な表現を□から選びなさい。

※同じ表現は一度しか使えません。

に足る	にたえない	というところだ	にたえる

1 ネットの掲示板には、見る（　　　　　　）書き込みも多い。

2 夏のボーナスは、出たとしても１カ月分（　　　　　　）。

3 今期の成績は、頑張っただけに満足（　　　　　　）ものだった。

4 アマチュアのバンドだが、何とか聞く（　　　　　　）演奏だ。

問題３　（　　　　　　）に入る最も適当なものを一つ選びなさい。

1 彼の歌は、（　　　　　）、聞くにたえない。

a. 音程が外れて

b. 昨日は徹夜したので眠くて

c. 初めて聞くので

2 昨日のテストの点数は、（　　　　　）。

a. 満点といったところだ

b. 75 点といったところだ

c. 0 点といったところだ

3 万が一のため、1 週間の生活にたえる（　　　　　）。

a. 食糧を買っておく

b. 料理を作りたい

c. ことが大切だ

4 （　　　　　）、彼の成績は合格に足るものだった。

a. 筆記も面接も

b. 筆記なり面接なり

c. 筆記やら面接やら

91 ページで答えを確認！

（第３週３日目の解答）

問題１　**1** a　**2** a　**3** b　**4** b

問題２　**1** ならではの　**2** なりに　**3** じゃあるまいし　**4** ならいざしらず

問題３　**1** b　**2** b　**3** a　**4** a

～ときたら / ～とは / ～まじき / ～ものを

不満をはっきり示す表現。

15

～ときたら

意味 ～は

「AときたらB」で、話し手のAのBという状態への非難や不満を表す。

是……。用「AときたらB」的形式，說話人對A是B的狀態表示批評和不滿。

接続 N ＋ ときたら

例

1. あの人ときたら、いつも仕事が中途半端で周囲に迷惑をかけている。

   一提起那個人，工作總是半途而廢的，給周圍的人帶來麻煩。

4. 私のアパートときたら、前の道を大きな車が走るたびに揺れる。

   談到我的公寓，每每有大車行經前面道路就會搖晃。

3. 「うちの子ときたら、勉強もしないでゲームばっかりで。」
   「あら、うちだってそうですよ。」

   「講到我家那個孩子，書都不唸，光打電動。」
   「唉呀！我家那個也是半斤八兩！」

POINT **N是表示「人或事物」的語詞。此句型是口語用法。**

～とは

意味 **～なんて**

「AとはB」で、話し手がAを知って驚いたり、呆れたりする気持ちを表現。

何等……。以「AとはB」的形式使用。說話人知道了A後，表示震驚與驚訝。

接続

V イA ナA N	普通形	＋　とは

＊但是「ナA」與「N」大部分不會伴同「だ」使用。

例

1. つまらないミスで大切な試験に落ちてしまうとは。
   由於小小的失誤，竟然造成了重要考試的落選。
2. あんな料理とサービスでランチが 3000 円もするとは驚きだ。
   那種菜色及服務，午餐竟要價 3000 日圓，真是嚇死人。
3. 英語を 10 年以上勉強しているのに、日常会話もできないとはどういうことだ。
   明明英文已經學了 10 年，卻連日常生活會話都不會，到底怎麼回事？

POINT **常見以「とは」結束的句子。**

～まじき

意味 **ぜったいに～てはいけない、～すべきではない**

人として当然許されない、あってはいけないという話し手の強い気持ちを表現。

絶對……不行，不應該做……。作為一個人當然不允許、也不應該做。表示說話人這種強烈的心情。

接続 **V 辞書形 ＋ まじきN**

例

1. お年寄りからお金を騙し取るなんて、許すまじき行為だ。
   騙老人的錢，是不能饒恕的行為。

2. 同僚をいじめるなんて、社会人としてあるまじきことだ。
   竟然霸凌同事，真不配當個社會人士。

3. 気に入った学生にだけ点数をプラスするなんて、教師にあるまじきことだ。
   竟然只給喜歡的學生加分，真不配當老師。

POINT **拘謹的表現。**

～ものを

意味 **～のに**

話し手(はなして)の相手(あいて)に対(たい)する「～すればよかったのに」という不満(ふまん)や非難(ひなん)など否定的(ひていてき)な気持(きも)ちを表(あらわ)す。

卻……。說話人對對方表示「做……就好了卻……」的不滿或批評等否定的想法。

接続

V / イA / ナA　名詞修飾型　＋　ものを

1. 謝罪(しゃざい)なら直接会(ちょくせつあ)ってすべきものを、彼(かれ)はメールで済(す)ませた。
   如果是道歉，就應該當面前來，而他卻只發了個電子郵件就了事了。

2. あの症状(しょうじょう)なら、病院(びょういん)に行(い)けば助(たす)かったものを。
   如果是那個症狀，只要去醫院就有救了，卻……。

3. 「私(わたし)に言(い)ってくれればお金(かね)を貸(か)したものを、どうして言(い)ってくれなかったの？」
   「只要你開口，我就會借你錢，你為什麼沒說呢？」

確認テスト

問題1　正しいほうに○をつけなさい。

1　あんな軽率なことは、責任者として（a. ある b. あり）まじき発言だ。

2　「かぜで寝てたの？　言ってくれれば、お見舞いに行った（a. ものを b. ものか）。」

3　彼（a. としたら b. ときたら）、いつも約束の時間に 30 分以上も遅れてくる。

4　あんなに小さかった子が、今やこんなに（a. 美しい b. 美しいだ）とは。

問題2　（　　）に入る適当な表現を□から選びなさい。
※同じ表現は一度しか使えません。

まじき	とは	ときたら	ものを

1　あんな人が有名人だというだけで選挙に当選した（　　　　　）。

2　姉（　　　　　）、私の大切なバッグを勝手に使っていた。

3　何回も授業に遅れるなんて、教師にある（　　　　　）ことだ。

4　あと3点取れていたら、合格できた（　　　　　）。とても悔しい。

問題3 （　　　　　）に入る最も適当なものを一つ選びなさい。

1 あのルックスでまだ中学生(ちゅうがくせい)とは、（　　　　　）なあ。

a. 子(こ)どもっぽい

b. 大人(おとな)っぽい

c. 大人(おとな)らしい

2 粗大(そだい)ごみをそのまま捨(す)てるなんて、（　　　　　）。

a. あるまじきことだ

b. あるまじきことに

c. あるまじきことを

3 休講(きゅうこう)だと知(し)っているなら教(おし)えてくれればよかったものを、（　　　）。

a. 彼(かれ)は親切(しんせつ)だ

b. 彼(かれ)は冷(つめ)たい

c. 彼(かれ)は知(し)っていた

4 父(ちち)ときたら、昔(むかし)からいちいち（　　　　　）。

a. うるさい

b. やさしい

c. 心配(しんぱい)してくれる

97ページで答えを確認！

（第３週４日目の解答）

問題1　**1** b　**2** b　**3** a　**4** b

問題2　**1** にたえない　**2** というところだ　**3** に足る　**4** にたえる

問題3　**1** a　**2** b　**3** a　**4** a

～こそあれ／～こそすれ／～てこそ／～ばこそ

「こそ」は何を強調してる？

～こそあれ

意味 **～けれど**

「Aこそあれ B」で、Aではあるけれど、そこから予想（よそう）することとは違（ちが）ってBだという意味（いみ）を表（あらわ）す。

儘管……但是。用「Aこそあれ B」的形式，表示雖然是A，但是卻從那之後與預想的不同，成了B。

接続 **{ナAで／N} ＋ こそあれ**

例

1. この町（まち）は交通（こうつう）が不便（ふべん）でこそあれ、自然（しぜん）の多（おお）いところが気（き）に入（い）っている。
   儘管這個城市交通不方便，但是看中的是豐富的自然環境。
2. 私（わたし）の国（くに）と日本（にほん）は、言葉（ことば）の違（ちが）いこそあれ共通点（きょうつうてん）も多（おお）い。
   我國和日本儘管語言不同，但有諸多共同點。
3. 人生（じんせい）は困難（こんなん）こそあれ、無駄（むだ）なことは一（ひと）つもない。
   人生儘管困難重重，但每個關卡都有意義。

POINT **拘謹的表現。**

～こそすれ

意味 **～はするが**

「Aこそすれ B ない」で、Aはするが絶対に B ではないという強い判断を示す。

雖然說……，但是（絕對不）……。用「Aこそすれ B ない」的形式表示。雖然做A，但絕對不做B。表示做出有信心的判斷。

接続 { **V ます形** / **N** } **＋ こそすれ**

例

❶ 一度嫌になったら、もっと嫌いになりこそすれ、好きになることはない。

一旦討厭之後，只會更加討厭，絕對不會變得喜歡。

❷ こんな夜中にお菓子を食べていたら、太りこそすれ痩せることはないだろう。

在這樣的半夜吃零嘴，鐵定只會胖絕對不會瘦吧！

❸ 彼はファンにサービスこそすれ、冷たい態度をとるような人ではない。

他甚至會服務粉絲，絕不是那種會冷淡以待的人。

POINT **拘謹的表現。**

～てこそ

意味　**～て初めて**

「AてこそB」で、Aをして初めてBが成り立つ、Bが成立するためにはAが欠かせないという意味。

……之後……才。用「AてこそB」的形式，表示做了A之後B才能成立，為了使B成立，A是不可缺少的。

接続　**V　て形　＋　こそ**

例

1. 自分で稼いでこそ、お金の価値がわかる。
自己賺錢之後，才知道金錢的價值。

2. 人の二倍は努力してこそ、成功を手にできる。
比別人加倍地努力之後，才能獲得成功。

3. 言葉だけではなく文化まで理解してこそ、その国を知ったといえる。
不光是語言，深入其文化之後，才可以說是熟悉那個國家。

4. どんな洋服でも上品に着こなせてこそ、おしゃれな人だ。
不管是什麼樣的西服都能穿出品味，才真是個時尚的人。

＊ 着こなす……自分に似合うようにうまく着る

～ばこそ

意味 **～から**

「AばこそB」で、Bのただ一つの理由・原因はAで、他のことではないと強調。より強調するために「～は～ばこそだ」の形もとる。

因為……。用「AばこそB」的形式表示。強調B的唯一理由或原因就是A，而不是其他。進一步強調的時候就用「～は～ばこそだ」的形式。

接続

V　条件形 **イAけれ** **ナAであれ** **Nであれ**	**＋　ばこそ**

例

1. あなたのためを思えばこそ、こんな言いにくいことを忠告するんです。」
「正因為為你著想，才說了難以說出口的話來勸說你。」

2. 楽しければこそ、もっと勉強したいと思う。
樂在其中，才會想多念點書。

3. 元気であればこそ、人生は楽しい。
有精神，人生才快樂。

4. 教育熱心な親であればこそ、子どもに厳しくするのだ。
對教育具有熱忱的雙親才會對小孩嚴格以待。

5. 彼があんなに努力するのは、大きな目標があればこそだ。
他之所以會那麼努力，正因為有個大大的目標。

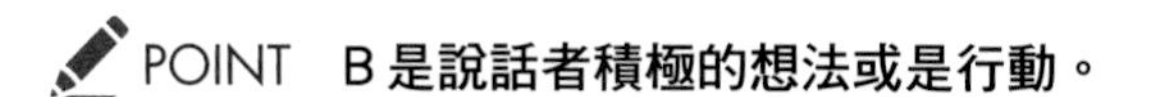
POINT　**B是說話者積極的想法或是行動。**

第4週 1日目

確認テスト

問題1 正しいほうに○をつけなさい。

1 果たしたい夢が（a. あればこそ b. こそあれば）、こんなに頑張れる。
2 外国を（a. 知って b. 知った）こそ、自分の国のことがよりわかるようになる。
3 彼は外見こそ（a. ふつうだが b. 目立つが）、まれに見る天才少年だ。
4 みんな部長を尊敬（a. こそあれ b. こそすれ）、不満などない。

問題2 （　　　　）に入る最も適当なものを一つ選びなさい。

1 留学生活は楽しいことこそあれ、（　　　　　　　　）。
a. 悲しいこともある
b. 苦労などまったく感じたことがない
c. まったく思い出せない

2 女優という仕事は、みんなに見られてこそ（　　　　　　　　）。
a. なりたい人が増えている
b. 私も小さい頃は夢だった
c. 美しくなるものだ

3 こんなお給料では貯金が減りこそすれ、（　　　　　　　　）。
a. 増えてほしい
b. 増えることなんかない
c. 何とかなるだろう

4 子どもたちの将来を考えればこそ、（　　　　　　　　）。
a. 教育改革を訴えている
b. どうしたらいいのだろうか
c. 親は大変だ

問題3 **正しい文に○、間違っているものに×を書きなさい。**

1 （　　　　）彼女(かのじょ)の性格(せいかく)は、人(ひと)に愛(あい)されこそすれ嫌(きら)いな人(ひと)も中(なか)にはいる。

2 （　　　　）これからの人生(じんせい)は、期待(きたい)こそあれ不安(ふあん)など全(まった)くない。

3 （　　　　）家族(かぞく)の愛(あい)があればこそ、問題(もんだい)を解決(かいけつ)しなければならない。

4 （　　　　）国際大会(こくさいたいかい)で勝(か)ってこそ、世界(せかい)レベルに達(たっ)したと言(い)える。

101 ページで答えを確認！

（第３週５日目の解答）

問題1　1 a　2 a　3 b　4 a

問題2　1 とは　2 ときたら　3 まじき　4 ものを

問題3　1 b　2 a　3 b　4 a

～すら / ～だに / ～たりとも

「こんなことでも」という話し手の気持ち！

17

～すら / ～ですら

意味 **～でも**

「AすらB」で、Aを一つの例として挙げ、AでもBだから他のものは当然Bだという意味。

即使……也。用「AすらB」的形式，把A作為一例，說明即使是A，結果也是B，所以其他東西當然就是B的結果了。

接続 **N ＋ すら / ですら**

例

1. 急に目まいがして、立つことすらできなくなった。
忽然感到頭暈，連站都站不起來了。

2. 家族や親友ですら、彼女の悩みに気がつかなかった。
連家人及親友都沒發現她的煩惱。

3. こんな基本的なことは、小学生ですら知っているのに。
這麼基本的事情，明明連小學生都知道。

POINT **如果A是B的話，就要用「ですら」。**

～だに

意味 **～だけでも**

「AだにB」で、Aをするだけで Bというよくない状態になることを表現。Aは大したことがないこと、簡単にできることが多い。

只做……也是……。用「ＡだにＢ」的形式，表示只做Ａ也會造成Ｂ這種不好的狀態。Ａ不是大不了的事情，是很容易做到的事情。

接続 **V　辞書形　＋　だに**

例

1. あの山が噴火するなんて、想像するだに恐ろしい。
   那座山噴發的事情，光是想像都覺得可怕。

2. その事件のことは、聞くだに気分が悪くなる。
   那事件，光聽就不舒服。

3. 彼のことなんかもう大嫌いだ。顔を思い出すだに不快感でいっぱいになる。
   我非常厭惡他，光是想起他的臉，都覺得滿是不愉快。

POINT **「想像するだに」、「考えるだに」「思い出すだに」等等是慣用的表現。是拘謹的表現。**

意味 **～も**

「Aだに～ない」で、他のことはもちろんAも～ないという意味。

也……。用「Ａだに～ない」的形式，表示「不用說其他的事情，就是Ａ也不是……」的意思。

接続 **N　＋　だに**

例

1. 厳しい訓練では、みな微動だにしなかった。
   在嚴厲的訓練中，全體人員一動也不動。

2. 憧れの人とメールアドレスが交換できるなんて、夢にだに思わなかった。
   能夠和心儀的人交換郵件信箱，真是做夢也沒想到。

～たりとも

意味 **たとえ～も**

「Aたりとも B」で、たとえ A でも～ないと強く否定。A は「少ない、わずか、弱い、小さい」などを表す言葉がくる。

就算……也。用「Aたりとも B」的形式，表示「就算 A 也不是……」的強烈否定。A 是「少、一點、弱、小」等辭彙。

接続 **N ＋ たりとも**

1. 小さい頃「農家の人が作ってくれたお米は、一粒たりとも残しちゃダメ」と母によく言われた。
   小時候媽媽常說：「農民種的米，連一粒都不能剩下。」

2. あんな奴には 1 円たりとも貸したくない。
   那種傢伙，我連 1 塊錢都不想借他。

3. もうすぐ大切な試験だから、1 分たりとも無駄にはできない。
   大考馬上要到了，連 1 分鐘都不可以浪費。

POINT **拘謹的表現。**

確認テスト

問題 1　正しいほうに○をつけなさい。

1 姉は、私が元カレのことなど口にする（a. すら b. だに）機嫌が悪くなる。

2 歩き始めたばかりの赤ちゃんは、一瞬（a. たりも b. たりとも）目を離さないように。

3 記憶力が衰え、高校時代の親友のフルネーム（a. すら b. だに）忘れてしまった。

4 大好きなハリウッドスターには一目（a. だに b. にすら）会えないだろう。

問題 2　（　　）に入る適当な表現を□から選びなさい。
※二度使う表現もあります。

だに	ですら	たりとも

1 明日のコンサートが楽しみで、考える（　　　　　）ドキドキする。

2 大学教授（　　　　　）知らないようなことを、普通の中学生が知っていた。

3 仮設住宅の建設は、1日（　　　　　）遅らせることはできない。

4 数十年前は、携帯電話がここまで普及するとは想像（　　　　　）できなかった。

107 ページで答えを確認！

（第 4 週 1 日目の解答）

問題 1	1 a	2 a	3 a	4 b
問題 2	1 b	2 c	3 b	4 a
問題 3	1 ×	2 ○	3 ×	4 ○

~ことなしに / ただ~のみ / ~なしに / ただ~のみならず / ~なくして（は）

「それをしないで」「それ以外には」の表現。

18

~ことなしに / ~ことなしには

意味 **~しないで**

「Aことなしに B」で、Aをしないでそのまま Bをするという意味。「Aことなしには B」は、本来は必要な Aをしないと Bという好ましくない状態になってしまうという意味になる。

不做……。用「Aことなしに B」的形式，表示不做A，就那麼直接做B的意思。「Aことなしには B」是，本來要是不做必要的A的話，就會造成B這種不理想的狀態。

接続 **V　辞書形　+　ことなしに / ことなしには**

例

1. 中高の6年間は1日も休むことなしに学校に通い、皆勤賞をもらった。
   上國中和高中的6年裡，一天也沒有休息，得到了全勤獎。
2. 震災後も帰国することなしに、日本で勉強を続けている。
   發生地震災害後沒有回國，繼續在日本念書。
3. 上司の許可をもらうことなしには、夏の休暇を取ることはできない。
   沒得到上司的允許便無法請暑期休假。

POINT **拘謹的表現。**

ただ～のみ / （ひとり）～のみ

意味 **ただ～だけ**

他のものではない、Aだけだと強調。

只是……而已。強調不是其他東西，只是Ａ。

接続

ただ（ひとり） ＋ { V 辞書形 / イA / N } ＋ のみ

例

❶ 今はただ１日も早い被災地の復興を祈るのみだ。
現在只能祈願災區早日復興而已。

❷ ただ優しいのみでは、いい母親とは言えない。
只是溫柔，是無法稱為好母親的。

❸ 目標達成に必要なのは、ただ努力のみだ。
欲達到目標，唯付出努力。

POINT **拘謹的表現。**

ただ～のみならず／（ひとり）～のみならず

意味 **～だけではなく**

「Aのみならず B」で、Aだけではなくもっと広い範囲までということを示す。「ただ（ひとり）」がつくことで、Aだけではないという意味をさらに強調。

不只是……。用「Aのみならず B」的形式，指不只是A，而是更大的範圍。如果連接「ただ（ひとり）」的話，就更加強調不只是A的意思了。

接続

ただ（ひとり） ＋ { V / イA / ナA / N 普通形 } ＋ のみならず

＊但是「ナA、N」不用加「だ」，或是以「～である」形式出現。

例

1. その医者は、ただ技術のみならず人柄でも多くの患者に信頼されている。
   那個醫生，不只是在技術上，在人品上也受到許多患者的信賴。

2. エネルギー問題は、ひとり日本のみならず世界中で大きな議論を呼んでいる。
   提到能源問題，不僅日本，在全世界都掀起巨大討論風潮。

3. 大学経営は、私立大学のみならず国公立大学でも深刻な課題になっている。
   提到大學營運，這不僅對私立大學，連對國立、公立大學都是個嚴重課題。

4. A大学は有名であるのみならず、各研究における実績がある。
   A大學不僅有名，在各方面研究也都成績斐然。

5. このビルは高いのみならず、最新の耐震構造になっている。
   這棟大樓不僅高，還具有最新的防震構造。

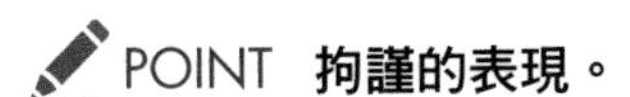

POINT **拘謹的表現。**

＊ 耐震構造……強い地震があっても崩れないように設計されたしっかりした構造

～なくして（は）

意味 **～なしでは**

「Aなくしては B」で、Aがなければ Bという結果、状況になってしまうという意味。Bはよくない結果、好ましくない状況。

如果沒有……的話。用「Aなくしては B」的形式，表示如果沒有A的話，就變成B的結果、狀態。B是不好的結果，是不希望的狀態。

接続 **N ＋ なくして（は）**

例

1. 寄付なくしては、この施設の運営を続けるのは難しい。
   如果沒有捐款的話，這個設施很難繼續經營下去。

2. 親の愛情なくしては、情緒豊かな子どもは育たない。
   缺少父母的愛，就不能培養出感情豐富的孩子。

3. 天才とはいえ努力なくして、大成はできない。
   雖說是天才，但缺乏努力，還是難成大器。

POINT **拘謹的表現。**

～なしに / ～なしには

意味　**～しないで**

「AなしにB」で、AをしないでBをする。「AなしにはB」は、Aをしなければ成立しないという意味。

不做……。用「AなしにB」的形式，表示不做A就直接做B。「AなしにはB」是「要是不做A的話，不能成立」的意思。

接続　**N　＋　なしに / なしには**

1. 管理人の許可なしに、この施設を使用しないこと。
   沒有管理員的許可，請勿使用本設施。
2. 言い争うことなしに、無事に二つのグループの意見がまとまった。
   沒有爭論，順利地整合了兩集團的意見。
3. その老人の体験談は、涙なしには聞けない。
   那位老人家的經驗談總是讓人聽得淚流滿面。

確認テスト

問題1　正しいほうに○をつけなさい。

1 彼女は人に相談する（a. ことなしには b. ことなしに）イギリスへの語学留学を決めた。

2 食糧問題はただ日本（a. ならずのみ b. のみならず）全世界共通のテーマだ。

3 日本の首相にふさわしいのはA氏（a. なくして b. のみ）他にいない。

4 今回の優勝は彼（a. なしには b. をなしに）成し得なかっただろう。

問題2　（　　）に入る適当な言葉を□から選びなさい。
※同じ言葉は一度しか使えません。

リーダーシップ	しょうにん	いのる	かよう

1 やれることはやったので、あとはただ（　　　　　）のみだ。

2 彼の（　　　　　）なくしては、このプロジェクトは成功しない。

3 娘の友達は、一度も塾に（　　　　　）ことなしに東京大学に合格したそうだ。

4 A国は国連の（　　　　　）なしに、B国への干渉に踏み切った。

113ページで答えを確認！

（第4週2日目の解答）

問題1　1 b　2 b　3 a　4 a

問題2　1 だに　2 ですら　3 たりとも　4 だに

～あってのノ～とあればノ～ないまでもノ～までもないノ～をおいて

この条件なら結果はどうなる？

19

～あっての

意味　**～があるから**

「Aあってのb」で、Aがあって初めてBが成立する、AがなければBは成り立たないことを表す。

因為有了……才……。用「Aあってのb」的形式，表示因為有了A，B才能成立，如果沒有A的話，B就不能成立。

接続　**N　＋　あってのN**

1. その学者のノーベル賞受賞は、人知れぬ努力あっての栄光だ。
   那個學者獲得諾貝爾獎，是因為付出了別人無法知道的努力才得到的榮譽。
2. 芸能人というのは、ファンあっての職業です。
   所謂藝人這職業是需要有粉絲（才能存在）的。
3. 結婚は相手あってのことだから、一人ではどうにもならない。
   結婚得要有對象，單單一個人是沒戲唱的。

～とあれば

意味 **～なら**

「Aとあれば B」で、他(ほか)の条件(じょうけん)では違(ちが)うがAという条件(じょうけん)なら可能(かのう)だ、理解(りかい)できることを表(あらわ)す。

……的話。用「Aとあれば B」的形式，表示在其他條件不行，但是在A條件的話就可以，表示可以理解。

接続

V / イA / ナA / N	普通形	+	とあれば

＊但是「ナA」與「N」大部分不會伴同「だ」使用。

例

❶ イケメンでお金持(かねも)ちとあれば、女性(じょせい)にもてるのもうなずける。
如果又是帥哥，又有錢的話，受女性的歡迎也是能理解。

❷ 大切(たいせつ)な家族(かぞく)のためとあれば、どんな苦労(くろう)でもできる。
若是為了重要的家人的話，不管什麼苦我都吞得下。

❸ アカデミー賞(しょう)をとったとあれば、日本(にほん)でもヒットは間違(まちが)いないだろう。
若是拿到奧斯卡獎，在日本也鐵定會大紅大紫。

❹ テレビで紹介(しょうかい)された人気店(にんきてん)とあれば、予約(よやく)せずには入(はい)れない。
若是電視上介紹的那家受歡迎的店的話，不訂位是進不去的。

～ないまでも

意味　～ほどではないが

「Aないまでも B」で、Aという高いレベル、極端なところまではいかないが、それに近い程度だという意味。

儘管達不到……程度。用「Aないまでも B」的形式，表示儘管達不到 A 這種高水準或頂點，但是達到接近那個程度的意思。

接続　V　ない形　＋　ないまでも

1. 世界地図制覇とは言わないまでも、今まで多くの国を旅してきた。

   我不敢說我到過了地圖上的每個國家，但是到目前為止到過了許多國家旅行。

2. 昨日の試験は、満点とはいかないまでも、80 点くらいは取れたと思う。

   昨天的考試雖不至於考到滿分，但我想起碼有 80 分。

3. 大企業の社長にはなれないまでも、自分の会社はもちたいと考えている。

   就算不能當上大企業的老闆，我想起碼開一間自已的公司。

4. 恋人とまではいかないまでも、彼女とはとてもいい関係だ。

   雖說還不到戀人的程度，但我和她關係相當不錯。

～までもない / ～までもなく

意味 **～する必要(ひつよう)がない**

「AまでもなくB」で、Aをする必要(ひつよう)はない、Aをしなくても当然(とうぜん)Bだという話(はな)し手(て)の判断(はんだん)を示(しめ)す。

沒必要……。用「AまでもなくB」的形式，表示沒有必要做A，即使不做A當然也得到B的結果。表示說話人的判斷。

接続 **V　辞書形　＋　までもない / までもなく**

1. 電話(でんわ)で済(す)む用件(ようけん)なら、わざわざ先方(せんぽう)のオフィスに行(い)くまでもないだろう。

   如果打電話就可以解決的問題的話，就沒必要特意去對方的辦公室了。

2. 彼(かれ)はいうまでもなく戸籍上(こせきじょう)は日本人(にほんじん)だが、アメリカの永住権(えいじゅうけん)も持(も)っている。

   他在戶籍上無庸置疑地是個日本人，但卻有美國的永久居留權。

3. 結果(けっか)を待(ま)つまでもなく、今回(こんかい)の試験(しけん)は合格(ごうかく)できたという自信(じしん)がある。

   不必等結果出爐，我相當有信心會通過這次的考試。

～をおいて

意味 **～の他に、～以外に**

「Aをおいて～ない」で、A以外にはいない、Aだけだという話し手の判断を意味し、Aには高い評価やレベルをもつ人・物がくる。

……之外，……以外。用「Aをおいて～ない」的形式，表示除了A之外沒有其他的，說話人判斷為只有A。A是受到高度評價或具有高水準的人或物。

接続 **N ＋ をおいて**

例

❶ このチームをまとめられるのは、彼をおいて他には考えられない。

能把這個隊伍凝聚起來的，除了他之外沒有其他人。

❷ 私が入りたい大学は、尊敬する教授がいるあの大学をおいて他にはない。

我想念的大學，除了那所有我尊敬的教授執教的大學以外不做他想。

❸ 結婚を決めたのは、彼をおいて理想の人とは出会えないと思ったからだ。

之所以決定走向紅地毯，是因為我想除了他以外，我碰不到更理想的人了。

POINT **拘謹的表現。**

確認テスト

問題1　正しいほうに○をつけなさい。

1 日本代表には優勝とは（a. いわないまでも b. いうまでもなく）、ベスト8に入ってほしい。

2 サービス業はお客様（a. とあれば b. あっての）仕事だから、何かと気を遣うだろう。

3 親友の結婚式（a. をおいて b. とあれば）何があっても出席しなければ。

4 先生に確認する（a. までもない b. までもなく）明日テストが実施される。

問題2　（　　　）に入る適当な表現を□から選びなさい。

※同じ表現は一度しか使えません（使わない表現もあります）

ないまでも	までもなく	をおいて
とあれば	あっての	

1 ビートルズはいう（　　　　　　　）、歴史に残る偉大なグループだ。

2 「社長の代理を任せられるのは、あなた（　　　　　　　）他にいないんです。」

3 台風とはいか（　　　　　　　）、明日は全国的に荒れるらしい。

4 会社の命令（　　　　　　　）、たとえ地球の裏側にでも行く。

119ページで答えを確認！

（第４週３日目の解答）

問題1　**1** b　**2** b　**3** b　**4** a

問題2　**1** いのる　**2** リーダーシップ　**3** かよう　**4** しょうにん

～いかんだ / ～いかんによらず / ～といえども / ～をもってすれば

いい結果はどうしたら生まれる？

～いかんだ / ～いかんで / ～いかんによって / ～いかんでは / ～いかんによっては

意味 **～によって、～次第(しだい)で**

「AいかんでB」で、Aがどうかによって Bが決(き)まる。BはAという条件(じょうけん)に左右(さゆう)される。

依據……而定，根據……而定。用「AいかんでB」的形式，表示根據A的情況決定B。B受A條件的影響。

接続 **N（の）＋ { いかんだ / いかんで / いかんによって / いかんでは / いかんによっては }**

例

❶ 健康診断(けんこうしんだん)の結果(けっか)いかんでは、精密検査(せいみつけんさ)をしなければならない。
根據健康檢查的結果，決定是否必須進行精密的檢查。

❷ 親(おや)の育(そだ)て方(かた)いかんで、子(こ)どもの人格(じんかく)は大(おお)きく変(か)わる。
依父母親的教養方法不同，小孩子的人格也大大不同。

❸ 今(いま)のままでは厳(きび)しいが、努力(どりょく)いかんでは合格(ごうかく)できるかもしれない。
照這樣下去的話是很困難，但努力一下或許能考上也不一定。

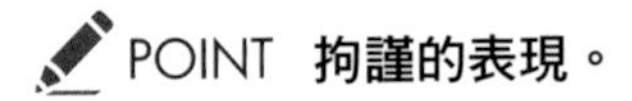

POINT **拘謹的表現。**

～いかんによらず / ～いかんにかかわらず / ～いかんを問(と)わず

意味 **～に関係(かんけい)なく**

「Aいかんによらず B」で、A がどうかに関係(かんけい)なく B だ。B は A には左右(さゆう)されない。

與……無關。用「Aいかんによらず B」的形式，表示與 A 如何沒有關係，就是 B。B 不受 A 的影響。

接続 **N（の）　＋ ｛いかんによらず / いかんにかかわらず / いかんを問(と)わず｝**

1. 背景(はいけい)のいかんによらず、犯罪(はんざい)は許(ゆる)されることではない。
   不管背景如何，犯罪是不可原諒的。
2. 「合否(ごうひ)のいかんにかかわらず、結果(けっか)は文書(ぶんしょ)でお送(おく)りします。」
   「不管合格與否，結果都會以書面寄給您。」
3. 経験(けいけん)のいかんを問(と)わず、やる気(き)がある若者(わかもの)を当社(とうしゃ)で採用(さいよう)したい。
   不問經驗有無，敝公司想要錄用的是有心做的年輕人。

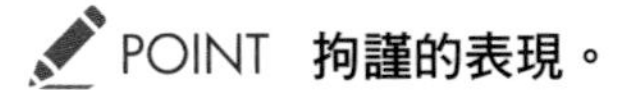

POINT **拘謹的表現。**

第4週
5日目

~といえども

意味 **~けれども、~でも**

「AといえどもB」で、Aというような特別(とくべつ)なケース、状況(じょうきょう)でもBだ。

儘管……但是，即使……也。用「AといえどもB」的形式，表示即使在A這種特殊的情況下還是B。

接続

V イA ナA N	普通形	+	といえども

例

1. ボランティアが増(ふ)えているといえども、まだまだ足(た)りない状況(じょうきょう)だ。
   儘管志工人數增加，但還是不夠。
2. 都会(とかい)は便利(べんり)といえども、自然災害(しぜんさいがい)には弱(よわ)いと言(い)われている。
   都市雖方便，一般認為對天然災害沒抵抗力。
3. 人間的(にんげんてき)には優(やさ)しいといえども、経済力(けいざいりょく)がないのは大(おお)きなマイナスだ。
   就算人很體貼，但沒有經濟能力得大大扣分。
4. どんな悪人(あくにん)といえども、多少(たしょう)の良心(りょうしん)はあるだろう。
   不管是什麼樣的壞人，多多少少都還是會有良心吧！

POINT **大部分是接續名詞的句子。拘謹的表現。**

～をもってすれば

意味 **～を使(つか)えば**

「Aをもってすれば B」で、大変(たいへん)な状況(じょうきょう)であってもAという手段(しゅだん)、ものを有効(ゆうこう)に使(つか)えばBといういい結果(けっか)が出(だ)せる、何(なん)とかなるという話(はな)し手(て)の判断(はんだん)。

使用……的話。用「Aをもってすれば B」的形式，表示即使處於非常的狀態下，有效地利用A這種手段或東西的話，也能達到B這種好結果。表示說話人做出最終能實現的判斷。

接続 **N ＋ をもってすれば**

例

1. 彼女(かのじょ)の深(ふか)い愛情(あいじょう)をもってすれば、今(いま)の学校教育(がっこうきょういく)を変(か)えることは不可能(ふかのう)ではない。
   以她（對教育）的深切情感，要改變現在的學校教育也不是不可能的。

2. 彼女(かのじょ)の才能(さいのう)をもってすれば、世界的(せかいてき)なコンクールでも優勝(ゆうしょう)できるだろう。
   以她的才華，一定能稱霸世界級的比賽。

PLUS **以「～をもってしても」表示「即使是使用某手段，也無法產生好的結果」的意思。**

1. チームの団結力(だんけつりょく)をもってしても、ライバルには勝(か)てなかった。
   就算整隊團結起來也沒能贏過對手。

2. 彼(かれ)の経済力(けいざいりょく)をもってしても、彼女(かのじょ)の愛(あい)を手(て)に入(い)れることはできない。
   即使運用他的經濟能力也是無法獲得她的愛的。

参考）　第1週　5日目「～をもって」（P.36）

確認テスト

問題1　正しいほうに○をつけなさい。

1　選挙の結果（a. いかんによって b. いかんには）、国の未来が大きく変わる。

2　親しい仲（a. といえども b. いかんで）、きちんと礼儀は守るべきだ。

3　不断の努力（a. いかんを問わず b. をもってすれば）、目標は達成できる。

4　当社は学歴の（a. いかんのよらず b. いかんによらず）、能力で採用を決めている。

問題2　（　　　）に入る適当な表現を□から選びなさい。
※同じ表現は一度しか使えません。

いかんによらず　　をもってすれば　　いかんでは　　といえども

1　年齢の（　　　　　　　　　）、誰でもこのプログラムに応募できる。

2　医師（　　　　　　　　　）、自分の病気を見過ごすこともある。

3　気候の（　　　　　　　　　）、この植物は育てにくい。

4　最新医療（　　　　　　　　　）、難病も完治できる日が来るだろう。

問題3　**1～4の各文に続くものを、a～dからそれぞれ選びなさい。**

1 ハードな仕事だが、待遇いかんでは＿＿＿＿＿＿＿＿＿＿＿＿＿＿＿。

2 たとえ小学生といえども、＿＿＿＿＿＿＿＿＿＿＿＿＿＿＿。

3 社員の賛否によらず、＿＿＿＿＿＿＿＿＿＿＿＿＿＿＿。

4 誠意をもってすれば、＿＿＿＿＿＿＿＿＿＿＿＿＿＿＿。

a. 生活習慣病になるケースがある。
b. 引き受けてもいいと思っている。
c. 相手もきっと許してくれるはずだ。
d. 社長は事業を拡張させている。

123ページで答えを確認！

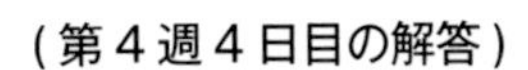
(第4週4日目の解答)

問題1　**1** a　**2** b　**3** b　**4** b
問題2　**1** までもなく　**2** をおいて　**3** ないまでも　**4** とあれば

～だの～だの / ～といい～といい / ～といわず～といわず

同じ例示でも、話し手の気持ちはいろいろ！

～だの～だの

意味 **～や～、～とか～とか**

いくつかの例をあげて「こんな（大したことがない）ことで」という話し手の不満を述べる言い方。

……或者……，……啦……啦。舉幾個例子來表示說話人的「就這麼點事情（不是大事情）」的不滿的說法。

接続

{V / イA / ナA / N 普通形} ＋ だの ＋ {V / イA / ナA / N 普通形} ＋ だの

例

❶ 車両故障だの信号トラブルだの、電車の運転見合わせが多い。
因車輛故障或者信號故障等，電車暫停行駛的情況很多。

❷ 自分で選んだくせに、アパートが狭いだの古いだの、妹はいつも文句ばかり言っている。
明明是自已選的，還嫌公寓太小、太舊等等，妹妹總是牢騷滿腹。

❸ 新入社員はコピーとりだの電話番だの、簡単なことしかやらせてもらえない。
新進員工只能做些像影印、接電話等簡單工作。

～といい～といい

意味 **～も～も**

あるものについてコメントする時にいくつか例をあげ、「これもあれも、どれをとっても」という、話し手が持ついい印象や評価を表す表現。

……**也**……**也**。對某種事物進行評價時，舉「這也、那也、無論哪個都是」等幾個例子，表示說話人持有的好印象或評價。

接続 **N　＋　といい　＋　N　＋　といい**

1. ルックスといい人柄といい、彼女は申し分のない女性だ。
   她不僅容貌好，人品也很好，是一個無可挑剔的女性。

2. 立地条件といい雰囲気といい、このカフェは若者のニーズにぴったりだ。
   不管是地理位置也好、氣氛也罷，這家咖啡店都相當符合年輕人需求。

3. デザインといい値段といい、この店の服はお金持ち向けという感じだ。
   不管設計也好、價格也罷，這家店的衣服總感覺是有錢人取向。

～といわず～といわず

意味 **～だけでなく**

特定のケースだけではなく、すべて（なに、いつ、どこ、だれ、他）においてそれが言えるということを強調したい時の表現。

不只是……。表示強調不只是在特殊的情況下，而是在所有（什麼、何時、何地、何人等）的情況下都可以那麼說的時候使用的一種表現方式。

接続 **N ＋ といわず ＋ N ＋ といわず**

1. 引きこもりの息子は、昼といわず夜といわずパソコンに向かっている。

   關在家中的兒子，不管是白天還是夜晚都坐在電腦前玩電腦。

2. 国際弁護士の友人は、国内といわず海外といわず年中出張している。

   當國際律師的朋友不管是國內也好、國外也罷，一整年都在出差。

3. 友人は動物が大好きで、犬といわず猫といわずペットにしている。

   朋友超喜歡動物，不管是狗也好、貓也罷，全都養來當寵物。

確認テスト

問題 1　正しいほうに○をつけなさい。

1 このアパートは（a. 間取りだの家賃だの b. 間取りといい家賃といい）、申し分ない。

2 兄は私のことを（a. 生意気だのわがままだの b. 生意気といわずわがままといわず）いじめる。

3 母は（a. 美術館といわず映画館といわず b. 美術館といい映画館といい）しょっちゅう出かけている。

4 妹はバイト代が出るとすぐ（a. バッグだの靴だの b. バッグといい靴といい）、物を買ってしまう。

5 （a. 値段といいデザインといい b. 値段といわずデザインといわず）理想のコートに出会えた。

問題 2　（　　　）に入る最も適当なものを一つ選びなさい。

1 彼女は夏といわず冬といわず、（　　　　　　　）。

a. 学校に通っている　b. ボーナスをもらう　c. かぜをひいている

2 課長は給料が安いだの休みが少ないだの、（　　　　　　　）。

a. 会社を辞めるらしい　b. 不満ばかり言っている　c. 会社が嫌いだ

3 あのアスリートは人気といい実力といい、（　　　　　　　）。

a. 頑張ってほしい　b. 群を抜いている　c. オリンピックに出るだろう

129 ページで答えを確認！

（第 4 週 5 日目の解答）

問題 1　**1** a　**2** a　**3** b　**4** b

題題 2　**1** いかんによらず　**2** といえども　**3** いかんでは　**4** をもってすれば

問題 3　**1** b　**2** a　**3** d　**4** c

～（よ）うが／～（よ）うが～まいが／～であれ／～なり～なり

どんな状況でも、どんな方法でも！

22

～（よ）うが／～（よ）うと

意味 **～ても**

どんなに～でも結果(けっか)や状況(じょうきょう)は変(か)わらないということ。

即使……也。表示無論……，結果或情況也不會變。

接続

V　意向形
イAかろう　＋　**（よ）うが／（よ）うと**
ナAだろう

❶ どんなに安(やす)かろうが、あんな粗悪商品(そあくしょうひん)は買(か)いたくない。
即使再便宜，也不想買那樣的低劣商品。

❷ 両親(りょうしん)にどんなに反対(はんたい)されようと、日本(にほん)で就職(しゅうしょく)するつもりだ。
不管遭到父母親如何地反對，我打定主意要在日本工作。

❸ みんなに嫌(きら)われようが、私(わたし)は自分(じぶん)の意志(いし)を通(とお)したい。
就算被大家討厭，我都要堅持自己的意見。

❹ 今(いま)どき、安(やす)かろう悪(わる)かろうでは商品(しょうひん)は売(う)れない。
現在這社會，價廉物不美的商品是賣不出去的。

～（よ）うが～まいが / ～（よ）うと～まいと

意味 **～ても～なくても**

相対する二つの状況のどちらでも、結果や状況は同じだと言いたい時の表現。

……做……或不做……。表示無論做相對的兩個情況中的哪一個，結果或情況是相同的。

接続 **V 意向形 ＋ が / と ＋ V 辞書形 ＋ まいが / まいと**

例

1. 私が賛成しようがするまいが、その議案は通ってしまうだろう。
   不管我贊不贊成，那個議案還是會通過吧！

2. 雪が降ろうが降るまいが、1月の雪まつりは中止できない。
   不管雪下不下，1月的雪祭是一定得辦的。

3. ボーナスが出ようが出るまいが、私はこの会社を辞めるつもりはない。
   不管獎金發不發，我都不打算從這間公司辭職。

～であれ / ～であれ～であれ

意味 **～でも、～でも～でも**

「AであれBであれC」で、AやBという例をとりあえずあげ、その状況でもCという結果になる。話し手の主観的な意見が多い。

或者……，或者……或者……。用「AであれBであれC」的形式，例舉A或B的例子來說明無論是哪個情況都得到C的結果。多表示說話人的主觀意見。

接続 **N ＋ であれ**

例

1. どんな肩書であれ、人間は謙虚さを忘れてはいけない。
   無論是什麼頭銜，人都不能忘記謙虛。
2. 田舎であれ都会であれ、「住めば都」と言うではないか。
   不管是鄉下還是都市，不是有句話說「長居久安」嗎？
3. 学生であれ社会人であれ、マナーは守らなければならない。
   不管是學生還是社會人士，禮節一定要遵守。

POINT **拘謹的表現。如果是使用動詞的話，會用「～にしても～にしても」。**

～なり～なり

意味 **～でもいいし～でもいいし**

「AなりBなり」で、手段・方法の例をあげて、AでもBでもいいからという話し手から聞き手へのアドバイス、依頼を表す。「～なり（なんなり）」の形もある。

……也好，……也好。用「AなりBなり」的形式，例舉手段和方法，表示說話人對聽話人提出「A也好B也好」的建議和委託。也有「～なり（なんなり）」的形式。

接続 **{ V 辭書形 / N } ＋ なり**

例

❶ ストレスがたまったら、友達と会うなり、映画を見るなりして気分転換した方がいい。

如果感到壓力很重的話，還是去見一下朋友啦，或看一場電影啦，改變一下心情為好。

❷ 「参加するかどうかは、明日までにメールなり電話なりで連絡してください。」

「參加與否，請於明天之前以電子郵件、電話等方式聯絡。」

❸ 「文法についてわからないことは、辞書で調べるなりなんなりしてください。」

「關於文法，若有不懂的地方，請利用查字典等等的方法（查詢）。」

POINT **不能用在表達過去的事。**

✕ 遠距離恋愛中は、メールなり電話なりした。

確認テスト

問題１　正しいほうに○をつけなさい。

1 （a. 有名人であれ誰であれ b. 有名人なり誰なり）、礼儀は基本だ。

2 誰に（a. 邪魔されようと b. 邪魔されると）、私は夢をあきらめない。

3 申し込みは、（a. メールなり電話なり b. メールであれ電話であれ）でどうぞ。

4 どんなに（a. おいしかろうと b. おいしいかろうと）、この値段は納得できない。

問題２　１～４の各文に続くものを、a～dからそれぞれ選びなさい。

1 外国人であれこの国にいるなら、＿＿＿＿＿＿＿＿＿＿＿＿＿＿。

2 今からどんなに頑張ろうが、＿＿＿＿＿＿＿＿＿＿＿＿＿＿。

3 お金があろうとあるまいと、＿＿＿＿＿＿＿＿＿＿＿＿＿＿。

4 スーパーの惣菜なりデリバリーなり、＿＿＿＿＿＿＿＿＿＿＿＿＿＿。

a. 誠実な人ならいい。

b. １億円は貯められないだろう。

c. 消費税は払わなければ。

d. 夕食は適当に済まそう。

＊ 惣菜……日常的に食べる、ごはんの時のおかずなど

＊ デリバリー……ピザやお弁当など配達してくれるサービス

問題3　正しい文に○、間違っているものに×を書きなさい。

1 （　　　）　子どもであれ大人であれ、彼は子どもっぽい。

2 （　　　）　来年留学しようと、今は準備をするしかない。

3 （　　　）　嫌なことは泣くなりなんなりして忘れなさい。

4 （　　　）　彼に彼女がいようといるまいと、私の気持ちは変わらない。

135ページで答えを確認！

（第5週1日目の解答）

問題1　1 b　2 a　3 a　4 a　5 a

問題2　1 c　2 b　3 b

～こととて／～とあって／～べく／～ゆえ

理由や状況を説明するフォーマルな表現

23

～こととて

意味 ～から

「～という状況なので」と理由・原因を説明したい時の表現。

因為……。「是因為……情況」說明理由和原因時的表達方式。

接続

V / イA / ナA / N　名詞修飾型　＋　こととて

＊但是動詞的否定，也可以用「～ぬ」表現。

例

1. 今回の海外転勤は家族もいることとて、すぐには返事できない。
此次海外調動工作的事，因為牽涉到家人，所以無法馬上回覆。

2. プロポーズされたが、あまりに急なこととて少し時間をもらうことにした。
被求婚了，由於事出突然，於是決定請對方再多給我一些時間。

3. 「田舎のこととて、素朴な料理しかお出しできませんが。」
「由於是鄉下，我們只能端出一些粗茶淡飯。」

4. まだ子どものこととて、息子の失礼をお許しください。」
「由於還是個小孩，請高抬貴手原諒我兒子的失禮。」

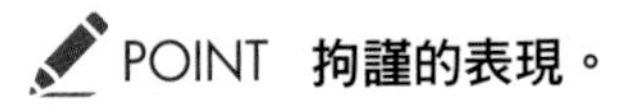

POINT　拘謹的表現。

～とあって

意味 **～ので**

「AとあってB」で、通常とは違いAなのでBという特別な状況になった、と話し手が言いたい時の表現。

因為……。用「AとあってB」的形式，表示說話人想說「因為跟平時不同是A，所以就成了B這種特殊的情況。」時的表達方式。

接続

{V／イA／ナA／N 普通形} ＋ とあって

＊但是「ナA、N」大部分不會伴同「だ」使用。

例

1. 人気の韓流スターが来日するとあって、空港には3000人以上の女性が集まった。
   因為人氣韓星來日本，所以有3000多名女性聚集在機場。
2. ゴールデンウィーク中の晴天とあって、行楽地はどこもすごい人出だ。
   由於適逢黃金週再加上好天氣，每個景點都人滿為患。
3. このマンションは駅から近いとあって、すでに完売したそうだ。
   這間公寓由於距離車站近，所以聽說馬上就全部售完了。
4. 彼女はクラスで一番きれいとあって、男子の間でファンクラブまでできている。
   在班上她最漂亮，甚至男孩都組了粉絲團。

～べく

意味 **～しようと思って**

「AべくB」で、Aというはっきりした目的をもって、それを実現するためにBをするという意味。

想做……。用「AべくB」的形式，表示抱著A這種明確的目的，為了實現這個目的而做B的意思。

接続 **V　辞書形　＋　べく**

＊但是「する」的話「するべく」或是「すべく」都可以。

1. 定年後の第二の人生をスタートすべく、故郷に家と畑を買った。
   退休後打算開始第二人生，就在故鄉買了房子和田地。

2. 自分の会社を持つべく、大学で経営学を学んでいる。
   為了擁有一間自己的公司而在大學學經營學。

3. たまった借金を返済すべく、アルバイトを二つも増やした。
   為了償還積欠已久的債務而多兼了兩份打工。

POINT **B不用能出現請求或是命令的句子。是拘謹的表現。**

✕ 合格すべく、勉強しなさい。

～ゆえ / ～ゆえに / ～ゆえの

意味 **～から、～のため**

理由・原因。「～がゆえ」の形で、特に理由・原因を強調する場合も多い。

因為……，為了……。理由或原因。用「～がゆえ」的形式，多用於強調特殊的理由或原因。

接続

V / イA / ナA / N 名詞修飾型	＋	ゆえ / ゆえに / ゆえのN

＊但是有時候ナA不會接續「な」；N不會接續「の」。

例

1. この二つの三角形は各辺の長さが等しい。ゆえに、この二つは合同である。
   因為這兩個三角形的各邊長度相等。所以，這兩個全等。
2. 彼のあんな言動も、若さゆえのことと許してあげてほしい。
   且看在他年輕的分上，望您原諒他的言行。
3. 社長を信頼しているがゆえに、給料が減っても辞める人はいない。
   因為信賴老闆，即使減薪也依然沒人辭職。

POINT **拘謹的表現。**

確認テスト

問題1　正しいほうに○をつけなさい。

1 マスコミを賑わせた事件（a. とあって b. こととて）、裁判には早朝から多くの人が並んだ。

2 「担当者不在の（a. こととて b. ゆえ）、今はお答えしかねます。」

3 フランスで絵画を学ぶ（a. べく b. とあって）、アルバイトで資金を貯めている。

4 彼は無知（a. こととて b. ゆえ）、こんな過ちを犯してしまったのだ。

問題2　（　　）に入る適当な表現を□から選びなさい。
※同じ表現は一度しか使えません。

とあって	こととて	ゆえの	べく

1 「入院中の（　　　　　　）、そちらまで伺えず申し訳ありません。」

2 今までの人生を見つめ直す（　　　　　　）、しばらく旅に出ることにした。

3 母親（　　　　　　）悩みを持つ人たちが集まってサークルを立ち上げた。

4 クリスマス前（　　　　　　）、デパートは買い物客で賑わっている。

問題3　（　　　　　　）に入る適当なものを一つ選びなさい。

1 妹はファッションモデルになるべく、（　　　　　　　　）。

a. 背が高い　b. 事務所に入った　c. 私にそう言った

2 旅行シーズンの三連休とあって、（　　　　　　　　）。

a. ツアー料金はいつもの二倍だ

b. 食べ物がおいしい

c. 私はのんびりするつもりだ

3 やさしい性格ゆえ、（　　　　　　　　）。

a. 彼は社長になった

b. 彼は何でも引き受けてしまう

c. 彼は評判がよくない

4 海外出張中のこととて、（　　　　　　　　）。

a. 毎日料理をしている

b. 今、仕事をしていない

c. 友人の結婚式に出られない

138ページで答えを確認！

（第5週2日目の解答）

問題1	1 a	2 a	3 a	4 a
問題2	1 c	2 b	3 a	4 d
問題3	1 ×	2 ×	3 ○	4 ○

～とばかりに／～んがため／～んばかりだ

頭に浮かぶのはこんなイメージ！

24

～とばかりに

意味 **まるで～というように**

「AとばかりにB」で、実際にAではないが、いかにもそういう様子でBをするという意味。Aという感情がはっきり見えているということ。

好像……一樣。用「AとばかりにB」的形式，表示雖然實際上不是A，但是，宛若真的像A那樣做B的意思。能夠明顯地看出A那種感覺。

接続

V普通形・命令形
イA
ナA名詞修飾型
N
＋　とばかりに

例

1. 親子げんかをした時、父は出て行けとばかりに玄関を指差した。
父子吵架時，爸爸指著門口，好像要讓孩子出去似的。

2. 注文した料理が来ると、子どもたちは待ってましたとばかりに食べ始めた。
訂購的餐點一來，孩子們便久等了似的迫不及待地吃起來。

3. その学生はつまらないとばかりに、授業とは無関係な本を読み出した。
該學生很無聊似地開始看和課程不相關的書。

4. 祖父はフォークを手に取ったものの、不便だとばかりに、はしに替えた。
祖父儘管拿起叉子，但似乎覺得很不便似地又換成筷子了。

～んがため / ～んがために / ～んがための

意味 **～という目的のために**

「Aんがために B」で、強い意志をもって実現したい目的のためにBという努力をするという意味。

為了……目的。用「Aんがために B 」的形式，表示抱著強烈的意志，為了想要實現目的，而做B這種努力的意思。

接続 **V　ない形　＋　んがため / んがために / んがためのN**

＊但是「する」會以「せんがため」形態表示。

1. 災害から復興せんがために、地域が一つになって頑張っている。
   為了從災害中復興，全地區齊心協力地努力著。

2. 祖父は 100 歳まで生きんがために、食生活にはとても気をつけている。
   祖父為了活到 100 歲，相當地注意飲食生活。

3. 自分の夢を実現せんがための努力なら、まったく辛くはない。
   若是為了實現自己的夢想而努力便絲毫不辛苦。

POINT **拘謹的表現。**

第5週 4日目

～んばかりだ / ～んばかりに / ～んばかりの

意味 **まるで（今にも）～しそうな様子で**

「Aんばかりに B」で、客観的に見て今にもAをしそうなほどのパワーや迫力があるという意味。

好像（馬上）……要做似的。用「Aんばかりに B」的形式，表示從客觀上來看，好像有馬上就可以做A的能力或迫力的意思。

接続 **V ない形 ＋ んばかりだ / んばかりに / んばかりのN**

＊但是「する」會以「せんばかり」形態表示。

例

1. 今にも殴りかからんばかりに、彼は私をにらんだ。
   他好像一副馬上就要上前來揍人似地瞪著我。
2. サプライズのお祝いに、彼女は飛び上がらんばかりに喜んだ。
   對於驚喜般的慶祝，她高興到差點跳起來。
3. 愛犬にえさをあげると、ありがとうと言わんばかりにしっぽを振った。
   一給愛犬飼料，牠便猛搖尾巴，似乎是在說謝謝。
4. 母親はあふれんばかりの愛情を子どもに注いだ。
   母親把滿溢的愛全給了孩子。

POINT **不用在表達自己的事物上。「～と言わんばかりに」是慣用表現。**

× 今にも殴りかからんばかりに、私は彼をにらんだ。

（第5週3日目の解答）

問題1　1 a　2 a　3 a　4 b
問題2　1 こととて　2 べく　3 ゆえの　4 とあって
問題3　1 b　2 a　3 b　4 c

確認テスト

問題1 **正しいほうに○をつけなさい。**

1 注意すると、「うるさい」と（a. 言うばかりに b. 言わんばかりに）弟は私を見た。

2 様々な困難を（a. 克服する b. 克服せん）がため、努力を惜しまない。

3 問題が難しかったのか、ギブアップ（a. とばかりに　b. とばかりの）、彼は両手を上げた。

4 今度の大会で（a. 優勝しん b. 優勝せん）がために、毎日早朝トレーニングを積んでいる。

5 事件を起こした会社の社長は、頭を床に（a. つけんばかりに b. つけたばかりに）深々と謝罪した。

＊ ギブアップ……何かの途中で、ダメだとあきらめること

問題2 **（　　　）に入る適当な動詞を□から選びなさい。必要なら適当な形に変えましょう。**
※同じ動詞は一度しか使えません。

待つ	送る	言う

1 自分らしい人生を（　　　　　）がため、今を大切に生きようと思う。

2 私のスピーチを聞いて、親友は「やったね」と（　　　　　）ばかりに親指を立てた。

3 ファンがいっせいに会場に入ろうとしたため、（　　　　　）とばかりに係員が止めた。

第5週
5日目

～にとどまらず／～にひきかえ／～にもまして／～はおろか／～もさることながら

これとそれを比べると、結論はどうなる？

25

～にとどまらず

意味 **～だけではなく、～をこえて**

「Aにとどまらず B」で、Aという狭い範囲をこえて、もっと広いところにまで影響や力がとどくという意味。そのことがらが持つパワーを示している。

不只是……，超過……。用「Aにとどまらず B」的形式，表示超過A這種狹隘的範圍，影響或力量波及到更大範圍的意思。指那件事情具有的力量。

接続 { **V　辞書形** / **N** } **＋　にとどまらず**

例

❶ ゆとり教育は学力低下にとどまらず、学校教育にゆがみをもたらした。

寬鬆的教育不僅使學習成績下降，而且給學校教育帶來了不良影響。

❷ 鈴木先生の授業は教科書の勉強にとどまらず、日本事情も教えてくれるので人気がある。

由於鈴木老師的課不只是教科書的學習，甚至還會教日本時事，故相當受歡迎。

❸ 今や彼は日本にとどまらず、ハリウッドでも知名度のある俳優になった。

他不只在日本，甚至在好萊塢都已是具知名度的演員。

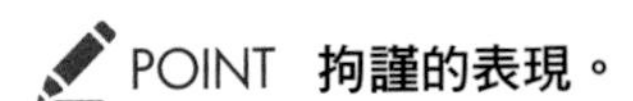

POINT **拘謹的表現。**

~にひきかえ

意味 **~とは反対に**

「Aにひきかえ B」で、Aとは反対に、あるいは大きく異なってBは~だと言いたい時の表現。話し手の主観的な気持ちを示す。

與……相反。用「Aにひきかえ B」的形式，表示與A相反，或者跟A有很大的差別，B是……。表示說話人的主觀想法。

接続

V / イA 名詞修飾型 + の / ナA / N + にひきかえ

＊但是ナA及N，也會以「であるのにひきかえ」形式表達。

例

1. 浪費が珍しくなかったバブル時代にひきかえ、今は節約するのが当たり前になっている。
   與浪費成風的泡沫時代相反，現在節約成了理所當然的事情。
2. 梅雨が短く猛暑だった去年にひきかえ、今年は冷夏だ。
   與去年的梅雨季短且酷暑相反，今年是個冷夏。
3. 兄がのんびりした性格であるのにひきかえ、弟は短気でせっかちだ。
   和哥哥溫吞的個性截然不同，弟弟沒耐性又急躁。
4. 私が大学生だった頃にひきかえ、今の大学生は就職するのが大変だそうだ。
   和我念大學的時候截然不同，聽說現在的大學生找工作相當辛苦。

＊ せっかち……落ち着きがなく、何をする時にも急いでいる人

第5週 5日目

～にもまして

意味 **～よりもっと、～以上に**

「Aにもまして B」で、Aもそうだがそれ以上にBであるという意味。

比……更，超過……。用「Aにもまして B」的形式，表示雖然A也是那樣，但是B更在此之上的意思。

接続 **～N ＋ にもまして**

例

1. そのバンドは人気急上昇中で、コンサートは前回にもまして大盛況だった。
   那個樂隊正在人氣急速上升中，音樂會超過上次，更加盛大。

2. 優勝したうれしさにもまして、チームが一つになれたことがうれしい。
   整個隊齊心協力，這比獲勝還讓我高興。

3. 試験の日が迫り、以前にもまして睡眠不足だ。
   考期逼近，睡眠不足的情況比以往更嚴重。

4. 今年の冬は寒さが厳しく、昨年にもまして降雪量が多い。
   今年冬天酷寒，降雪量比去年來得多。

～はおろか

意味　～はもちろん

「AはおろかB」で、Aはもちろんのこと、他のことも当然そうだという意味。話し手の不満や意外な気持ちを表す。

不用說……。用「AはおろかB」的形式，表示不用說A，其他的事情當然也是那樣的意思。表示說話人感到不滿或意外的心情。

接続　～N　＋　はおろか

1. 洪水によって家財道具はおろか、大切な家族の命まで奪われてしまった。
   不用說因洪水失去的財產，就連家人寶貴的生命都被奪去了。
2. 給料日前で、レストランはおろかファーストフードの店にも入れない。
   發薪日前一天，別說是餐廳，我就連速食店都沒能力進去。
3. 今から1年前は、漢字はおろかひらがなさえも読めなかった。
   距今一年前，別說是漢字，我就連平假名都看不懂。

POINT　**為了表示強調，所以常和「も」、「さえ」、「まで」一起使用。**

～もさることながら

意味　～もそうだが、それだけではなく

「Aもさることながら B」で、Aはもちろんだが、それだけではなくBもそうだという話し手の気持ちを表す。

雖然……是那樣，但是不僅那些……。用「Aもさることながら B」的形式，表示雖然A應該是那樣，但是不僅A，B也是那樣的。表示說話人的想法。

接続　N　＋　もさることながら

例

1. 名所めぐりもさることながら、その土地の料理を味わうのも旅の醍醐味だ。
   不用說巡遊名勝，品嚐具當地特色的餐點更是旅行的樂趣。

2. 外交問題もさることながら、山積している国内の問題を早く解決してほしい。
   外交問題自不待言，堆積如山的國內問題倒是希望早點解決。

3. 美しさもさることながら、彼女の魅力は何と言ってもその人柄にある。
   美麗自不待言，她的魅力不管怎麼說還是她的人品。

4. 味もさることながら、心のこもったサービスがあの店の行列の秘密だろう。
   味道自不待言，誠心誠意的服務便是那家店大排長龍的秘密吧！

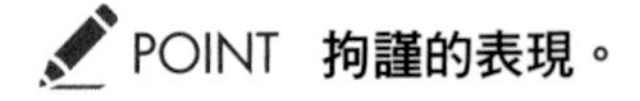
POINT　**拘謹的表現。**

確認テスト

問題１　正しいほうに○をつけなさい。

1 前の会社（a. にひきかえ b. にもまして）、転職先の給料は三分の二だ。

2 舞台のセット（a. にひきかえ b. もさることながら）、俳優陣もこの上なく豪華だ。

3 叔父はギャンブルのために、貯金（a. はおろか　b. さることながら）家まで売ってしまった。

4 会社の経営状態は昨年（a. にとどまらず b. にもまして）厳しいと言える。

5 この曲は特定の年齢層（a. にひきかえ b. にとどまらず）幅広く愛されている。

問題２　（　　　）に入る適当な表現を□から選びなさい
※同じ表現は一度しか使えません。

はおろか	にひきかえ	もさることながら

1 小さい頃から、活発な姉（　　　　　　　）私は内気だと言われ続けてきた。

2 あのモデルはスタイル（　　　　　　　）、顔の小ささも女性たちの憧れの的だ。

3 私は外国語（　　　　　　）、自分の母語である日本語にも自信がない。

（第５週４日目の解答）

問題１　1 b　2 b　3 a　4 b　5 a

問題２　1 送らん　2 言わん　3 待て

第5週 5日目

～かぎりだ / ～極(きわ)まる / ～の至(いた)り / ～の極(きわ)み

気持ちはこんなレベル！

26

～かぎりだ

意味 **～とても～だ、最高(さいこう)に～だ**

客観的(きゃっかんてき)にではなく、自分自身(じぶんじしん)の気持(きも)ちを「とても～だ」と伝(つた)える表現(ひょうげん)。

非常……，最高……。不是客觀上，而是把自己的「非常……」的心情表達出來。

接続

イA / ナA / Nの ＋ かぎりだ

例

1. 遠(とお)い日本(にほん)で家族(かぞく)と離(はな)れて暮(く)らすのは、寂(さび)しいかぎりだ。
遠離家人，在遙遠的日本生活，非常寂寞。

2. 宝(たから)くじで 1000 万円(まんえん)も当(あ)たったなんて、羨(うらや)ましいかぎりだ。
竟然中 1000 萬日圓彩券，真是讓人羨慕不已。

3. 来週(らいしゅう)でまた一(ひと)つ年(とし)をとってしまうなんて、悲(かな)しいかぎりだ。
下個禮拜我竟又要老一歲了，真是難過得很。

4. 先生(せんせい)が箱根(はこね)を案内(あんない)してくださるなんて、心強(こころづよ)いかぎりです。」
「老師竟然要帶我們去箱根玩，真是壯膽不少。」

POINT **前面接「うれしい」、「喜(よろこ)ばしい」、「残念(ざんねん)な」等等是表示心情狀態。**

～極まる / ～極まりない

意味 **非常に～だ、この上なく～だ**

自分自身のとても強い思いを表現する言い方。感情的な印象がある。

非常……，最高……。表達自己非常強烈的思想時的說法。感覺比較情緒化。

接続 **ナA ＋ 極まる / 極まりない**

＊ナA不接續「な」。

例

1. こんな道でスピードを出すなんて、危険極まりない。
在這樣的道路上加速，危險至極。

2. 上司にあいさつをせずに帰ってしまうとは、失礼極まる。
竟然沒向上司打聲招呼就回家去了，真是失禮至極。

3. 昨夜行った居酒屋の店員の対応の悪さは、不愉快極まりなかった。
昨晚去的那家居酒屋店員的應對進退之差，真是讓人不愉快至極。

POINT **拘謹的表現。「極まる」與「極まりない」是相同意思。**

PLUS **「感極まって」是慣用表現。**

例 優勝した学生は感極まって号泣した。
優勝的學生非常感動激昂地號啕大哭。

～の至り

意味 **最高に～、非常に～**

話し手の感情を表すが、この上がないほどの状態、最高のレベルに達していると言いたい時の表現。

最高……，非常……。表達說話人的感情。要想說「達到最高狀態了，或者達到了最高水準了」的表達方式。

接続 **N ＋ の至り**

例

1. 若気の至りとはいえ、あの時はずいぶん荒れた生活をしていたものだ。

   雖說是年輕不成熟，但那時的生活確實相當放蕩。

2. 憧れの俳優と握手できるなんて、感激の至りだ。

   竟然可以和憧憬已久的偶像握手，感激之至。

3. 先生のような方にお会いできて、光栄の至りです。」

   「能夠和老師這般的人士見面，光榮之至。」

POINT **拘謹的表現。「若気の至り」是表示「因為年輕，所以做了這樣的事」的慣用表現。**

～の極み

意味 **最高に～、非常に～**

話し手の気持ちが極限に達している時に使う表現。感激しているという状況を表す場合が多い。

最高……，非常……。說話人的心情達到了極限時的表達方式。多用於表達已經達到了感動的狀態。

接続 **N ＋ の極み**

1. 一泊30万円もするホテルに泊まるなんて、贅沢の極みだ。
   竟然住一晚30萬日圓的飯店，太奢侈了。

2. 好きな人と一緒にいられることが、私にとっての幸せの極みと言える。
   能和喜歡的人在一起，這對我而言可說是幸福至極。

3. 初恋の人と数十年ぶりに会えるとは、感動の極みだ。
   竟能和初戀情人相隔數十年後再見面，感動至極。

4. 「初めての小説でこんなに素晴らしい賞をいただけるなんて、光栄の極みです。」
   「第一次寫小說就拿到這麼棒的獎項，光榮至極。」

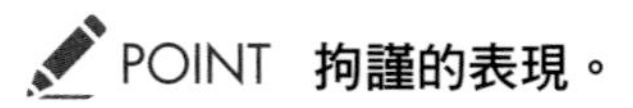

POINT **拘謹的表現。**

確認テスト

問題1 正しいほうに○をつけなさい。

1 「また先生にお会いできるなんて、うれしい（a. 至り　b. かぎり）です。」

2 長年の夢だった日本留学ができたのは、喜びの（a. 極みだ　b. 極まる）。

3 幼い頃に別れた母と20年ぶりに会えた時には、（a. 感極まって　b. 感極まりなく）泣いてしまった。

4 「こんなに立派な賞をいただくなんて、光栄（a. の至り　b. かぎり）です。」

問題2 （　　　）に入る適当な表現を□から選びなさい。

※同じ表現は一度しか使えません。

極まりない	の至り	の極み	かぎりだ

1 ずっと一緒に勉強していたマリアさんが帰国してしまうなんて、寂しい（　　　　）。

2 「あの頃が懐かしいね。」「若気（　　　　）で、悪いこともしたけどね。」

3 新入社員が部長にコピーを取らせるなんて、非常識（　　　　）。

4 この映画のラストは歴史に残る名場面で、感動（　　　　）だった。

問題3　正しい文に○、間違っているものに×を書きなさい。

1　(　　　　)　ろくに食べていない上に、強いお酒をたくさん飲むのは、不健康に極まる。

2　(　　　　)　いとこがオリンピックに出場するのは、喜びのかぎりだ。

3　(　　　　)　好きな作家のサイン会で直接話ができたなんて、うれしい極まりだ。

4　(　　　　)　「こんなことまで手伝っていただいて、恐縮の至りです。」

157ページで答えを確認！

（第5週5日目の解答）

問題1　**1** a　**2** b　**3** a　**4** b　**5** b

問題2　**1** にひきかえ　**2** もさることながら　**3** はおろか

～ないではおかない／～ないではすまない／～てやまない／～を禁じ得ない

強い感情をアピールする表現。

27

～ないではおかない／～ずにはおかない

意味 **必ず～する**

何があってもそうする、しないまでは終わらせないという話し手の強い信念を表す。

一定……做。無論發生什麼事情都要那麼做，不做不甘休。表示說話人這種強烈的信念。

接続 **V　ない形　＋　ないではおかない／ずにはおかない**

＊但是「ずにはおかない」句型，如果是「する」的話，則以「せずにはおかない」表現。

例

1. 敵国に攻められたら、こちらも報復しないではおかない。
如果被敵國攻擊的話，我們也一定進行報復。

2. こんな悲惨な事件を起こした犯人を、逮捕せずにはおかない。
引起這麼悲慘事件的犯人，一定要逮捕到他。

3. 彼の小説はどれも、読者を感動させずにはおかない。
他的每本小說都一定感動讀者。

POINT 「ずにはおかない」是書寫用語。

～ないではすまない / ～ずにはすまない

意味 **必ず～しなければならない**

「AだからBないではすまない」で、Aという理由でBをしないと許されない、終わらないから、必ずBをするという意味。Aは自分の意志というより常識や状況による話し手の判断。

一定……做。用「AだからBないではすまない」的形式，表示以A這種理由不做B是不被原諒的，事情不會結束，所以必須要做B。與其說A是說話人的意志，不如說是說話人根據常識或現狀做出的判斷。

接続 **V　ない形　＋　ないではすまない / ずにはすまない**

＊但是「ずにはすまない」句型，如果是「する」的話，以「せずにはすまない」表現。

1. あんなに社長を怒らせてしまったのだから、土下座しないではすまないだろう。

   把老闆給氣成那種程度，不下跪不行吧！

2. 政治が混乱してしまった以上、首相は責任をとらないではすまない。

   既然政治都這麼混亂了，那首相豈能不負責！

3. 私のミスで友人のパソコンを壊してしまったので、弁償せずにはすまない。

   因為我的失誤而弄壞了朋友的電腦，必須賠償才行。

POINT **「ずにはすまない」是書寫用語。**

～てやまない

意味 **心から～している**

話し手の他者への深い思いを表す言い方。一時的にではなく、心からその行動をしているという意味。

由衷地做……。說話人向他人表示自己深切想法時的表達方式。不是一時的衝動，而是由衷地做那種行為。

接続 **V て形 ＋ やまない**

例

1. 被災地の皆さんの無事と、1日も早い復興を祈ってやまない。
   由衷地祈願災區民眾的平安及早日復興。

2. 世界中の子どもたちにとっての明るい未来を願ってやまない。
   由衷地祈禱全世界的小孩子有個光明的未來。

3. 「皆さんの今後ますますのご活躍を期待してやみません。」
   「由衷地期待各位今後更加大展身手。」

POINT **拘謹的表現。使用的動詞有：「期待する」、「願う」、「祈る」、「望む」等等。**

～を禁じ得ない

意味 **～をがまんすることができない**

ある状況で、自分の中で自然に発生した感情をコントロールすることができないことを伝えたい時の表現。

無法克制……。說話人想表示自己無法控制在某種狀態下心裏自然產生的感情時的表達方式。

接続 **N ＋ を禁じ得ない**

1. 彼女の、想像を絶する生い立ちを聞いて、涙を禁じ得なかった。
   聽到她無法想像的成長過程之後，不禁流下了眼淚。

2. 飲酒運転により大切な命が奪われていることに、怒りを禁じ得ない。
   對於酒駕造成珍貴的生命被奪走，不禁怒火中燒。

3. 泥棒に入られて貴重品をすべて盗まれたなんて、被害者への同情を禁じ得ない。
   竟然遭小偷，貴重物品全被偷走，不禁對受害者深表同情。

4. 私を裏切った友人に対しては、憤りを禁じ得ない。
   對於背叛我的朋友，憤怒難忍。

POINT **不用在表達自己的事物。**

× 私が朝帰りをしたので、父は怒りを禁じ得ない。

確認テスト

問題1　正しいほうに○をつけなさい。

1 禁煙エリアでタバコを吸っている人に、今日こそ注意（a. しずにはおかない　b. せずにはおかない）。

2 人気俳優の突然の結婚は、驚きを（a. 禁じ得なかった b. 禁じなかった）。

3 地球上から戦争がなくなることを、心から（a. 願って b. 願い）やまない。

4 母は「一言言わないでは（a. すまない b. すめない）」と、父に腹を立てている。

問題2　（　　　）に入る適当な表現を□から選びなさい。
※同じ表現は一度しか使えません。

ないではおかない	ないではすまない
てやまない	を禁じ得ない

1 勉強だけでなくボランティア活動にも熱心な彼女を、皆尊敬し（　　　　　　　　）。

2 気の強い彼女のことだから、彼を殴ら（　　　　　　　　）と思う。

3 自国の首相が年に一度のペースで変わるのは、情けなさ（　　　　　　　　）。

4 結婚式はしなくても、結婚したのだから上司に報告し（　　　　　　　　）だろう。

問題3 **（　　　）に入る適当な動詞を□から選びなさい。必要なら適当な形に変えましょう。**

※同じ動詞は一度しか使えません。

ねがう　うかがう　ためす　しつぼうする

1 お世話になった方が病気と聞けば、お見舞いに（　　　　　）にはすまない。

2 信頼していた人に裏切られ、（　　　　　）を禁じ得ない。

3 再び日本経済が回復することを（　　　　　）やまない。

4 スイーツ好きの姉なら、話題のシュークリームを（　　　　　）ずにはおかないはずだ。

163ページで答えを確認！

（第6週1日目の解答）

問題1　**1** b　**2** a　**3** a　**4** a

問題2　**1** かぎりだ　**2** の至り　**3** 極まりない　**4** の極み

問題3　**1** ×　**2** ○　**3** ×　**4** ○

～しまつだ／～にかたくない／～ばそれまでだ／～までだ

あきれたり、あきらめたり、気持ちは複雑！

28

～しまつだ

意味　**～という悪い結果になった**

いろいろあった上に、最後にはこんなに好ましくない結果になってしまったという意味で、話し手の残念な思いを表す。

成了……不好的結果。經過各種各樣的經歷後，最後變成了這種不希望的結果。表示說話人感到遺憾的想法。

接続

V **イA** **ナA** **N**	**名詞修飾型**		**＋**	**しまつだ**

例

1. 彼は小学校の頃から問題児で、高校の途中で退学になるしまつだ。

   他從小學開始就是個有問題的孩子，到了高中就中途退學了。

2. カードで有名ブランド品を買い続け、とうとう多額の借金をするしまつだ。

   刷卡拚命買名牌，終於落得債台高築的下場。

3. 大学にも行かずに遊んでばかりいて、30歳過ぎてこのしまつだ。

   連大學也不念，就光是玩，年過30還是如此。

POINT　**也有以「このしまつ」、「あのしまつ」的方式，不具體地做表達。**

～にかたくない

意味 **～するのは簡単だ**

その状況、能力からして簡単に～できると言いたい時の表現。

很容易做……。以那種情況和能力，很容易做……。表示說話人的這種想法。

接続 {V 辞書形 / N} ＋ にかたくない

1. 事故で大切な人を失った彼女の気持ちは、想像にかたくない。
在事故中失去重要的人，她的心情不難想像。

2. 彼女の疲れた顔を見ると、多忙であることは察するにかたくない。
每每看到她疲倦的容顏便不難想像她有多忙。

3. 恋人に何も告げずに去って行った彼の想いは、理解するにかたくない。
不難理解他為什麼對情人不告而別。

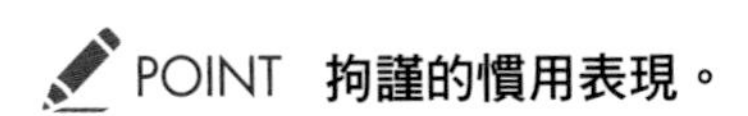

～ばそれまでだ / ～たらそれまでだ

意味 **～てしまうと、それで終わりだ**

～という状況になったら、もう他には方法がない、それ以上は何もできないという意味。

……的話，就完了。表示到了……狀態的話，已經沒有其他辦法了，再怎麼做都無用了。

接続 **V　条件形　＋　ばそれまでだ**

V　た形　＋　たらそれまでだ

例

1. 高価なアクセサリーを買っても、失くしてしまえばそれまでだ。
即使買了高價的飾品，可是如果丟了也就完了。

2. 一生懸命データを入力しても、保存を忘れてしまえばそれまでだ。即使拚命輸入資料，要是忘了存檔，那一切都完了。

3. どんな億万長者でも、死んでしまえばそれまでだ。
不管是什麼樣的億萬富翁，死了就什麼也帶不走。

4. どんなにおいしいアイスクリームでも、落としてしまったらそれまでだ。
不管是再怎麼樣好吃的冰淇淋，掉到地上就沒戲唱了。

～までだ / ～までのことだ

意味 **～以外に方法はない**

状況としてそれ以外に方法がないからそうするという意思を表す。

……之外，沒有其他辦法。表示根據情況沒有其他辦法了，所以只能那樣做的意思。

接続 **V　辞書形　＋　までだ / までのことだ**

1. 電車が動く見込みがないなら、歩いて帰宅するまでだ。
   如果電車沒有行駛的希望的話，只好走著回家了。

2. 彼がこの件を引き受けてくれないなら、他の人に頼むまでのことだ。
   要是他不接這個案子，那只好拜託別人了。

意味 **ただ～だけ**

話し手が「（たいしたことではなく）ただそれだけ」と状況説明や言い訳をしたい時に使う表現。

只是……而已。說話人想以「（不是大不了的事情）只是那樣而已」來進行情況說明或辯解時的表達方式。

接続 **{ V / イA / ナA / N　普通形 }　＋　までだ / までのことだ**

1. 「彼女を食事に誘ったのは、ちょっと話してみたかったまでのことだ。」
   邀請她來吃飯，只是想說一說話而已。

2. 彼女が大変そうだから、手伝ったまでだよ。」
   「因為她看起來蠻辛苦的，所以我只是稍微幫了點忙而已。」

確認テスト

問題１　正しいほうに○をつけなさい。

1　三つ星レストランの値段が高いことは、察する（a. にかたくない b. しまつだ）。

2　「カードの暗証番号は、人に知られてしまえば（a. それまでだ b. これまでだ）。注意しなさい。」

3　もしリストラされても平気だ。新しい仕事を探す（a. までのことだ b. ことまでだ）から。

4　彼はいろいろなビジネスに手を出して、倒産する（a. にかたくない b. しまつだ）。

問題２　（　　　）に入る適当な動詞を□から選びなさい。必要なら適当な形に変えましょう。

※同じ動詞は一度しか使えません。

つぶれる	やる	ふられる	そうぞうする

1　弟は複数の女の子と同時に付き合って、最後には全員に（　　　　　　）しまつだ。

2　就職しても会社が（　　　　　　　　）ばそれまでだから、よく考えて会社を選ぶべきだ。

3　第一志望校にパスした彼女の喜びは（　　　　　　　　）にかたくない。

4　チャリティーに参加したのは大したことではない。自分ができることを（　　　　　　）までのことだ。

問題３　１～４の各文に続くものを、ａ～ｄからそれぞれ選びなさい。

1 たまたま近くに用事があったので、＿＿＿＿＿＿＿＿。

2 モデルをやっている彼の恋人がきれいなのは、＿＿＿＿＿＿＿＿。

3 あの人の机はいつも汚くて注意されていたが、＿＿＿＿＿＿＿＿。

4 どんなに相手のことが好きでも、＿＿＿＿＿＿＿＿。

a. 想像するにかたくない

b. 大切な書類をなくすしまつだ

c. 友人のオフィスに寄ったまでだ

d. 彼女がいればそれまでだ

１６９ページで答えを確認！

（第６週２日目の解答）

問題１　1 b　2 a　3 a　4 a

問題２　1 てやまない　2 ないではおかない　3 を禁じ得ない　4 ないではすまない

問題３　1 うかがわず　2 しつぼう　3 ねがって　4 ためさ

～（よ）うにも～ない／～でなくてなんだろう／～ないものでもない／～にあたらない

はっきり言わないけれど、言いたいことはこれ！

29

～（よ）うにも～ない

意味 **～しようとしてもできない**

気持ちとしてはそれをしたいと思っているが、理由・事情があってできないという意味。

即使想做……也不能。表示有想做那件事情的想法，但是由於某種理由或原因沒能那樣做的意思。

接続 **V　意向形　＋　にも　＋　V　ない形　＋　ない**

例

1. 二日酔いで頭が割れるように痛く、起きようにも起きられない。
   因為宿醉，頭疼得要裂開似的，想起床也起不來。
2. 体調を崩してしまい、働こうにも働けない。
   把身體搞壞，想工作也工作不了。
3. ゲリラ豪雨の中、傘がないので帰ろうにも帰れない。
   下著滂沱大雨，由於沒帶傘，想回家也回不去。

POINT　**「ない形」的動詞，只能使用表達可能的意志動詞**

✕　日本の生活に慣れようにも慣れられない。

＊ ゲリラ豪雨……突然ある一部の地域で集中的に降り出す激しい雨。日本では夏に多い。

～でなくてなんだろう／～でなくてなんであろう

意味 **これこそまさに～だ**

それ以外のことは考えられず、まさにそのものだという話し手の強い感情・主張を表す。

這恰恰是……。除此之外不做他想。表示說話人強烈的感情或主張時的表達方式。

接続 **N ＋ でなくてなんだろう／でなくてなんであろう**

例

1. 自治体の対応の遅れが被害を大きくした。これが人災でなくてなんだろう。
   由於地方自治團體的對應遲緩加重了受災的程度。這不是人禍，又是什麼？

2. 相手の嫌がることをやり続ける。これがいじめでなくてなんだろう。
   一直做對方討厭的事情，這不是霸凌是什麼？

3. 好きな人のために犠牲になる。これが愛でなくてなんであろう。
   為喜歡的人犧牲。這不是愛是什麼？

POINT **「なんであろう」是拘謹的表現。**

～ないものでもない / ～ないでもない

意味　全く～ないわけではない

積極的にではないが、その時の状況・条件によってはその可能性もあると言いたい時の表現。話し手の判断として、可能性がゼロではないという意味。

並不是完全沒有……。表示雖然不是非常積極的，但是根據當時的情況和條件來看，也有那種可能性。根據說話人的判斷，可能性不是完全沒有的意思。

接続　V　ない形　＋　ないものでもない / ないでもない

1. 母がお金を出してくれるなら、一緒に旅行に行かないものでもない。

   如果媽媽提供金錢的話，也不是不能一起去旅行。

2. カラオケは嫌いだが、接待の時には歌わないものでもない。

   雖然討厭唱卡拉 OK，但應酬時也不是不唱。

3. ちょっと高いが、同じデザインでピンクがあれば買わないでもない。

   雖然有點貴，但若是同款設計且有粉紅色的話，我不會不買。

4. この調子で勉強を続ければ、第一志望の大学に合格できないものでもないだろう。

   照這個樣子持續念下去，也不是進不了第一志願的大學吧！

~にあたらない / ~にはあたらない

意味 **~することはない**

~するほどのことではない、~する必要はないと伝えたい時の表現。話し手の謙遜、なぐさめ、批判などの気持ちを表す。

不用做……。想表達「不需要做、沒有必要做」時的表達方式。表示說話人的謙遜、安慰或批評等想法的表達方式。

接続 **{V 辞書形 / N} + にあたらない / にはあたらない**

＊但是N為第Ⅲ類動詞的「する動詞」的名詞形。

例

1. これまでの経緯からいくと、そのアスリートの女優への転向は驚くにはあたらない。
   按照至今為止的經歷下去的話，那個女田徑運動員轉向演員不是驚奇的事情。

2. あの人の行為は有名になるためで、称賛にはあたらない。
   那個人的行為只是想出名，没必要誇獎。

3. 「失敗なんて誰にでもあります。落胆にはあたりませんよ。」
   「不管是誰都會失敗。没必要洩氣呀！」

＊ 称賛……才能や功績などをほめること
＊ 落胆……ショックを受けて、元気をなくしてしまうこと

確認テスト

問題1 **正しいほうに○をつけなさい。**

1 若者言葉は非難（a. するにはあたらない b. しないでもない）。あれも一つの文化なのだから。

2 風があまりに強くて、（a. 出かけよう b. 出かけたい）にも出かけられない。

3 もっとしっかり働いてくれれば、時給を上げ（a. ないものではない b. ないものでもない）が…。

4 お互いの思いを知らずに別れてしまう。これが悲劇（a. にはあたらない b. でなくてなんだろう）。

問題2 **□の中から適当な表現を使って、下線部分を書きかえなさい。** ※同じ表現は一度しか使えません。

～うにも～ない	ないものでもない
にはあたらない	でなくてなんだろう

1 心が傷ついた子どもたちに笑顔が戻る。<u>これこそ希望だ</u>。

2 テストはいいのだから、もっと授業態度がよければ、<u>Aをあげる可能性もある</u>。

3 お医者さんに止められて、<u>飲みに行きたいが行けない</u>。

4 あの人は口では偉そうなことを言うが、<u>尊敬するほどの人ではない</u>。

問題3 どちらか適当なほうに○をつけなさい。

1 {a. 最近(さいきん)とてもウエストが気(き)になっている私(わたし)に「やせた？」なんて、 / b. ダイエットに成功(せいこう)した妹(いもうと)に「やせた？」なんて、}
これが皮肉(ひにく)でなくてなんだろう。

2 {a. 祖父(そふ)は亡(な)くなっているので、昔(むかし)の話(はなし)を / b. 部長(ぶちょう)の歌(うた)はひどいので、}
聞(き)こうにも聞(き)けないのがとても残念(ざんねん)だ。

3 {a. 落(お)ちていた財布(さいふ)を拾(ひろ)って交番(こうばん)に届(とど)けるのは、 / b. 電車(でんしゃ)でお年寄(としよ)りに席(せき)を譲(ゆず)らないのは、}
日本(にほん)では感心(かんしん)にあたらない。

4 {a. さり気(げ)なく言(い)われたら、 / b. あんな失礼(しつれい)な言(い)い方(かた)をされたら、}
メールアドレスを教(おし)えないものでもないけれど…。

175ページで答えを確認！

（第6週3日目の解答）

問題1　**1** a　**2** a　**3** a　**4** b

問題2　**1** ふられる　**2** つぶれれ　**3** そうぞうする　**4** やった

問題3　**1** c　**2** a　**3** b　**4** d

第6週 5日目 ～といったらない／～べからず／～を余儀なくさせる／～を余儀なくされる

はっきりと否定したり、禁止したり！

30

～といったらない／～といったらありはしない／～といったらありゃしない

意味 **とても～だ**

うまく表現できないほど、とても～だという話し手の気持ちを表す。不満、批判、愚痴などマイナスの内容が多い。

非常……。說話人想說「無法完整地表達、非常……」的心情的表達方式。多含不滿、批評和牢騷等負面內容。

接続

V 辞書形 イAい ナAだ Nだ	＋	といったらない／ といったらありはしない／ といったらありゃしない

＊ 但是V和N是表達程度的語彙。

例

1. 会議に、出張に、忙しいといったらありはしない。
   參加會議啦，出差啦，非常忙。
2. 駅の階段から落ちて、みんなに見られた。恥ずかしいといったらない。從車站的樓梯上摔下來，被大家看到了。真是有夠丟臉的。
3. この家はいざ住んでみると、バスの本数も少ないし、店も遠いし、不便だといったらありゃしない。一旦住進這棟房子，便發現公車班次少，店家也很遠，真是非常不方便。
4. あの店のサービスの悪さには、腹が立つといったらない。
   那家店服務之差，真是讓人有夠火大的。

 POINT　口語的說法，也可以用「ったらありゃしない」表現。

「隣の部屋、うるさいったらありゃしないよ。」
隔壁的房間，真是非常地吵啊！

～べからず / ～べからざる

意味　**～してはいけない、～べきではない**

社会のモラル、常識としてそれをやってはいけない、適当な行為ではないという意味。

不能做……，不應該做……。作為社會道德和常識，不能做那件事情，是不正當的行為。

接続　**V　辞書形　＋　べからず / べからざるN**

＊「するべからず」也可以用「すべからず」表現。

1. ドアに「ここより先は危険。関係者以外は入るべからず」という紙が張ってある。
在門上貼著「從這裡開始前方危險。非相關人員請止步」的紙張。

2. 年金暮らしの老人からお金を騙し取るなんて、許すべからざる行為だ。
竟然從依靠老人年金生活的老人那裡騙錢，這行為不可原諒。

3. 「ペットは飼うべからず —— マンション管理組合」
「不允許飼養寵物——大樓管理委員會致」

POINT　「べからず」是公告、注意事項等常使用的陳舊用法。

～を余儀なくさせる

意味 **強制的に～させる**

相手のそれをしたくないという思いに反して、もう一方の意志や都合でそういう辛い状況、大変なことをさせてしまうという意味。

強迫……做。當對方不想做一件事情的時候，按照與對方的想法相反的另一方的意志和理由，讓人做痛苦的事情或不願意做的事情。

接続 **N ＋ を余儀なくさせる**

例

1. 度重なる大型台風が、住民たちに避難を余儀なくさせた。
   屢次的強颱使居民不得已避難了。
2. 深刻な金融危機が、その会社にリストラを余儀なくさせた。
   嚴重的金融危機讓該公司不得不進行裁員。
3. A社はB社にプレッシャーをかけ、そのリゾート計画の中止を余儀なくさせた。
   A 公司向 B 公司施壓，硬逼著讓度假村計劃停止。

POINT **使役表現。**

～を余儀なくされる

意味 **自分の意志に反して～しなければならなくなる**

自分ではどうすることもできない大きなものや自然の力によって、本来ならばしたくないことをしなければいけないという意味。

違心地……不得不做。對自己無能為力的重大事情或自然現象，按理說不想做的事情，不得不做的意思。

接続 **N ＋ を余儀なくされる**

1. 地震により家が倒壊し、人々は仮設住宅での生活を余儀なくされた。

   因地震房屋倒塌，人們不得不在臨時住宅裡生活。

2. 不況による資金不足で、プロジェクトは解散を余儀なくされた。

   不景氣造成資金不足，企劃案不得已只好喊停。

3. キャリアウーマンだった彼女は、親の介護のために帰郷を余儀なくされた。

   曾是女強人的她，為了要照顧雙親不得已只好回故鄉去了。

POINT **被動形表現。表達不滿、遺憾等等的心情。**

確認テスト

問題 1　正しいほうに○をつけなさい。

1 モンスターペアレントは、教育を考える上で無視（a. すべからず b. すべからざる）問題だ。

2 姉がユキコで妹がユキヨなんて、（a. ややこしいったらない b. ややこしいのはない）。

3 友人は深刻な病気により、再三の手術を（a. 余儀なくさせた b. 余儀なくされた）。

4 「私のミスであなたにこんな苦労を（a. 余儀なくさせて b. 余儀なくされて）申し訳ない。」

問題 2　（　　　　）に入る適当な表現を□から選びなさい。必要なら適当な形に変えましょう。

※同じ表現は一度しか使えません。

といったらない　よぎなくさせる　べからざる　よぎなくされる

1 無責任な親たちが、幼い子どもたちに悲惨な生活を（　　　　）いる。

2 携帯電話もメールもない知人に連絡するのは、面倒だ（　　　　）。

3 もし貧しい生活を（　　　　）も、私は人の役に立つことをしたい。

4 お年寄りを狙ってひったくりをするなんて、絶対に許す（　　　　）ことだ。

＊ ひったくり……通りかかった人の物を無理やりうばうこと。また、その犯人

問題3 1～4の各文に続くものを、a～dからそれぞれ選びなさい。

1 親とケンカして仕送りを打ち切られ、＿＿＿＿＿＿＿＿＿＿＿。

2 弁護士というものは、＿＿＿＿＿＿＿＿＿＿＿。

3 私の海外転勤により、＿＿＿＿＿＿＿＿＿＿＿。

4 行きつけの居酒屋に行ったら、＿＿＿＿＿＿＿＿＿＿＿。

a. 夫に3年もの別居生活を余儀なくさせている。

b. 友達が大声で騒いで恥ずかしいったらなかった。

c. 1日一食の生活を余儀なくされた。

d. 相談者の秘密を漏らさざる義務がある。

＊ 行きつけ……よくその店に行くこと。よく行く店

178ページで答えを確認！

(第6週4日目の解答)

問題1 1 a 2 a 3 b 4 b

問題2 1 これが希望でなくて何だろう 2 をあげないものでもない

3 飲みに行こうにも行けない 4 尊敬にはあたらない（する）

問題3 1 a 2 a 3 a 4 a

（あやうく）～ところだった／いかに～か／いざ～となると

7週目からは、ちょっと難しい表現もあるよ！

31

（あやうく）～ところだった

意味　**もう少しで～**

もうちょっとで～という良くない結果になるところだったが、結果的には大丈夫だったと言いたい時の表現。「あやうく」で、危なかったということを強調する。

險些……。想表達再稍微……就造成了不好的結果，但是從結果來看沒出現問題時的用法。用「あやうく」強調差點出事。

接続　**（あやうく）＋　V　辞書形＋　ところだった**

例

1. 携帯メールを見ながら歩いていて、あやうく車にひかれるところだった。邊走邊看手機簡訊，險些被車撞了。
2. いつの間にか目覚まし時計を止めてしまい、大切な会議に遅れるところだった。不知不覺間按停鬧鐘，重要的會議差點遲到。
3. 姉に問い詰められて、あやうく秘密をバラしてしまうところだった。遭姐姐質問，差點說出秘密。

＊ 問い詰める……相手が答えるまで、厳しくいつまでも質問する
＊ バラす……知られると困る秘密などを人に話してしまう

PLUS　**也有「もう少しで（ちょっとで）～」的通俗表現用法。**

例

60点で合格のテストが62点だった。もう少しで落ちるところだった。

60分才及格的考試考了62分，差點沒過。

いかに～か

意味 **どんなに～か**

「いかにＡか」で、とてもＡだと強調（きょうちょう）する表現（ひょうげん）。ＡはイＡ・ナＡ。

多麼……。用「いかにＡか」的形式，表示強調「非常～」時的表達方式。Ａ是イ形容詞或ナ形容詞。

接続

いかに ＋ { イA / ナA } ＋ か

＊但是ナＡ大部分不會接續「だ」。

例

1. あの大学（だいがく）に合格（ごうかく）することがいかに難（むずか）しいかは、誰（だれ）でも知（し）っている。
   考上那所大學有多難，誰都知道。
2. 病気（びょうき）になってみて、健康（けんこう）がいかに大切（たいせつ）かを痛感（つうかん）した。
   生了病，才深切知道健康有多重要。
3. この便利（べんり）さに慣（な）れると、携帯電話（けいたいでんわ）のない生活（せいかつ）がいかに不便（ふべん）かがよくわかる。
   一旦習慣它的方便，才了解沒有手機的生活有多麼不便。

いざ～となると

意味 **いよいよ～の時になると**

「いざAとなると」で、Aという特別なことを前にして、それ以前はなかったある感情が起こってくるという意味。

終於……的時候就……。用「いざAとなると」的形式，表示在A這種特殊的事情即將到來之前，產生一種過去從來沒有過的感情的意思。

接続 **いざ ＋ { V 辞書形 / N } ＋ となると**

例

1. 留学はとても楽しみだったが、いざ出発となると急に不安になってきた。
   雖然對留學很期待，但是到了出發時，就突然間感到了不安。

2. 緊張なんかしないと思ったが、いざ試験の当日となるとドキドキした。
   原本以為不會緊張，但一旦到了考試當天便心跳加速起來。

4. マンションは欲しいが、いざ買うとなると足踏みしてしまう。
   房子是想買啦，但一旦要買時卻又裹足不前。

＊ 足踏みする……物事がなかなか前に進まない状態

（第6週5日目の解答）

問題1　1 b　2 a　3 b　4 a
問題2　1 よぎなくさせて　2 といったらない　3 よぎなくされて　4 べからざる
問題3　1 c　2 d　3 a　4 b

183ページで答えを確認！

確認テスト

問題1　正しいほうに○をつけなさい。

1 弁論大会のため一生懸命練習したが、いざ（a. 自分の番と　b. 自分の番）なると頭が真っ白になった。

2 音楽を聴きながら自転車に乗っていて、歩行者に（a. ぶつかる　b. ぶつかった）ところだった。

3 大陸の大自然を前にすると、いかに人間が（a. 無力だ　b. 無力）かを知ることになる。

4 お見合いは楽しみだったが、いざ明日（a. 会った　b. 会う）となると気が重い。

5 電車で居眠りしてしまい（a. 乗り過ごした　b. 乗り過ごす）ところだったが、セーフだった。

＊ 乗り過ごす……乗り物にのっていて自分が降りる駅をうっかり過ぎてしまうこと

問題2　（　　　　　）に入る最も適当なものを一つ選びなさい。

1 試験の準備は万全なつもりだったが、いざ会場に入ると（　　　　　）。

a. 人が多かった　b. 頭が真っ白になった　c. 一番前の席だった

2 エンジントラブルで、あやうく（　　　　　　　）ところだった。

a. 定時に離陸する　b. 飛行機に乗る　c. 着地に失敗する

3 いかに命が大切かを教えるために、（　　　　　　　）。

a. まずこの動物の映画を見せた　b. マスコミは悪影響もある
c. なかなか難しいと思う

＊ 万全……どこから見ても、誰が見ても準備が完璧な状態

第7週 2日目 一概に（は）～ない／～かというと（～ない）／～ぐらいなら

N1が「難しい表現ばかり」とは一概に言えない！

32

一概に（は）～ない

意味 **いっしょには～できない**

一般的にはすべて同じように思われるが、実際にはそれぞれ違うので一つにはまとめることができないという意味。

不能……統一起來。表示在一般的情況下，所有的東西都可以認為是一樣，但是，實際上因為各自都不同，不能統一起來的意思。

接続 **一概に（は）　＋　V　ない形　＋　ない**

（但是V是可能動詞）

例

1. たくさん勉強している人が成績がいいとは、一概に言えない。
   不能一概而論地說學得多的人成績就好。
2. 地球温暖化とはいっても、世界的に気温が高いとは一概に証明できない。
   雖說是地球暖化，但不能證明全世界的氣溫都很高。
3. 不景気だからといって、どんな業種も不調だとは一概には言えない。
   就算是不景氣，但也不能以偏概全地說每個行業都是景氣寒冬。

POINT 常見「一概に（は）言えない」的句子。

~かというと（~ない）

意味 **必ず~というわけではない**

「Aかというと~ない」で、一般的にはAだと思ってしまいがちだが、実際は全部がAというわけではなく、違うケースもあると言いたい時の表現。

並不一定都是……。用「Aかというと~ない」的形式表示。在一般的情況下傾向於認為是A，但是實際上不一定全部都是A，也有不同的情況。說話人想表達這種想法時的表達方式。

第7週 2日目

接続

V / イA / ナA（普通形） / N ＋ かというと （＋ ~ない）

例

1. ハンサムな人が女性にモテるかというと、そうとも限らない。
至於英俊的人是否都能受到女性的喜歡，那也未必。

2. 都心に緑が少ないかというと、そういうわけでもない。
說東京都中心綠地少，那倒也未必。

3. 有名な料理家の店がおいしいかというと、必ずしもそうとは言えない。
說名廚的店一定好吃，那倒也未必。

～ぐらいなら

意味　～するなら

「Aするぐらいなら B」で、Aは好ましくなく、Bも最高の選択ではないが、どちらかといえばAよりBのほうを選ぶという意味。話し手にとっての苦しい選択を表す。

要做……倒不如做……。用「Aするぐらいなら B」的形式表示。A是不喜歡的事情，B雖然也不是最佳選擇，但是A與B之間做比較的話，還是選擇B的意思。表示說話人做痛苦的選擇。

接続　V　辞書形　＋　ぐらいなら

1. あんな人と付き合うぐらいなら、恋人なんかいらない。
   要是跟那樣的人交往的話，倒不如不要戀人了。

2. あの店でお金を出して食べるぐらいなら、自分で材料を買って作ったほうがおいしい。
   與其要在那家店掏錢吃飯，倒不如自己買食材來作還比較好吃。

3. あいつにやるぐらいなら、犬にやる。
   與其給那傢伙，不如給狗。

POINT **表達對A的不滿或是厭惡等等。**

確認テスト

問題1　正しいほうに○をつけなさい。

1 和食はカロリーが（a. 低い　b. 低く）かというと、そういうわけでもない。

2 年配の人のほうが常識があるとは、一概には（a. 言わ　b. 言え）ない。

3 実力のあるミュージシャンが（a. 売り　b. 売れる）かというと、そうとは限らない。

4 すべてのスポーツが女性より男性に向いて（a. いる　b. ある）かというと、そうじゃない。

5 あんな奴に金を（a. 貸す　b. 貸した）ぐらいなら、捨てたほうがいい。

＊ 年配……人生のいろいろなことを経験している年齢

問題2　（　　　　）に入る最も適当なものを一つ選びなさい。

1 あんな人の下で働くぐらいなら、（　　　　　　　）。

a.40万円はほしい　b. 仕事なんかしたくない　c. 幸運なことだ

2 映画の字幕が完璧かというと、（　　　　　　　）。

a. 本当にそう思う　b. どうなのだろうか　c. ときどき間違いもある

3 人の体は不思議なもので、（　　　　　）とは一概には言えない。

a. よく食べる人が太る　b. よく食べる人がやせている

c. あまり食べない人が太る

189ページで答えを確認！

（第7週1日目の解答）

問題1　**1** a　**2** a　**3** b　**4** b　**5** b

問題2　**1** b　**2** c　**3** a

～ことだし / ～ことはないにしても / さすがの～も / さぞ～（こと）だろう

こんな機能語もマスター！

33

～ことだし

意味　～だから

「AことだしB」で、Aという状況・条件から考えて、Bをするのが適当だという判断を表す。

因為……。用「AことだしB」的形式表示。從A這種情況和條件來考慮，做B是適當的。表示說話人做出的判斷。

接続

V / イA / ナA / N	普通形	＋	ことだし

＊但是ナA及N會以「である」接續。

例

1. 大学も3年生になったことだし、そろそろ就職のことを真剣に考えよう。
   因為已經大學3年級了，就職的事情也得認真地考慮了。
2. 彼女とはもう5年付き合っていることだし、来年あたりに結婚しようと思っている。
   和她已經交往5年了，所以我打算大約在明年結婚。
3. 天気もいいことだし、ちょっとドライブにでも出かけようかな。
   既然天氣也不錯，出門去兜個風好了。

～ことはないにしても

意味　**～の可能性はないだろうが**

「Aことはないにしても B」で、Aという極端な結果になることはないが、それに近い状態になるという意味。「だから気をつけたほうがいい」という内容がくることが多い。

雖然……可能性很小。用「Aことはないにしても B」的形式表示。雖然不會有A這種極端的結果，但是可能會產生接近於那種狀態的結果。往往後接「所以還是注意為好」的內容。

接続　**V　辞書形　＋　ことはないにしても**

1. あんな大企業なのだから倒産することはないにしても、経営はラクではないはずだ。
   那樣的大企業雖然不會倒閉，但是經營狀況應該是不太樂觀的。

2. 東京だから大雪になることはないにしても、折りたたみ傘くらいは持っていったほうがいい。
   就算是東京不會下大雪，但起碼帶個折疊傘比較好。

3. 大会のレベルが高いから優勝することはないにしても、かなりいい線までいくんじゃない？」
   「就算比賽大會的水準高沒辦法獲勝，但總會有不錯的成績吧？」

＊ いい線いく……けっこういい程度、方向だ

さすがの～も

意味 **～ぐらいの人でも**

「さすがのAもB」で、Aは他とは違うとは思っていたが、そんなAでもやはりBという状況になることがあるという意味。Aが尊敬されている存在ならBは好ましくないこと、Aの評価が低い場合はBは好ましいことになる。

即使……那樣的人。用「さすがのＡもＢ」的形式表示。雖然認為Ａ不同於其他人，但是，即使那樣的Ａ有時也會變成Ｂ這種狀態。如果Ａ是值得尊重的人，那麼Ｂ是不喜歡的事情。如果Ａ是評價很低的人，那麼Ｂ是受歡迎的事情。

接続 **さすがの ＋ N ＋ も**

❶ さすがのチャンピオンも年には勝てず、若き挑戦者にあっさり負けてしまった。

就算是冠軍也不得不服老，輕易地輸給了年輕的挑戰者。

❷ 彼の失礼な言動に、さすがの温和な先生も怒りを隠せなかった。

對於他失禮的言行，連溫和的老師都藏不住怒火。

❸ いつもは感情を表に出さない人だが、愛犬の死に、さすがの部長も涙を流したらしい。

經理是個不擅表達感情的人，但對於愛犬的死，好像連他都流淚了。

N 是人或動植物。

さぞ～（こと）だろう

意味 **きっと～だろう**

「さぞAだろう」で、自分以外のことや自分では経験したことがないことについて話し手が推測する表現。

一定……吧！用「さぞAだろう」的形式表示。說話人對不是自己的事情或自己沒有經歷過的事情表示推測。

接続

さぞ ＋ { V / イA / ナA } ＋ （こと）だろう

例

1. リーさんは親友のワンさんが帰国してしまい、さぞ寂しがっていることだろう。
   小李因為好友小王回國了，一定會感到寂寞吧！

2. 写真でもこうなのだから、実際に目にするサハラ砂漠はさぞ雄大なことだろう。
   連看照片都已經是這樣了，實際上的撒哈拉沙漠一定更加壯闊吧！

POINT **「ことだろう」是書寫用語。「さぞ」也可以由「さぞかし」來代替使用。**

例

「昨日から、母はタイ旅行に行ってるの。」
「へえ、あっちはさぞかし暑いだろうね。」
「我媽昨天就去泰國旅行了。」
「真的？那邊一定很熱吧！」

確認テスト

問題1　正しいほうに○をつけなさい。

1. 将来、宇宙に（a. 行ったこと　b. 行くこと）はないにしても、どんな生物がいるのか知りたい。
2. こんなに多忙だと、さすがの（a. 私は b. 私も）ストレスが溜まる。
3. みんな（a. 集まる　b. 集まった）ことだし、そろそろ乾杯しよう。
4. 第一志望の大学に合格して、親御さんもさぞ喜んでいる（a. もの　b. こと）だろう。

問題2　（　　　　）に入る適当な表現を□から選びなさい。
※同じ表現は一度しか使えません。

ことはないにしても	ことだし	さすがの	ことだろう

1. 大統領になる（　　　　　　）、組織のトップになりたいという野心はある。
2. 「会社に入って3年になる（　　　　　　）、もう少し責任感をもってくれないか。」
3. 駅伝であんな険しい坂を走ったら、さぞ疲れる（　　　　　　）。
4. みんなの前であんなことを言われたら、（　　　　　　）加藤さんも怒るだろう。

＊ 野心……自分の実力以上の大きなことを目指したり、望んだりする気持ち
＊ 駅伝……何人かのチームで、長い距離をリレーしながら走りタイムを競う競技

問題３　（　　　）に入れるのにどちらか適当なものを選びなさい。

1　（　　　　　　　　）はさぞ壮大なことだろう。

a. 私の田舎の自然

b. 南極の氷河

2　今月は頑張って働いたことだし、（　　　　　　　　　）

a. とても疲れた

b. 自分にプレゼントをあげよう

3　いつもは落ち着いているが、今回の集中豪雨にはさすがの彼女も（　　　　　　　　　）。

a. パニックになっていた

b. 家に帰れない

4　100キロを超えることはないにしても、（　　　　　　　　　）。

a. しっかりダイエットしている

b. かなり太ったのは事実だ

195ページで答えを確認！

（第７週２日目の解答）

問題１　**1** a　**2** b　**3** b　**4** a　**5** a

問題２　**1** b　**2** c　**3** a

～ずじまいだ / ～そうもない / ～たことにする / ～たつもりだ

「使い方がわからずじまい」にならないように！

34

～ずじまいだ

意味　～ができないまま終わる

やろうという意志はあったが、何か理由や事情があって結局はできなかったという意味。話し手の「残念だ」という気持ちを表す。

沒做成就結束……。表示雖然有過幹勁，但是因為某種理由或原因，結果沒做成的意思。說話人表示「遺憾」的心情時的表達方式。

接続　V　ない形　＋　ずじまいだ

＊「する」會以「せずじまい」表現；「来る」會以「来ずじまい」表現。

例

1. 病床の祖父のところへお見舞いに行きたかったが、行けずじまいだった。

   想去探望躺在病床上的祖父，但是最終還是沒去成。

2. 出張のついでに現地の友人たちに会いたかったが、結局忙しくて誰にも会えずじまいだった。

   原本想趁著出差順便見見當地的朋友，但結果忙到誰都沒見到。

3. 大学時代の友だちは、一度海外赴任してから、その後どこにいるのかわからずじまいだ。

   大學時期的朋友曾一度調到國外任職，之後便不知道他人在何處。

POINT　**「じまいだった」是強調就目前而言，完全沒有做該事的可能性。**

～そうもない / ～そうにない

意味 **～の可能性がありない**

今の状況から考えて、それが実現する可能性がとても低いと言う意味。

……的可能性很小。表示從現在的情況來考慮，實現那件事情的可能性非常小的意思。

接続 **V　ます形　＋　そうもない / そうにない**

例

1. さまざまな要因が重なり、日本経済は急激には回復しそうもない。
   各種原因累積在一起，日本經濟快速恢復的可能性很小。

2. 連休にはのんびりしたいが、至急の仕事が入ってしまい休めそうもない。
   連續假期想好好放鬆一下，但接到得盡快處理的工作，看來沒得休了。

3. 今度の日曜日は海へ行く予定だが、天気予報によれば晴れそうにない。
   預定下週日要去海邊，但就天氣預報看來不會放晴。

4. 大切なテスト前なのに友達が遊びに来て、なかなか帰りそうもない。
   明明是大考前，朋友卻跑來玩，看起來沒有要回去的樣子。

＊ 至急……特別に、何よりも急がなければならない状況

~たことにする

意味 **~というふうに考える**

「Aたことにする」で、事実とは違うが、何か理由があって「Aをした」というふうに自分で考えようとしたり、周囲にアピールする。

好像……似的想。用「Aたことにする」的形式表示。雖然與事實不同，但是由於某種原因「做了A」，如此這般地自己想，或者向周圍的人表白。

接続 **V　た形　+　ことにする**

例

1. こっそり姉のバッグを借りたが、怒られるので借りなかったことにしてしまおう。
   偷偷地借用了姐姐的包包，但是怕挨罵，所以就裝作沒這回事。
2. 「申し訳ないのですが、こちらの事情が変わりましたので、この件はなかったことにしてください。」
   「非常抱歉，由於事情生變，這件事請當作沒發生過。」
3. コーヒーを飲んだことにして、毎日500円ずつ貯金している。
   就當喝了咖啡，我每天存500日圓。

～たつもりだ / ～たつもりだった

意味 **～と自分では思っている**

自分の過去の行動について、「実際どうかは別として、自分ではそれをしっかりやったと考えている」という話し手の主張。

自己是……想的。說話人對自己過去的行為，表示「不管事實怎樣，自己是覺得認真地做了」的主張。

接続 **V た形 ＋ つもりだ / つもりだった**

例

1. 結局会社は倒産してしまったが、私としては最善を尽くしたつもりだ。

   雖然結果是公司倒閉了，不過我已是盡了最大的努力了。

2. 日本にある数多くの大学の中から、最も素晴らしい大学を選んだつもりだ。

   我自以為已從日本的眾多所大學中挑出最棒的大學了。

POINT **「つもりだった」是發現事實並非是如此時的表現。**

例 窓を閉めて出かけたつもりだったが忘れてしまい、泥棒に入られてしまった。

自以為關了窗才出門的，但卻忘了，結果遭了小偷。

PLUS **有時會以「～のに」結束的形式出現，省略後文。**

例 窓を閉めて出かけたつもりだったのに（実際は違った）。

明明以為關了窗才出門的，但……（實際上並非如此）。

確認テスト

問題 1　正しいほうに○をつけなさい。

1 今からタクシーを飛ばしても（a. 間に合う　b. 間に合い）そうもない。

2 空き巣に入られた。しっかり閉じまり（a. する　b. した）つもりだったのだが…。

3 彼の故郷に行きたいと思っているが、今も行け（a. ず　b. ない）じまいだ。

4 高級ステーキを（a. 食べた　b. 食べる）ことにして、貯金箱にお金を入れた。

問題 2　「たことにする」か「たつもりだった」を使って、下線の部分を同じ意味の内容に書き換えなさい。

1 **しっかり見直したと自分では思ったが**、ミスがいくつもあった。

2 **自分でしたというふうにして**、友人がやった宿題を提出した。

3 **旅行をしたというふうに考えて**、被災地に義援金を送った。

4 私としては**ベストを尽くしたと思っていたが**、結果は散々だった。

＊ 義援金……災害にあった人、または恵まれない人たちを助けるためのお金
＊ 散々……いやになるほど、ひどい状態

問題３　（　　　）に入れるのにどちらか適当なものを選びなさい。

1 彼のために親切にしていたつもりだが、（　　　　　　　　　　　　）。

a. お礼を言われてしまった

b. 余計なお世話だったようだ

2 （　　　　　　　　　　　　）、大学の同級生とは会えずじまいだ。

a. お互いに忙しくて

b. あまり会いたくないので

3 （　　　　　　　　　　　　）、自分もそのニュースを聞いたことにする。

a. 私も興味があったので

b. 知り合いと話を合わせるために

4 週末は休めそうもないので、（　　　　　　　　　　　　）。

a. デートをキャンセルした

b. ぜひ休みたい

201ページで答えを確認！

（第７週３日目の解答）

問題１　**1** b　**2** b　**3** b　**4** b

問題２　**1** ことはないにしても　**2** ことだし　**3** ことだろう　**4** さすがの

問題３　**1** b　**2** b　**3** a　**4** b

～たら～たで / ～た拍子に / てっきり～かと思っていた / ～てでも

まだ大丈夫。忘れたら忘れたで、もう一度確認しよう！

35

～たら～たで

意味　もし～たら、その時は

「AたらAたでB」で、Aという状況になったら、その時なりの別の対応があるという意味。

如果……的話，那時就……。用「AたらAたでB」的形式，表示如果處於A那種狀態了的話，就有符合那時的其他應付方法的意思。

接続

V　た形 イAかった ナAな	＋	ら	＋	V　た形 イAかった ナA	＋	で

例

1. もし電車が止まったら止まったでバスで行けばいい。
   電車停了就停了，那就坐公共汽車去吧！
2. 遅刻してしまったら遅刻してしまったで、先生に理由を正直に言うしかない。遲到了就遲到了，只好老實和老師說原因了。

意味　もし～たら

「AたらAたでB」で、Aの前にイメージしていたことと、実際にAが起きた後の気持ちや状況は違うという話し手の感想。

如果……的話。用「AたらAたでB」的形式表示。在A發生之前想像的情況，和實際上A發生之後的心情或情況不同。表示說話人的這種感想。

例

1. 恋人は欲しいが、いたらいたで少し面倒な気がする。
   是想要男（女）朋友，但是如果有了的話又會覺得有點麻煩。

2. テストの点数(てんすう)が悪(わる)いと叱(しか)られるが、よかったらよかったでカンニングを疑(うたが)われるから嫌(いや)だ。

雖會被罵說考得很爛，但這樣也好，畢竟被懷疑考試作弊很討厭。

～た拍子(ひょうし)に

意味 **～をしたその瞬間(しゅんかん)に**

「Aた拍子(ひょうし)にB」で、Aをしたそのタイミングに予期(よき)しないことが起(お)きてしまったという意味(いみ)。

做……的瞬間。用「Aた拍子(ひょうし)にB」的形式，表示在做A的那一瞬間，發生了預想不到的事情。

接続 **V　た形　＋　拍子(ひょうし)に**

例

1. 荷物(にもつ)を持(も)ち上(あ)げた拍子(ひょうし)に、ギックリ腰(ごし)になってしまった。

就在將行李抬起的瞬間，閃了腰。

2. 駅(えき)の階段(かいだん)で転(ころ)んだ拍子(ひょうし)に、ヒールが取(と)れてしまった。

就在車站的樓梯跌倒的那一瞬間，鞋後跟掉了。

3. ふとした拍子(ひょうし)に、初恋(はつこい)の人(ひと)を思(おも)い出(だ)した。

就在那一瞬間，我想起我的初戀情人。

POINT **句型中的動詞為瞬間動詞。**

✕ 漢字(かんじ)を覚(おぼ)えたが、国(くに)に一時帰国(いちじきこく)した拍子(ひょうし)に忘(わす)れてしまった。

＊ ギックリ腰(ごし)……重(おも)い物(もの)を持(も)とうとしたことなどが原因(げんいん)で、急(きゅう)に腰(こし)を痛(いた)めること

てっきり〜かと思(おも)っていた

意味 **まちがいなく〜と思(おも)った**

事実(じじつ)とは違(ちが)うことを、自分(じぶん)だけでそう思(おも)っていたという意味(いみ)。もうすでに、それが間違(まちが)っていたということがわかった時(とき)の表現(ひょうげん)。

原以為……肯定是……。表示把跟事實不同的事情，只有自己是那樣想的。已經知道自己錯了的時候的表達方式。

接続

てっきり ＋ { V / イA普通形 / ナA / N } ＋ かと思(おも)っていた

例

1. 森(もり)さんのことをてっきり20代(だい)かと思(おも)っていたが、実(じつ)は40代(だい)だと聞(き)いて驚(おどろ)いた。
   原以為森先生一定是20幾歲，但當聽說實際上已40多歲了，令我很吃驚。

2. 月曜日(げつようび)、起(お)きたら10時(じ)だった。てっきり祝日(しゅくじつ)かと思(おも)っていたのだ。
   星期一起床時已經10點了，完全以為那天是假日。

4. 「高橋(たかはし)さんって、お子(こ)さんもいるの？てっきり独身(どくしん)かと思(おも)っていたわ。」
   「高橋先生有小孩啊？我完全以為他單身耶！」

POINT **表達「誤以為」的意思。**

～てでも

意味 **～という方法を使っても**

「AてでもB」で、Bという目的のためなら、Aという普通は使わないような方法・手段でも使うという強い意志を表す。

使用……方法也要……。用「AてでもB」的形式表示。為了實現B目的的話，平時不用的A這種方法或手段也會使用。表示強烈的意志。

接続 **V　て形　＋　でも**

例

1. 自分の命を犠牲にしてでも、子どもたちを守りたい。
   即使犧牲自己的生命，也要保護孩子們。

2. 好きな人に彼女がいたら、その彼女から奪ってでも彼を恋人にしたい。
   如果喜歡的人有女友了，就算用搶的，我也要他當我的男友。

3. 「部長、体調が悪いんですが。」
   「今日は大事な会議だ。はってでも来い。」
   「經理，我身體不舒服。」
   「今天有重要的會議，就算用爬的也得給我爬來！」

＊ 犠牲……人を助けるためなどに、自分の命など大切なものを捨てること
＊ はう……地面に体をつけて前に進むこと

確認テスト

問題1　正しいほうに○をつけなさい。

1 雪で（a. 滑った　b. 滑る）拍子に手をついて骨折してしまった。

2 財産はないのも困るが、（a. あったらあったで　b. あったりなかったりで）管理が大変だ。

3 田中さんと一緒にいるのは、てっきり（a. お姉さんか　b. お姉さんだか）と思っていたがお母さんだった。

4 コネを（a. 使って　b. 使った）でも、この会社に就職したい。

＊ コネ……就職などの時にある人に有利に働く、特別な関係。「コネクション」の省略形

問題2　Aの文の意味と同じものにA、Bの文と同じものにBと書きなさい。

A：傘がなくても、雨が降ったら降ったで何とかなる。

B：コンビニは便利だが、近くにあったらあったでつい余計なものを買ってしまう。

1 報告したらしたでうるさいし、しなかったらしなかったで叱られるし、部長とは相性が悪い。（　　）

2 仕事も勉強も、時間がなかったらなかったで工夫できるはずだ。（　　）

3 大家さんに旅行のお土産をいただいたので、会ったら会ったで直接お礼を言うが、会えなかったら会えなかったで電話するつもりだ。（　　）

4 彼女にふられたらふられたで、また次の人を見つけるまでだ。（　　）

問題３　（　　）に入れるのにどちらか適当なものを選びなさい。

1 同僚からの電話はてっきり仕事の件かと思ったら、（　　　　）。

a. 週末の食事の誘いだった

b. 会議の時間変更の話だった

2 寒いのは嫌いだが、日本の冬が暖かかったら暖かかったで、（　　　　）。

a. 冬物が売れなくて困る

b. 私としてはうれしい

3 道で自転車とぶつかった拍子に、（　　　　）。

a. それは知り合いだった

b. メガネが壊れた

4 汚い手を使ってでも、（　　　　）。

a. お金を稼ぎたい

b. むだ遣いをしない

205 ページで答えを確認！

（第７週４日目の解答）

問題１　**1** b　**2** b　**3** a　**4** a

問題２　**1** しっかり見直したつもりだったが　**2** 自分でしたことにして　**3** 旅行をしたことにして　**4** ベストを尽くしたつもりだったが

問題３　**1** b　**2** a　**3** b　**4** a

～て何よりだ / ～ては…、～ては… / ～てはかなわない

「勉強したところが出て何よりだ」と言えるように！

36

～て何よりだ

意味 **～てよかった、安心した**

心配だったり不安だったことが思ったよりいい結果になり、安心したという話し手の気持ちを表す。

……太好了，放心了。由於擔心或不安的事情得到了比預想的更好的結果，所以放心了。表達說話人的這種心情。

接続

V　て形 イAくて ナAで Nで	＋　何よりだ

例

❶ 知り合いが登山中に行方不明になったが、無事に発見されて何よりだ。

一個熟人在登山的時候失蹤了，後來被平安找到了，真是太好了。

❷ 「先生、すっかりご無沙汰しておりました。」「でも、元気そうで何よりね。」

「老師，久未向您問候。」「不過，您看起來精神不錯，那真是太好了。」

 PLUS　**也有「～ず何より」的用法。**

例　祖母が家の中で転んだが、大事には至らず何よりだ。

祖母在家跌倒了，但沒什麼大礙，真是太好了。

～ては…、～ては…

意味 **くりかえして～する**

「AてはB、AてはB」で、一度だけではなく何度もAしてBという行動パターンを繰り返すという意味。

反覆……做。用「AてはB、AてはB」的形式，表示不止一次，多次反覆做A後又做B這種行動模式的意思。

接続 **Vて形 ＋ は ＋ Vます形、Vて形 ＋ は ＋ Vます形**

例

1. 卒論作成は、パソコンで打っては直し、打っては直しで丸半年かかった。

   寫畢業論文用電腦打，打了又改、打了又改，花了整整半年的時間。

2. 10キロマラソンに出場し、走っては休み、走っては休みで何とか完走できた。

   參加十公里馬拉松賽，跑完了休息，休息完再跑，好歹跑完全程了。

POINT **在口語的用法中，也可以用「～ちゃ」表現。**

例 恋愛中の妹は、彼の写真を見ちゃニヤニヤ、見ちゃニヤニヤしている。

戀愛中的妹妹每每看到她男友的照片就笑咪咪。

PLUS **也有僅用「～ては…」的情況。**

例 子どもの頃、おもちゃを出しっぱなしにしては親にしかられた。

小時候，每次亂丟玩具就挨父母親罵。

～てはかなわない

意味 **～は嫌だ、我慢できない**

それをしたり、されるのは自分にとっては苦痛だという意味。話し手の不満や嫌悪感を表す。

不願意……，不能容忍。表示那件事情無論是自己去做，還是被人指使去做，對自己來說都是很痛苦的事情的意思。表示說話人的不滿或厭惡感。

接続

V　て形 **イAくて** **ナAで** **Nで**	**＋　はかなわない**

例

1. 漢字を覚えるためとはいっても、毎日テストをされてはかなわない。
   雖說是為了記住漢字，但是每天考試也受不了。

2. 一時帰国したいが、往復航空券がこんなに高くてはかなわない。
   雖一時想回國，但來回機票貴到讓人咂舌。

3. いくら家賃が安くても、こんなに不便ではかなわない。引っ越しを考えよう。
   不管房租再怎麼便宜，這麼不方便也受不了。考慮搬家吧！

POINT　**「ては」改為「ちゃ」；「では」改為「じゃ」則是口語表現。**

例　いくら8月でも、毎日こんなに暑くちゃかなわない。
就算是 8 月，但每天都這麼熱，怎麼受得了！

確認テスト

問題１　正しいほうに○をつけなさい。

1 マラソンで完走したとはいっても、後半は（a. 歩くと休み歩くと休み　b. 歩いては休み歩いては休み）で、７時間かかった。

2 海がにぎわう夏だというのに、こんなに涼しくては（a. かなわない　b. ならない）。

3 友人がケガをしたと聞いてドキッとしたが、（a. 軽くて　b. 軽さが）何よりだ。

4 息子を大学院まで出したのに、いつまでもフリーターをされて（a. いてならない　b. いてはかなわない）。

問題２　（　　　　　）に入る最も適当なものを一つ選びなさい。

1 弟は食中毒のような症状で、（　　　　　　　　）苦しんでいる。
a. 食べてから吐いて食べてから吐いて
b. 食べては吐いて食べては吐いて
c. 食べたから吐いて食べたから吐いて

2 二人の間にはいろいろあったようだが、（　　　　　　　）何よりだ。
a. ケンカが多くて　　b. 結婚するのか　　c. 仲直りして

3 こちらがやることにいちいち（　　　　　　　　　　）はかなわない。
a. アドバイスしてくれて　　b. 文句ばかり言われて　　c. 答えてくれて

4 息子はアルバイトを辞めて、家で（　　　　　　　　　　　　）いる。
a. 食っちゃ寝食っちゃ寝して　　b. 食べて寝て食べて寝て
c. 寝ちゃ食って寝ちゃ食って

209 ページで答えを確認！

（第７週５日目の解答）

問題１	1 a	2 a	3 a	4 a
問題２	1 B	2 A	3 A	4 A
問題３	1 a	2 a	3 b	4 a

第8週 2日目 ～手前／～てまで／～てみせる

「合格する」と言った手前、必ず合格してみせる！

37

～手前

意味 **の前では、～した以上は**

「A手前B」で、Aという人の前や、Aという状況の下では、自分をよく見せようとBという行為をするということ。

既然在……面前做了……。用「A手前B」的形式，表示在A這種人面前，或者是在A這種情況下，為了好好地表現自己而做B這種行為的意思。

接続 **V 辞書形・た形 / Nの ＋ 手前**

1. 「たばこはやめる」と宣言した手前、1本でも吸うわけにはいかない。
   既然宣告了要戒菸，那就一根也不能抽。

2. 自分で進路を決めた手前、入ったばかりの大学をやめるなんてできない。
   既然是自已決定未來去路，那麼才剛念的大學就不可以休學。

3. 恋人の手前、レジでお金が足りないとは言えず、普段は使わないカードで支払った。
   在女（男）朋友面前，委實無法在收銀台前說錢不夠，於是就用平常不用的卡來付帳了。

～てまで

意味　～という方法や状況で

「AてまでB」で、Aという普通の状況では使わない手段や状況で、Bという目標を果たすという意味。

在……方法或情況下。用「Aてまで B 」的形式，表示用A這種在一般的情況下不使用的方法或手段，實現B這種目的的意思。

接続　V　て形　＋　まで

1. 現在の仕事はやりがいがあるが、プライベートを犠牲にしてまで続けたいとは思わない。
   現在的工作很有意義，但是我不想做到犧牲個人生活的程度。

2. ファッションに興味はあるが、カードを使ってまで高価な物を買いたくない。
   雖然我對時尚有興趣，但還不到會刷卡買高貴物品的地步。

4. 人をだましてまで金もうけしようとする人が増えているなんて、世も末だ。
   想賺錢想到去詐騙人，這種人愈來愈多，真是末世啊！

POINT　**句末大部分是否定的內容。請參考「第７週　５日目」的「～てでも」。（P.199）**

＊ 世も末……救うことができないくらいひどい社会

～てみせる

意味　**必ず～する**

負けたくないという気持ちから、努力して目標を実現するという話し手の強い意志。

一定……做。出於不甘心失敗的心理，努力實現目的。表示說話人強烈的意志。

接続　**V　て形　＋　みせる**

1. 前回はライバルに1点差で負けたが、今回は絶対に勝ってみせる。

   上次以1分之差輸給了對手，這次一定要贏給他看看。

2. 親は無理だと言うが、3年後には自分のカフェをもってみせる。

   雖雙親說那很勉強，但三年後我一定要開一家咖啡店給他們看。

3. 今はストリートミュージシャンだが、いつかメジャーデビューしてみせる。

   我現在雖是個街頭樂師，但總有一天會正式出道給你們看。

＊ ストリートミュージシャン……駅前や通りで演奏しているアマチュアミュージシャン

PLUS　**也有「做某動作給某人看」的意思。**

「一度私がこの曲を弾いてみせるから、その通りにやってみて」

「這首曲子我會再彈一遍給你聽，你照著彈彈看。」

確認テスト

問題1　正しいほうに○をつけなさい。

1　友人を（a. 裏切る　b. 裏切って）まで、自分が幸せになろうとは思わない。

2　みんなの前で「できる」と（a. 言う b. 言った）手前、何がなんでもやるしかない。

3　前回は不合格だったが、今回は必ず（a. 合格して　b. 合格を）みせる。

4　（a. 好きな人が　b. 好きな人の）手前、カッコ悪い姿は見せられない。

問題2　（　　）に入れるのにどちらか適当なものを選びなさい。

1　このままではあきらめられない。（　　　　　　　　　　）。
　a. 絶対に彼女と結婚してみせる
　b. 日本語が少し上手になってみせる

2　「優勝する」と家族に宣言した手前、（　　　　　　　　　　）。
　a. 果たしてできるだろうか　　b. 絶対に負けられない

3　海外で暮らしてみたいとは思うが、（　　　　　　　　　　）。
　a. 会社を辞めてまでは…　　b. 会社を辞めてまでだ

4　「ヴァイオリンが弾けるんだって？（　　　　　　　　）」
　a. 弾いてみせてよ　　b. 弾いてみせるよ

213ページで答えを確認！

（第8週1日目の解答）

問題1　1 b　2 a　3 a　4 b
問題2　1 b　2 c　3 b　4 a

第8週 2日目

～ても差し支えない／～ても～きれない／～ても始まらない

今さらあわてても始まらない。落ち着いてチェック！

38

～ても差し支えない

意味 **～ても、特に問題はない**

「Aても差し支えない」で、もしAをしたり、Aという状況でもいい、大丈夫だという意味。積極的に認めるというよりは、消極的なイメージ。

即使……也沒有什麼的問題。用「Aても差し支えない」的形式表示。做A這種事情也好，或者在A這種狀態也好，都無關緊要。不像是積極地接受，更像是消極地接受。

接続

V て形
イAくて
ナAで
Nで
＋ も差し支えない

例

1. 夏の節電のために、いつもよりカジュアルな服装で出社しても差し支えない。
為了夏季節電，穿比平時輕便一點的服裝上班也沒有關係。

2. 「このマンションは、小動物なら飼っても差し支えありません。」
「這間公寓，若是小動物的話飼養也無礙。」

PLUS **也可以放在句首，用在要求對方某事的場合，為了給對方客氣的印象。**

例

「もし差し支えなければ、連絡先を教えていただきたいんですが。」
「您方便的話，請您告知您的聯絡方式。」

～ても～きれない / ～きれるものではない

意味 **～しても完全（かんぜん）には～できない**

それをやろうとしても、完全（かんぜん）には果（は）たせない。また、状況的（じょうきょうてき）にそれは無理（むり）だという意味（いみ）。

即使做了……也不可能完全做好。即使想做那件事情，也不可能完全做好。或者，根據情況來看，不可能做好的意思。

接続

{ V 意向形とし / V て形 } ＋ても＋Vます形＋ { きれない／きれるものではない }

1. 他人（たにん）の気持（きも）ちは読（よ）もうとしても、なかなか読（よ）みきれないものだ。
   即使想理解別人的心情，怎麼也理解不透。
2. 彼（かれ）の知性（ちせい）は、隠（かく）そうとしても隠（かく）しきれるものではない。
   他的知性，即使想藏也藏不住。
3. 滞在中（たいざいちゅう）にお世話（せわ）になった方々（かたがた）には、感謝（かんしゃ）してもしきれない。
   對於停留期間承蒙照顧的各位，在下感激不盡。

POINT **「～きれるものではない」表達比較客觀的意思。**

～ても始(はじ)まらない

意味 **～ても、解決(かいけつ)はできない**

そんなことをしていても、ものごとは何(なに)も進(すす)まないし解決(かいけつ)しないから、他(ほか)のことを考(かんが)えるべきだという話(はな)し手(て)の批判的(ひはんてき)な意見(いけん)。

即使做……也不能解決。即使那樣做，事情也沒有任何進展，也得不到解決，所以應該考慮其他方法。 表示說話人批判性的意見。

接続 **V て形 ＋ も始(はじ)まらない**

例

1. 失敗(しっぱい)を今(いま)さら後悔(こうかい)しても始(はじ)まらないから、次(つぎ)のことを考(かんが)えなさい。

   失敗的事情現在後悔也沒有用，考慮下面的事情吧！

2. 学生(がくせい)がもっと頑張(がんば)ってくれなければ、教師(きょうし)だけがやる気(き)を出(だ)しても始(はじ)まらない。

   學生不多加點油的話，光老師一頭熱也沒什麼用。

3. 一人(ひとり)でくよくよ悩(なや)んでいても始(はじ)まらないよ。よかったら、私(わたし)に話(はな)してみて。」

   「一個人煩惱也沒什麼用，可以的話，不妨和我說說看。」

＊ くよくよする……気(き)にしていても仕方(しかた)がないようなことを、いつまでも続(つづ)けている様子(ようす)

確認テスト

問題1　正しいほうに○をつけなさい。

1 いつまでも文句を（a. 言っていても　b. 言って）始まらない。前向きに考えよう。

2 「今日は、はんこがないんですが」
「ああ、サインでも（a. 差し支えますよ　b. 差し支えないですよ）。」

3 自分のミスで逆転されてしまい、悔やんでも（a. 悔やむ　b. 悔やみ）きれない。

4 遊びに（a. 来るの　b. 来て）も差し支えないけれど、駅に着いたら連絡して。

問題2　（　　）に入れるのにどちらか適当なものを選びなさい。

1 この商品の支払いは、（　　　　　　　　）。
a. カードの分割払いでも差し支えない
b. カードの分割払いが差し支えない

2 「まったく！（　　　　　　　　）も始まらないのに。」
a. コンサートは6時になっているの　　b. 悪口を言い合っていて

3 大食いコンテストをやっているが、ラーメン10杯なんて（　　　）。
a. 食べようとしても食べきれるものではない
b. 食べたとしても食べきれるものではない

4 「契約は（　　　　　　）も差し支えないですよ。」
a. 身分証明書がなくて　　b. 身分証明書を出して

219ページで答えを確認！

（第8週2日目の解答）

問題1　**1** b　**2** b　**3** a　**4** b
問題2　**1** a　**2** b　**3** a　**4** a

～というよりむしろ / ～ときまって / ～とみられる / ～ないとも限らない

こういう機能語が出ないとも限らないよ！

39

～というよりむしろ

意味 **～よりも…のほうがぴったりだ**

「Aというよりむしろ B」で、Aも間違いとは言えないが、Bの方が表現としてぴったりだという意味。

比……更適合。用「Aというよりむしろ B 」的形式，表示不能說A不對，但是B可能更合適於表達的意思。

接続

V / イA / ナA / N 普通形 ＋ というよりむしろ

＊但是ナA與N有時不會使用「だ」接續。

例

1. 新しい部長は、優しいというよりむしろ優柔不断なタイプだ。
   新部長，與其說是和善，倒不如說是優柔寡斷的類型。
2. 彼女は美人というよりむしろキュートな感じだ。
   她與其說是個美女，倒不如說是可愛。
3. 学生が勉強するのは義務というよりむしろ権利であり、そのチャンスを生かすべきだ。
   與其說學生讀書是義務，倒不如說是權利更恰當些，該好好利用那個機會。

＊ 優柔不断……何かを決める時になかなか決められないで困る性格

～ときまって

意味 **～といつも**

「Aときまって B」で、Aが起こると必ずBという現象や行動も起こるという意味。

一旦……總是。用「Aときまって B」的形式，表示一旦發生A的話，一定會發生B這種現象或行為的意思。

接続 **V　辞書形　＋　ときまって**

例

1. 顔なじみの韓国料理店に行くと、きまって加藤さん家族も来ている。

   每次去那家常去的韓國料理店，總是能碰到加藤一家人。

2. 夜 10 時になると、きまってアパートの隣の部屋から変な音が聞こえる。

   每每到晚上 10 點，公寓隔壁房間一定傳來奇怪的聲音。

3. 子どもの頃、テストの朝になるときまって腹痛を起こした。

   小時候，每每到考試當天早上就一定肚子痛。

～とみられる

意味 **～と考えられる**

様々な状況から、そう考えられる、判断されるという意味。

可認為……。表示根據各種情況，可以那麼認為，可以做出那種判斷的意思。

接続

V イA　普通形 ナA N	＋	とみられる

例

❶ 事件の現場付近では、20 代とみられる怪しい男性が目撃されている。

在事件現場附近，有人看見了看起來像 20 多歲的可疑的男子。

❷ UFO とみられる物体が飛んでいる、と多くの市民から警察に通報があった。

很多市民向警察通報說看到疑似 UFO 的物體正在飛。

POINT **「みられている」的話，則是「從以前到現在一直被這麼認為」的意思。**

例 この周辺で地震が起こる確率は、今後 30 年で 30%程度とみられている。

這附近發生地震的機率，預測在往後的三十年約有三成。

～ないとも限らない

意味 **～かもしれない**

一般的にはAはないと考えられるが、まったく可能性がないわけではない。少しは可能性があるという話し手の判断を表す。

也許……。一般情況下可能認為不是A，但是，也不是說完全沒有可能性。說話人認為稍微有可能性的表達方式。

接続

V / イA / ナA / N　ない形 ＋ **ないとも限らない**

例

1. 古いスーツだが今後着ないとも限らないから、捨てずに取っておこう。

   雖然是舊西裝，也許以後會穿，不要扔掉，保存起來吧！

2. 彼は口が堅いほうだが他の人に話さないとも限らないから、この話は秘密にしよう。

   他雖然口風緊，但不表示他不會和別人說，所以這件事就先保密吧！

3. 明日は入試だ。電車が遅れないとも限らないから、早めに家を出るつもりだ。

   明天就是入學測驗了。或許電車會誤點，所以我打算早點出門。

確認テスト

問題 1 **正しいほうに○をつけなさい。**

1 台風が（a. 来た　b. 来る）と、きまってこの辺りは浸水する。

2 放火事件が起きて 3 か月になるが、未だに犯人（a. ときまる b. とみられる）人物の情報は少ない。

3 この料理は、まろやかと（a. いうより　b. みられるより）特徴のない味だ。

4 「宝くじなんて買ってるの？」「だって、3 億円が（a. 当たらない　b. 当たる）とも限らないでしょ。」

＊ まろやか……やさしい食感で食べやすいこと

問題 2 **□の中から適当な表現を使って、下線の部分を書き換えなさい。** ※同じ表現は一度しか使えません。

とみられる	ときまって
というよりむしろ	ないとも限らない

1 駅前のカフェに行く**と、いつも**私が好きなポップスが流れている。

2 この作家の新作は**リアルよりグロテスクという表現が合う**。

3 人生はドラマだ。チャンスがあれば、ハリウッドスターと**結婚できるかもしれない**。

4 駅のホームのベンチで、**爆弾と考えられる**不審物が発見された。

＊ リアル……細かいところまで実物のように感じられる様子
＊ グロテスク……見る人が気持ち悪くなるような異様な様子

問題３　（　　　）に入れるのにどちらか適当なものを選びなさい。

1 部長はリーダーシップがあるというより、（　　　　　　　　　）。

a. エゴイストだ　　b. みんなを引っ張ってくれる人だ

2 その男が犯人とみられたが、（　　　　　　　　　　）。

a. 警察でいろいろ調べられた　　b. DNA 鑑定で無罪となった

3 うちの犬は、父の靴音が聞こえるときまって、（　　　　　　）。

a. グーグー寝ている　　b. 玄関に向かって走っていく

4 世の中には（　　　　　　　　　）ことがないとも限らない。

a. 魚が空から降ってくるような　　b. 太陽が月に隠れてしまうような

＊ DNA 鑑定……DNA（デオキシリボ核酸）の構造を調べ、個人を特定する鑑定。多くの犯罪捜査で採用されている

225 ページで答えを確認！

（第８週３日目の解答）

問題１　**1** a　**2** b　**3** b　**4** b

問題２　**1** a　**2** b　**3** a　**4** a

第８週 ４日目

～に言わせれば / ～に限ったことではない / ～に越したことはない / ～のなんの

こんな表現も、覚えておくに越したことはない！

40

～に言わせれば

意味 **～の意見では**

「Aに言わせれば」で、その後にはAという人の個人的な意見や主張が続く。その前に他の人の意見が示されていて、それとAの意見とは違うというニュアンスが強い。

按照……的意見。用「Aに言わせれば」的形式表示。在此之後接A的個人意見或主張。在此之前接表示其他人的意見，這個意見和A的意見不同。表示這兩個意見不同的語氣很強。

接続 **N ＋ に言わせれば**

1. みんな暑いと言うが、南国育ちのマリーさんに言わせれば、こんなのは序の口らしい。
   大家都說熱，可是就南方土生土長的瑪麗來說，這好像才是剛剛開始。
2. 部長はリーダーシップがあると言われているが、私に言わせればただ傲慢なだけだ。
   雖大家都說經理很有領袖風範，但就我看來，他只是傲慢。
3. 私はまだ結婚のことなど頭にはないが、両親に言わせればもう遅いのだそうだ。
   我還沒有結婚的念頭，但就父母親看來似乎已是相當晚了。

A表示某人的語詞。

＊ 序の口……まだまだこれから。始まったばかりのレベルであること

~に限ったことではない

意味 **~だけではない**

それだけではなく他にも当てはまる、もっと広い範囲にそのことが言えるという意味。

不只是……。不只是對那個，對其他的也合適，表示那件事情在更大範圍內都可以講。

接続 **N ＋ に限ったことではない**

例

1. 猛暑日が続いているのは、今年に限ったことではない。去年もそうだった。

   不只是今年連日酷暑，去年也是這樣。

2. エネルギー問題に揺れているのは、日本に限ったことではなく世界全体の課題だ。

   為能源問題所困的不只日本，是全世界的課題。

3. 文法が難しいのは日本語に限ったことではなく、ロシア語やフランス語も難解だ。

   不是只有日語的文法難，俄語及法語等也相當艱澀。

＊ 難解……たいへん難しく、理解しにくいこと

～に越したことはない

意味 **～がいい**

「Aに越したことはない」で、Aだったらいい、理想的だという意味。

……可以。用「Aに越したことはない」的形式，表示如果是A的話可以，是很理想的。

接続

V 辞書形・ない形 イA ナA N	＋ に越したことはない

＊但是ナA與N有時也會以「である」形態出現。

例

1. 将来のことを考えれば、貯金はたくさんあるに越したことはない。
   如果考慮將來，擁有很多的存款是再好不過的了。
2. もし生まれ変わるなら、美人に越したことはない。
   若能重生，最好可以當個美女。
3. 給料は高いに越したことはないが、それより仕事の内容が面白いかどうかだ。
   雖沒有比高薪更好的事，但在那之前，還是得先看工作內容是否有趣。

POINT **「～越したことはないが」、「～越したことはないけれど」的形態也很常見。**

~のなんの

意味 **~など、いろいろ**

都合のいい言い訳などをいろいろ並べる表現。

……等等，很多。例舉種種辯解理由時的表現形式。

接続

V イA ナA N	普通形	+	のなんの

例

1. 大学生の弟はテキストを買うのなんのと、母からお金をもらっていく。
   讀大學的弟弟以買教材等為由，跟母親要錢。

2. 夫は週末になると、疲れたのなんのと家でダラダラ過ごしている。外子每每到週末就喊累什麼的，窩在家懶懶散散。

3. 宿題が多いのなんのと、学校にクレームをつける親が増えているそうだ。
   功課多什麼的，聽說向校方抱怨的父母親愈來愈多。

 PLUS **也有「非常……」的意思。**

例

1. 地味だった小学校の同級生が女優になって、驚いたのなんの。
   原本不起眼的小學同學竟當上女演員，真是驚訝不已。

2. 韓国旅行に行ったが、料理がどれもおいしいのなんのって。
   前往韓國旅行，每道菜都相當好吃。

POINT **「なんのって」是更為口語的表現。**

確認テスト

問題 1　正しいほうに○をつけなさい。

1 料理はおいしい（a. に越したことではない　b. に越したことはない）が、最も大切なのは作った人の愛情だ。

2 あの映画はこの夏一番のヒットになっているが、私に（a. 言わされて　b. 言わせれば）見ものなのは CG だけだ。

3 連休に行った温泉旅館が風情がある（a. のなんの　b. のなんのと）。

4 日本（a. に限ったことではなく　b. とも限らず）、介護は社会の大きなテーマだ。

＊ 見もの……見るべきポイント、期待できるもの
＊ 風情……他にはない、そこだけにある趣や空気感

問題 2　□の中から適当な表現を使って、下線の部分を書き換えなさい。必要なら適当な形に変えなさい。

※同じ表現は一度しか使えません。

のなんの	に言わせれば
に越したことはない	に限ったことではない

1 休みは**多いほうがいいが**、仕事が楽しいので休日出勤も苦ではない。

2 私はにぎやかなところが好きだが、**母の意見では**田舎のほうが人間らしい生活ができるそうだ。

3 ちょっとアルバイトしろと父に言われたが、**勉強が忙しいなどと**言い訳してやっていない。

4 **ドラマだけではなく**、最近のテレビはつまらないという声をよく聞く。

問題3　次の文に合うものをa～dから選びなさい。

1 今年の夏に限ったことではなく、＿＿＿＿＿＿＿＿＿＿。

2 生まれながらに才能があるに越したことはないが、＿＿＿＿＿＿＿＿。

3 弟は、性格が合わないのなんのと、＿＿＿＿＿＿＿＿＿＿。

4 私は料理が苦手だが得意な人に言わせれば、＿＿＿＿＿＿＿＿＿。

a. 材料を見ればすぐにイメージが浮かぶそうだ。
b. 何年も前からクールビズが叫ばれている。
c. 彼女をコロコロ変えている。
d. 努力して天才を超えた人もいる。

第8週 5日目

＊ クールビズ……「ビズ」はビジネスからの造語。涼しく快適に過ごすビジネススタイル。主に節電を目的としている
＊ コロコロ……状況が変わるのがとてもはやい様子

231ページで答えを確認！

(第8週4日目の解答)

問題1　1 b　2 b　3 a　4 a
問題2　1 ときまって　2 リアルというよりむしろグロテスクだ
　　　3 結婚できないとも限らない　4 爆弾とみられる
問題3　1 a　2 b　3 b　4 a

～のももっともだ／～ばきりがない／～ほうがましだ／～べくもない／～まいとして

ケアレスミスはするまいとして、慎重にもう一度！

～のももっともだ

意味　**～は当然だ**

状況から考えて、そういう行動をしてしまうのは当然のことで、その人の心情がよく理解できるという意味。

當然……。表示根據情況來看，他採取那種行為是理所當然的事情，能夠理解那人的心情。

接続　**V　辞書形　＋　のももっともだ**

例

1. 長年付き合った彼女に突然ふられたのだから、彼が落ち込むのももっともだ。
   因為突然被交往許多年的女朋友甩了，他當然會情緒低落了。

2. 電車で知らないおじさんにじっと見られたら、赤ちゃんが泣いてしまうのももっともだ。
   在電車上被不認識的伯伯盯著看，嬰兒會哭也不是沒道理。

3. 親友に裏切られたら、人間不信になるのももっともだ。
   若真的遭親友背叛，因而變得不相信人世也是理所當然的。

＊ 人間不信……何か原因があって、自分以外の人間を信じられなくなること

～ばきりがない

意味 **～すると、なかなか終わらない**

いつまでも続けていると際限がない、終わらないから、どこかで妥協するべきだという意味。

一旦……就沒完沒了。表示不知要持續到什麼時候，無止境。因為沒完沒了，所以應該在某處進行妥協。

接続 **V　条件形　＋　ばきりがない**

1. 欲を言えばきりがないが、もう少し広い部屋に住みたい。
   要說欲望的話是無止境的，但還是想住進稍微寬敞一點的房間。

2. 携帯電話も新しい機種がどんどん発売されて、新しさにこだわればきりがない。
   新手機一款接一款地問世，講究新穎可就沒完沒了。

3. 今の会社への不満をあげればきりがないが、待遇がいいからやめられない。
   若提到對現在公司的不滿可是沒完沒了，但由於薪水不錯，所以不忍辭掉。

POINT 「きり」是「終わり」的意思。

＊ こだわる……どんなに細かいこと、小さなことでも徹底的に気にする

第9週 1日目

～ほうがましだ

意味 **～のほうがいい**

「AよりBのほうがましだ」で、AもBもけっしていいとは言えないが、どちらか一つを選ばなければいけないならBを選ぶという意味。とても消極的な選択。

還是……為好。用「AよりBのほうがましだ」的形式表示。不能說A和B都好，但是不得不選擇其中之一的話，就選擇B的意思。是非常消極的選擇。

接続 **{ V　た形 / Nの } ＋ ほうがましだ**

例

1. あんな人にお金を貸すくらいなら、捨てたほうがましだ。
   與其將錢借給那種人，倒不如扔掉好。
2. こんな会社で働くなら、フリーターになったほうがましかもしれない。
   若要在這種公司上班，或許當個自由工作者還比較強。
3. 8年前に買ったパソコンは機能も古いが、ないより（あったほうが）ましだ。
   8年前買的電腦雖功能老舊，但總比沒有好。

POINT **如同例句③中的內容，如果句子的內容很清楚的話，也可以省略「～ほうが」。**

請參考「第7週2日目」的「～ぐらいなら」。（P.182）

～べくもない

意味　まったく～する可能性はない

状況からして、それをしようとしてもできない、まったくすることができないという話し手の判断。

簡直沒有做……可能性。根據情況來看，想做那件事情也做不了，簡直不可能做。表示說話人的判斷。

接続　V　辞書形　＋　べくもない

＊「する」可以以「すべく」或「するべく」形式表現。

例

1. 人付き合いをしない彼の生活など知るべくもない。
因為他不跟人交往，所以完全無法了解他的生活。

2. 田村さんがきれいなのは否定すべくもないが、それを鼻にかけているのが嫌だ。
田村小姐漂亮，這點是無庸置疑的，但是我討厭她老是炫耀她的美。

3. 今の貯金では、自分の会社をもつなど望むべくもない。
依目前的存款要開一間自己的公司根本無望。

＊ 鼻にかける……自分が他の人よりも優れていることを、他の人にアピールする、自慢する

POINT　**拘謹的表現。V可以是「望む」、「知る」、「比べる」等等。**

～まいとして

意味 **～しないように**

「AまいとしてB」で、強い意志をもって、Aをしない、Aにならないように努力する、注意するという意味。

為了不做……。用「AまいとしてB」的形式，表示抱著強烈的意志努力或小心不做A，不變成A的意思。

接続 **V　辞書形　＋　まいとして**

＊「する」可以以「するまい」或「しまい」表現；IIグループ以「V未然形＋まいとして」接續。

例

1. 彼女に携帯電話のメールを見られまいとして、ロックをかけた。
   為了不讓她看到手機的簡訊，我（把手機）鎖上了。
2. 彼は人前で涙を見せまいとして、さり気なく後ろを向いた。
   他若無其事地轉頭向後，不在人前流淚。
3. 二度と失敗はするまいとして、彼はコツコツと努力を続けている。
   他孜孜矻矻地努力以避免失敗第二次。

拘謹的表現。

＊ コツコツ……ゆっくり、しっかり勉強などに取り組み進んでいく様子

確認テスト

問題1 正しいほうに○をつけなさい。

1. 自ら死を選んだ彼の心の奥は知る（a. べく　b. べき）もない。
2. センスの悪い靴を履くくらいなら、（a. 裸足の　b. 裸足な）ほうがましだ。
3. 体罰はいけないが、生徒に足を蹴られたら教師が（a. 怒る　b. 怒った）のももっともだ。
4. 同じ過ちは（a. 繰り返し　b. 繰り返す）まいとして、慎重に行動した。
5. 人生、上を（a. 見て　b. 見れば）きりがない。妥協も必要だ。

問題2 （　　　　　）に入る適当な動詞を□から選びなさい。必要なら正しい形に直しましょう。

※同じ動詞は一度しか使えません。

する	あげる	たべる	のぞむ	いく

1. あの人は完璧だ。長所を（　　　　　　　　）きりがない。
2. こんなまずいものを口にするなら、何も（　　　　　　　　）ほうがましだ。
3. 平凡な私など、あんなエリートとの結婚は（　　　　　　　　）べくもない。

237ページで答えを確認！

（第8週5日目の解答）

問題1　1 b　2 b　3 a　4 a

問題2　1 多いに越したことはないが、　2 母に言わせれば　3 勉強が忙しいのなんのと　4 ドラマに限ったことではなく、

問題3　1 b　2 d　3 c　4 a

～まま / ～ものとする / よくも～ものだ / ～よし / ～を経て

たいへんな努力を経て、合格を手にできた！

42

～まま / ～ままに

意味　他の人の意志どおりに

自分の意志ではなく、他の人のすすめ、誘い、命令などにそのまま従ってしまうという意味。

按照別人的意志……。表示不是按照自己的意志，而是完全按照別人的勸說、誘導或命令等去做的意思。

接続　V　受身形　＋　まま / ままに

例

1. 店員に勧められるままに高価な靴を買ったが、家に帰ってから後悔した。
   按照店員的勸說買了高價的鞋，回家後就後悔了。

2. 上司に指示されるまま動くような仕事はしたくない。
   我並不想做那種上司說什麼我做什麼的工作。

3. 友人に誘われるままにお見合いパーティーに参加したが、全然楽しいとは思えなかった。
   朋友找我去相親派對我就去了，但我覺得一點都不好玩。

～ものとする / ～ものとして

意味 **～と決める、～と考える**

もし事実は違っていても、今の事情を考えて客観的にそうだと判断する、考えるという意味。

決定為……，認為……，當作……。即使事實不是那樣，也要考慮到現在的情況，做出客觀上那樣的判斷，或者認為是那樣。

接続 **V　普通形　＋　ものとする / ものとして**

例

1. この文法はわかったものとして、次の文法にいきましょう。
這個語法就當作理解了，進入下一個文法吧！

2. 彼はいつも遅刻するから、いないものとして作業を進めよう。
他總是遲到，就當他不在，我們進行作業吧！

POINT **「～ものとする」會用在正式的文書等等場合中。**

例　契約に違反した場合は、部屋を退去するものとする。
違約即視為退房。

よくも～ものだ

意味　～できるのが理解できない

他の人の言動について、どうしてそんなことができるのか信じられない、理解できないという非難の気持ちを表す。

怎麼能……不可理解。對他人的言行，表示難以相信為什麼會那樣做。表示不可理解的譴責的心情。

接続　よくも　＋　V　辞書形・た形　＋　ものだ

例

1. 人を殴っておいて「仲直りしよう」なんて、よくも言えたものだ。

   揍了人之後，卻說「我們和好吧！」，還真敢說得出口呢！

2. 専門知識もないのに、よくも知ったかぶって偉そうにできるものだ。

   明明沒有專業知識，還真能裝懂、裝得一副了不起的樣子。

3. 1週間旅行しただけなのに留学したなんて、よくもあんなつまらないウソがつけるものだ。

   明明只是一個禮拜的旅行，竟能說是去留學，還真能掰出那種無聊的謊言。

POINT **使用的動詞是可能動詞。**

＊ 知ったかぶる……本当は知らないことを、まるで知っているように周囲にアピールする

～よし

意味 **～とのこと**

「Aよし」で、人から聞いた話の内容を表す。

……說是那樣。用「Aよし」的形式，表示聽人說的內容。

接続

V / イA / ナA / N	普通形	+	よし

例

1 「体調を崩されたとのよし。その後いかがでしょうか。」
「聽說健康狀態不好。後來怎樣了？」

2 「当時は小学生だったお嬢様が大学に入学されたよし。月日の経つのは本当に早いものですね。」
「當時還是小學生的小姐聽說上了大學，真是歲月如梭啊！」

3 「京都に引っ越されたとのよし。今度、ぜひお邪魔させていただきたいと存じます。」
「聽說您搬到京都，下次務必請您讓我前往叨擾。」

POINT **拘謹的表現。不會用在會話中，而是在書信等場合使用。常以「～とのよし」的形式使用。**

第9週 2日目

～を経て

意味 **～を通って、～を経験して**

「Aを経てB」で、Bという状況やレベルに到達するまでに、Aを通過したり経験したりするということ。結果よりもその過程を強調する表現。

透過……，經歷……。用「Aを経てB」的形式表示。達到B這種狀態或水準之前，得通過或經歷A的意思。比起結果更強調過程的表達方式。

接続 **N ＋ を経て**

1. 小学生たちが海に流したボトルは、10年という時を経てアメリカの西海岸にたどり着いた。
   小學生們投入大海的瓶子，經過10年的時間抵達了美國西海岸。

2. 3000倍の競争率の採用試験を経て、彼女は東京のテレビ局のアナウンサーになった。
   透過競爭率高達3000倍的錄取考試，她當上了東京電視台的主播。

3. ドラマのエキストラを経て、今の主役の座をつかんだ。
   （他）經歷電視劇的臨時演員，現在則坐穩主角寶座。

＊ エキストラ……映画やドラマの撮影などで、通行人や観客の役をする人

POINT **A會出現「場所、時間、經驗」等等的詞彙。**

確認テスト

問題1 **正しいほうに○をつけなさい。**

1 人に借金しておいて、よくもあんな高いバッグが（a. 買う　b. 買える）ものだ。

2 「アメリカから帰国された（a. と　b. との）よし。ぜひ、お会いしたいと存じます。」

3 先生もいらっしゃる（a. こと　b. もの）として、15名で店を予約した。

4 親に（a. 望まされる　b. 望まれる）ままに、地元の国立大学に進学した。

5 姉は営業職（a. から　b. を）経て、今や支社長となった。

問題2 **□から適当な表現を使って、下線の部分を書き換えなさい。**※同じ表現は一度しか使えません。

ままに	よくも～ものだ	ものとして

1 **母が勧めるのでその通りに**歯科医になった。

2 今回の会議で**契約が成立できたと考えて**、次の手続きを進める。

3 人の彼を奪っておいて、**私と平気で話せるなんて理解できない**。

241ページで答えを確認！

第9週 2日目

（第9週1日目の解答）

問題1　1 a　2 a　3 a　4 b　5 b

問題2　1 あげれば　2 たべない　3 のぞむ

受身・使役・使役受身

加強基礎概念

間違えやすいこの3つ、頭の中でもう一度整理しよう！

43

受身

作り方 **Ⅰグループ：書く→書かれる、言う→言われる**
Ⅱグループ：食べる→食べられる
Ⅲグループ：来る→来られる、する→される

意味 **話し手の心情を強調する表現。**
強調說話人心情的表達方式。

例

❶ コンテストに応募した私のイラストが 1000 点の中から選ばれた。我的插圖參加徵選比賽，從 1000 件中被選中了。

❷ あの時どうして 4 番の答えにしなかったのか、今でも悔やまれる。

當時為什麼沒選 4 呢？我現在仍懊悔不已。

❸ 疲れて熟睡しているところを、友達の電話で起こされた。（迷惑の受身）

累到呼呼大睡時卻被朋友的來電吵醒。

意味 **その内容を婉曲に伝える表現。**
婉轉地傳達其內容的表達方式。

例

❶ 屋久杉は樹齢 1000 年以上と言われている。
據說屋久杉的樹齡超過 1000 年。

❷ ビートルズの曲は今でも世界中で愛されている。
披頭四的歌曲至今仍受全世界喜愛。

使役(しえき)

作り方 **Ⅰグループ：急(いそ)ぐ→急(いそ)がせる、手伝(てつだ)う→手伝(てつだ)わせる**
Ⅱグループ：調(しら)べる→調(しら)べさせる
Ⅲグループ：来(く)る→来(こ)させる、する→させる

意味 **自動詞(じどうし)の使役(しえき)**
自動詞的使役式。

例
1 社長(しゃちょう)は小林(こばやし)さんをロンドン支社(ししゃ)に赴任(ふにん)させることにした。
社長決定讓小林先生到倫敦分公司上任。

2 犬(いぬ)と人(ひと)のふれあいを描(えが)いたこの映画(えいが)は多(おお)くの人(ひと)を感動(かんどう)させた。
這部描寫狗和人類之間互動的電影讓許多人深深感動。

意味 **他動詞(たどうし)の使役(しえき)**
他動詞的使役式。

例
1 赤(あか)ちゃんがお母(かあ)さんのおなかにいる時(とき)から、赤(あか)ちゃんにクラシック音楽(おんがく)などを聴(き)かせるといいらしい。
小寶寶在媽媽胎裏的時候開始給聽古典音樂好像挺好似的。

PLUS **有的句子中使役部分也會以名詞化的狀態呈現。**

例
小学校(しょうがっこう)で児童(じどう)に読(よ)み聞(き)かせのボランティアをしている。
在小學擔任義工唸故事給他們聽。

第9週 3日目

使役受身(しえきうけみ)

作り方 **Ⅰグループ：待(ま)たせる→①待(ま)たせられる②待(ま)たされる**

＊但是「話(はな)す」、「出(だ)す」等沒有②的形態。

Ⅱグループ：食(た)べさせる→食(た)べさせられる

Ⅲグループ：来(こ)させる→来(こ)させられる、させる→させられる

意味 **動作主(どうさしゅ)の意志(いし)ではなく、他者(たしゃ)の意志(いし)でその動作(どうさ)をする場合(ばあい)。**

不是按照動作主體的意志，而是按照他人的意志做動作的時候。

例

1. カラオケは好(す)きではないのに、部長(ぶちょう)に歌(うた)わされた（＝歌(うた)わせられた）。

   我不喜歡卡拉 OK，部長卻讓我唱（= 被迫唱了）。

意味 **何(なに)かが理由(りゆう)・原因(げんいん)でそういう気持(きも)ちになる。**

因為某種理由或原因，造成那種心情。

例

1. 彼(かれ)の重(おも)みのある一言(ひとこと)に、いろんなことを考(かんが)えさせられた。

   他的一句有份量的話，使我考量了很多事情。

2. 夏(なつ)のボーナスが去年(きょねん)の半額以下(はんがくいか)だったことに、社員一同(しゃいんいちどう)がっかりさせられた。

   夏季獎金不到去年的一半，全部員工不禁失望透頂。

確認テスト

問題１　正しいほうに○をつけなさい。

1 この芸人のギャグにはいつも（a. 笑わせる　b. 笑わされる）。

2 先週のバス事故は、運転手の心臓発作によるものと（a. みせられて　b. みられて）いる。

3 もう少しで皆勤賞だったのに、初めて遅刻してしまった。夜更かしが（a. 悔やませる　b. 悔やまれる）。

4 映画の主人公のセリフに、心を（a. 打たせた　b. 打たれた）。

5 彼の奇抜なファッションには、いつも（a. びっくりさせられる　b. びっくりされる）。

＊ 皆勤賞……無遅刻、無欠席を一定期間続けること
＊ 奇抜……趣味や考えが他の人とはまったく違い、とても変わっていること

問題２　「受身形」「使役形」「使役受身形」のどれか一つを使って、下線の部分を正しい表現に書き換えなさい。

1 小さい頃、親に無理やり<u>バレエ教室に通った</u>。

2 そんなつもりではなかったのに、私の不注意な一言で<u>友達が怒ってしまった</u>。

3 愛犬と散歩していて、<u>にわか雨が降った</u>。

245 ページで答えを確認！

（第９週２日目の解答）

問題１　1 b　2 b　3 b　4 b　5 b

問題２　1 母にすすめられるままに　2 契約が成立したものとして
3 私とよくも平気で話せるものだ

敬語ー尊敬表現

けいご　そんけいひょうげん

わかっているつもりでも、もう一度しっかり確認！

44

お / ご～になる

例

1. 社長が出張からお戻りになるまでに、会議の資料を全て揃えなければならない。
   しゃちょう　しゅっちょう　もど　かいぎ　しりょう　すべ　そろ
   社長出差回來之前，會議資料必須全部備齊。

2. 田村部長は、趣味でヴァイオリンをお弾きになるそうだ。
   たむらぶちょう　しゅみ　ひ
   聽說田村經理的興趣是拉小提琴。

PLUS　**要多注意下列的表現。**

● **お / ご～ください**

・車内での携帯電話のご使用はご遠慮ください。
しゃない　けいたいでんわ　しよう　えんりょ
敬請避免在車上使用手機。

● **お / ご～なく**

・ご質問等ありましたら、ご遠慮なくどうぞ。
しつもんとう　えんりょ
若您有什麼問題，請別客氣。

● **お / ご～願う**
ねが

・こちらの失礼を、どうぞお許し願います。
しつれい　ゆる　ねが
敬請原諒我們的失禮。

● **お / ご～いただく**

・メールまたはお電話にてご連絡いただけますか。
でんわ　れんらく
能否請您用郵件或致電惠予聯絡？

～れる・～られる

意味 **「お / ご～になる」と同じ尊敬表現だが、「お / ご～になる」の方が丁寧さが増し、「～れる・～られる」の方が日常的に使われる。**

跟「お / ご～になる」一樣表示尊敬，但是「お / ご～になる」更鄭重，「～れる・～られる」在日常生活中使用。

例

1. 加藤先生は最近、韓国語の勉強を始められたそうだ。
   聽說加藤老師最近開始學韓國語了。

2. 林さんのお父様は長年教育問題に携わってこられた。
   林同學的父親長年以來一路致力於教育問題。

POINT **與「受身形」相同。**

PLUS **在敬語的「丁寧語」中，也有下列的表現：**

・おいしゅうございます。（＝おいしいです）

・お寒うございます。（＝寒いですね）

接頭語

言葉の前につく「接頭語」で、その言葉が尊敬語か謙譲語かがわかります。

根據接在句子前的「接頭語」，可以判斷該句子是尊敬語還是謙讓語。

尊敬の接頭語

1 「貴」－貴社、貴校など

例「明日３時に貴社にお伺いします。」
「明日三點前往拜訪貴公司。」

2 「高」－ご高説、ご高見など

例 高橋教授のご高説を拝聴した。
恭聽了高橋教授的高論。

3 「尊」－御尊父、尊兄など

例 御尊父のご冥福をお祈り申し上げます。
衷心祝禱令尊冥福。

謙譲の接頭語

1 「拝」－拝見、拝借、拝聴など

例 先生のお話を拝聴いたしました。（耳聞了老師的事。）

2 「拙」－拙著、拙宅など

例 恥ずかしながら拙著を出版いたしました。
（不好意思，拙作已經出版了。）

3 「弊」－弊社、弊店など

例 説明会は来週水曜日の１時より弊社で行います。
（說明會將在下週三１點在敝公司舉行。）

PLUS **除了「貴社」之外，也常使用「御社」。在商務場合中，「今日」改為「本日」；「明日」改為「明日」；「私」則改為「私」使用。**

注意！ **「貴様」不是尊敬語，「おまえ」也同樣不是，而是非常失禮的表現。絕對不要在敬語的場合使用！**

確認テスト

問題１　正しいほうに○をつけなさい。

1　「お口(くち)に合(あ)いますかどうか」
「いいえ、たいへん（a. おいしゅう　b. おいしい）ございます。」

2　ドライアイスをお入(い)れしましたが、なるべく早(はや)く（a. お食(た)べください　b. お召(め)しください）。

3　A社の高橋(たかはし)と申(もう)しますが、山川社長(やまかわしゃちょう)は（a. お戻(もど)り　b. 戻(もど)られ）でしょうか。

4　打(う)ち合(あ)わせは３時(じ)からに変更(へんこう)になったと、部長(ぶちょう)にお伝(つた)え（a. 願(ねが)いますか　b. 願(ねが)えますか）。

5　本日(ほんじつ)の午後(ごご)１時(じ)に（a. 高社(こうしゃ)　b. 御社(おんしゃ)）に伺(うかが)います。

問題２　（　　　　　）に入る最も適当なものを一つ選びなさい。

1　明日(みょうにち)は休(やす)みをいただきますので、お手数(てすう)ですが週明(しゅうあ)けに（　　　　）。
a. ご連絡(れんらく)いただきますか　b. ご連絡願(れんらくねが)いますか
c. ご連絡(れんらく)いただけますか

2　北海道(ほっかいどう)に（　　　　　　）際(さい)は、ぜひこちらにもお寄(よ)りください。
a. おまいりの　b. お越(こ)しの　c. おうかがいの

3　優先席(ゆうせんせき)の近(ちか)くでは、携帯電話(けいたいでんわ)の電源(でんげん)は（　　　　　　）。
a. お切(き)り願(ねが)えます　b. お切(き)りください　c. 切(き)られてください

＊　週明(しゅうあ)け……新(あたら)しい一週間(いっしゅうかん)の始(はじ)まり。ビジネス上(じょう)は月曜日以降(げつようびいこう)のこと

249ページで答えを確認！

（第９週３日目の解答）

問題１　**1** b　**2** b　**3** b　**4** b　**5** a

問題２　**1** バレエ教室に通わされた（使役受身）
2 友達を怒らせてしまった（使役）
3 にわか雨に降られた（受身）

よく使われる謙譲表現で敬語をブラシュアップ！

45

お / ご～する

意味　**人のために何かをする時の表現。**

為他人做事的時候的表現方式。

例

1. この件につきましては、必ず私から先方にお伝えしておきます。
關於這件事情，務必由我向對方傳達。
2. 資料は当方でお預かりしておりますので、ご都合のよろしい時にお立ち寄りください。
資料由我方先為您保管，勞駕您於時間上方便時前來。
3. もし人手が足りない場合はお手伝いしますので、おっしゃってください。
萬一人手不足時，我會幫您，請您吩咐一聲。

POINT　**「笑う」、「感動する」等等表示情感的動詞，或是「帰る」、「行く」等等沒有動作對象的動詞，不能用這個句型。**

✕ 今日は私、8時ごろにお帰りします。

～（さ）せていただく

意味 **相手に許可をもらう場合など、丁寧な表現として「～（さ）せていただく」がよく使われる。**

想得到對方的許可等的時候，作為禮貌的表達方式常用「～（さ）せていただく」。

1 ～させていただけますか / ～させていただいてもよろしいですか

例

❶ 体調が悪いので、申し訳ありませんが早退させていただいてもよろしいでしょうか。

非常抱歉，因為健康狀態不好，請允許我早退，可以嗎？

❷ このプロジェクトは私に担当させていただけませんか。

這企劃案能否承蒙您讓我來擔任呢？

2 ～させていただきたく～　（書き言葉）

例

❶ 今月末をもちまして退社させていただきたく、ここにお願い申し上げます。

個人將於本月底離職，在此謹向各位說明。

❷ ぜひ貴社に入社させていただきたく、職務経歴書を同封した次第です。

謹於信中附上履歷，請讓我進入貴公司服務。

その他

こんな表現も、試験直前にチェックしておきましょう！

1　申し上げます

「申します」は特に相手を限定しない「言います」の謙譲語、「申し上げます」は特定の目上の人に何かを伝える時の表現。

「申します」是沒有特別限定對象的「言います」的謙讓語；而「申し上げます」是對特定的長輩傳達某內容的時候使用。

例

❶ 先生におかれましては、ますますご健勝のこととお慶び申し上げます。敬祝老師身體健康。

❷ 本日中にご連絡くださいますよう、お願い申し上げます。
敬請於今日之中惠予聯絡。

❸ 当病院では、患者様からの贈答品はご遠慮申し上げます。
本醫院謝絕患者的謝禮。

2　ちょうだいする

「頂戴する」は目上の人から何かをもらうという意味だが（例①）、話し言葉で「ください」の意味でもよく使われ、主に子どもや女性が使用する（例②③）

「頂戴する」是從長輩那裏領受什麼的意思（例①）。在會話中也經常當作「ください」的意思來使用，主要是小孩和女性使用居多（例②③）。

例

❶ 先生にちょうだいした北海道のお菓子は、甘さもちょうどよく上品な味だった。老師給的北海道點心，口感甜而不膩，極有品味。

❷ 「ねえ、お母さん。本を買うから 1000 円ちょうだい。」
「えっ、また？」「媽，我要買書，給我 1000 塊。」「咦？又要？」

❸ 「ごはんだから、テーブルの上、片付けてちょうだい。」
「はーい。」「要吃飯了，幫忙收拾一下餐桌。」「好～！」

確認テスト

問題1　正しいほうに○をつけなさい。

1 恐縮ですが、ここからは日本語で（a. 説明されて　b. 説明させて）いただきます。

2 今から館内をご案内（a. いたします　b. してあげます）ので、こちらへどうぞ。

3 放送中に不適切な表現がございましたことを、おわび（a. 申します　b. 申し上げます）。

4 近いうちに先生に（a. お目にかかれたい　b. お会いしたい）んですが。

5 その件は、私から部長に（a. お伝えして　b. お伝えになって）おきます。

問題2　（　　　　）に入る適当な表現を□から選びなさい。
※同じ表現は一度しか使えません。

申し上げます	申します	いたします
なさいます	願います	願えます

1 こちらの手違いでご迷惑をおかけしました。お詫び（　　　　）。

2 部長がお戻りになりましたら、山下から電話があったとお伝え（　　　　）。

3 私でよろしければ、何かお手伝い（　　　　）。

＊ 手違い……予定とは違い、ミスなどで物事がうまく進まないこと

21 ページで答えを確認！

（第９週４日目の解答）

問題１　1 a　2 a　3 a　4 b　5 b

問題２　1 c　2 b　3 b

索引

【き】

【く】

【こ】

【さ】

【し】

【す】

【な】

【に】

國家圖書館出版品預行編目（CIP）資料

無痛N1日檢文法總整理 / 山田光子著，遠藤由美子監修；洪玉樹譯. -- 初版. -- 臺北市：寂天文化，2014.05　面；　公分

ISBN 978-986-318-220-7（20K平裝）
ISBN 978-986-318-227-6（20K平裝附光碟片）

1. 日語 2. 語法 3. 能力測驗

803.189　　103005462

作者簡介

山田光子

亞克亞米日本語學校兼任講師。立教大學文學部教育學科畢業，於日本語教師養成講座修畢後，到台灣、越南等地擔任日文教學。2002參加「日本語教育專門家NIS諸國派遣」計劃，前往俄國的海參威教學。2006年返回日本，從事現職。

遠藤由美子

亞克亞米日本語學校校長。

合著書籍有《45日間で合格レベル！日本語能力試験対策　N2漢字・語彙》、《かなマスター》《漢字マスターN1～N5》（三修社）《風のつばさ》（凡人社）等等。

無痛N1日檢文法總整理

作　　者｜山田光子
監　　修｜遠藤由美子
譯　　者｜洪玉樹
校　　對｜楊靜如
編　　輯｜黃月良

製程管理｜宋建文
內文排版｜謝青秀
出 版 者｜寂天文化事業股份有限公司
電　　話｜2365-9739
傳　　真｜2365-9835
網　　址｜www.icosmos.com.tw
讀者服務｜onlinesevice@icosmos.com.tw

出版日期　2014年5月初版　　200101
郵撥帳號　1998-6200　寂天文化事業股份有限公司

・劃撥金額600元（含）以上者，郵資免費。
・訂購金額600元以下者，請外加郵資65元。

【若有破損，請寄回更換，謝謝。】

N1日檢文法總整理

測驗本

作者 ✿ 山田光子
監修 ✿ 遠藤由美子

無痛學 N1 文法
搭配練習冊，循序漸進快樂學習！

目錄

Unit 1

Unit 2

Unit 3

Unit 4

Unit 5

Unit 6

Unit 7

Unit 8

Unit 9

模擬テスト × 3 回

はじめに

本書は、『45日間で完全マスター　日本語能力試験対策　N1文法総まとめ』（以下参考書）の内容と連動した練習問題が掲載された問題集です。ユニット１～９では、参考書の第１週～９週で学習した項目を文法、接続、意味すべての面から把握できるような問題を揃えました。また、巻末には総仕上げとして、実際の日本語能力試験の出題に即した「模擬テスト」を３回分用意し、試験の傾向が確認できるようになっています。この１冊でN1文法をしっかりマスターし、自信を持って本試験に臨んでください。

また、文法学習に集中できるよう、STEP1と２の練習問題には、漢字の下にルビをつけました。振り仮名なしで読める場合は、ルビを見ずに学習を進めましょう。

本書の使い方

各ユニットは、基礎的な問題のSTEP1と、実践力を養う問題のSTEP2で構成されています。本書の末には、STEP1の解答、STEP2の解答と解説が記されています。解説部分にはそれぞれの項目が載っている参考書のページも明記してありますので、間違えたところはもう一度参考書で確認してください。

９ユニットすべて終えたら、巻末の模擬テストで実力をチェック。問題１と問題２の項目は、過去の日本語能力試験に頻繁に出題されているものからピックアップしています。また、問題３の文章問題ではN2文法も含めて出題しています。ぜひ、この模擬テストで実践力を身につけ、本試験で合格をつかみとってください。

Unit 1

まずは、ユニット1からスタート！
物事が起こる「タイミング」に関する表現がいっぱい！

- □ ～が早いか
- □ ～そばから
- □ ～なり
- □ ～や否や
- □ ～かたがた
- □ ～かたわら
- □ ～がてら
- □ ～ところを
- □ ～にあって
- □ ～に至る
- □ ～てからというもの
- □ ～を皮切りに
- □ ～を機に
- □ ～が最後
- □ ～を限りに
- □ ～をもって

Unit 1 STEP 1

TEST 1

月　　日　　　/100点

文中の（　　　　　）から正しい方を選びなさい。（10 × 10 = 100点）

① 父はビールを一口（飲む・飲んだ）が最後、酔っ払うまで飲んでしまう。

② 息子は会社を（辞めて・辞めた）からというもの、何もせずに家でブラブラしている。

③ 部長は電話を（切った・切る）や否や、不機嫌そうに出かけて行った。

④ その客は店に（入ってき・入ってくる）なり、「店長を呼べ」と大声をあげた。

⑤ 親友は会社員として（働く・働き）かたわら、夜間の語学学校に通っている。

⑥ 駅へ行く途中にできたペットショップを（のぞく・のぞき）がてら、駅前の郵便局まで歩いて行った。

⑦ はじめは軽く考えていたが、40度の熱が（出た・出る）に至って、ようやく病院へ行った。

⑧ 本日は、お足元の（悪い・悪かった）ところをありがとうございます。

⑨ 来週、新宿で（開催・開催されるの）を皮切りに、都内各所で出版記念サイン会が開かれる。

⑩ 漢字の勉強は難しい。（書いた・書いて）そばから、どんどん忘れていく。

解答 P.96

TEST 2

月　　日　　　/100点

文中の（　　　　）から正しいものをひとつ選びなさい。（10 × 10 = 100点）

① 本が売れない時代（で•に•と）あって、この小説家はベストセラーを連発している。

② 初めて韓国に旅行して（から•ので•より）というもの、年２回は行かないと落ち着かない。

③ 二人が婚約する（と•に•を）至って、周囲は初めて彼らの関係を知った。

④ オリンピック代表選考会での大敗（を•が•の）機に、そのアスリートは引退を決めた。

⑤ 部長はカラオケのマイクを握った（が•を•の）最後、一人で歌い続ける。

⑥「課長、お休みのところ（で•を•が）申し訳ありません。緊急連絡がありまして。」

⑦ 来月の学会（を•で•が）最後に、ゼミの教授が退職されることになった。

⑧ この映画は、ロケ地となった地方都市（が•を•で）皮切りに、世界公開される予定だ。

⑨ 長年愛された駅前のケーキ屋が、今月末（で•を•に）もって閉店することになった。

⑩ 誰からの電話なのか、着信音が聞こえる（と•が•は）早いか、姉はリビングを出て行った。

TEST3

月　　日　　　/100点

文中の（　　　　　）から正しい方を選びなさい。（10 × 10 = 100点）

① 姉は社長業をこなす（かたがた・かたわら）、大学院で心理学を研究している。

② 雨が止んだので、散歩（のかたわら・がてら）行きつけのカフェにでも行ってこよう。

③ 近くまで来たので、挨拶（かたわら・かたがた）取引先を訪ねた。

④ 大食い大会で、スリムな女性がラーメンを出された（そばから・なり）片付けていった。

⑤ ディレクターが指示を出す（や否や・そばから）、スタッフはいっせいに作業を始めた。

⑥ 彼女は生まれながらの才能（をもって・を限りに）、ロシアバレエ界で活躍している。

⑦ 円高の状況（にあって・のところで）、海外旅行が人気を呼んでいる。

⑧ 大震災（をもって・を機に）、国民の防災意識が高まった。

⑨ 彼女はスターを見つけて「キャー」と声を上げた（が早いか・なり）駆け寄った。

⑩ 田中さんと飲みに行った（のを皮切りに・が最後）、始発電車まで何軒も付き合わされる。

解答 P.96

TEST4

月　　日　　　/100点

Unit 1

（　　　　　）に入る最も適当な言葉を□から一つ選んで書きなさい。

※同じ言葉は一度しか使えません。（10 × 10 = 100点）

が早い(はや)か	そばから	かたがた	にあって
に至(いた)っても	を皮切(かわき)りに	を機(き)に	が最後(さいご)
を限(かぎ)りに	をもって		

① ロングランだったミュージカルも、来月(らいげつ)（　　　　　）幕(まく)を閉(と)じることになった。

② 「では、結婚(けっこん)のごあいさつ（　　　　　）、お宅(たく)にお邪魔(じゃま)させていただきます」

③ 人気野手(にんきやしゅ)がバッターボックスに立(た)つと、ファンは声(こえ)（　　　　　）声援(せいえん)を送(おく)った。

④ 社長(しゃちょう)に大声(おおごえ)で叱責(しっせき)される（　　　　　）、彼(かれ)は自分(じぶん)の過(あやま)ちに気(き)づかなかった。

⑤ 食(た)べ盛(ざか)りの息子(むすこ)は、料理(りょうり)を出(だ)される（　　　　　）どんどん口(くち)に入(い)れていく。

⑥ こんな大不況(だいふきょう)（　　　　　）満足(まんぞく)できる生活(せいかつ)を送(おく)るのは難(むずか)しい。

⑦ プロジェクトの成功(せいこう)（　　　　　）彼女(かのじょ)の評価(ひょうか)はぐんぐん上(あ)がった。

⑧ 新作(しんさく)のサイン会(かい)は、福岡(ふくおか)（　　　　　）全国(ぜんこく)10か所(しょ)で開催(かいさい)される予定(よてい)だ。

⑨ 兄(あに)は一度(いちど)こうだと思(おも)った（　　　　　）、人(ひと)の話(はなし)を聞(き)こうともしない。

⑩ 信号(しんごう)が青(あお)に変(か)わる（　　　　　）、その車(くるま)は猛(もう)スピードで走(はし)り去(さ)った。

TEST 1

月　　日　　　/100点

（　　　　　）に入る最も適当なものを１～４から一つ選びなさい。
（10 × 10 = 100点）

① そのスターの急死が伝えられる（　　　　　）、世界中に悲しみが広がった。

1　が最後　　2　かたわら　　3　や否や　　4 そばから

② 長年ご愛顧いただきましたが、今月末日（　　　　　）閉店させていただくことになりました。

1　を機に　　2　最後に　　3　をもって　　4　に至り

③ 人気ロックバンドが来日し、札幌（　　　　　）全国5都市でコンサートが開かれる。

1　をもって　　2　を皮切りに　　3　を限りに　　4　において

④ 優勝をかけた試合では、全校生徒が声（　　　　　）応援した。

1　の限りで　　2　を限って　　3　に限り　　4　を限りに

⑤ 玄関で愛犬の鳴き声が聞こえた（　　　　　）、彼女は満面の笑みを浮かべてドアを開けた。

1　が早いか　　2　ところを　　3　なり　　4　や

⑥ 本日はお忙しいところを、（　　　　　）。

1　友達に遊びに来られました　　2　夫は出かけて行きました

3　わざわざありがとうございました　　4　どちらへいらっしゃいますか

月　　日　　　/100点

⑦ 3か月前に長男が生まれてからというもの、(　　　　　　)。

1　やっとお母さんになった　　2　仲良しのママ友がいた

3　昨日ようやく美容院に行けた　　4　あまり自分の時間が持てない

⑧ このような状況に至っては、(　　　　　　)。

1　もう対処のしようがない　　2　やっと警察が捜査を始めた

3　とてもひどいものだ　　4　もう大丈夫だと思う

⑨ 社長の意見に反対したが最後、(　　　　　　)。

1　きちんと解決してくれる　　2　社長は怒るかもしれない

3　社員の意見を聞くようになった　　4　ずっと嫌味を言われる

⑩ だらしがない父は、母が片付けたそばから(　　　　　　)。

1　いつも感謝しているようだ　　2　服を脱ぎ散らかしていく

3　やさしく手伝っている　　4　テレビを見始めた

Unit 2

ユニット2では、物や人の様子を
わかりやすく伝える表現を確認！

- □ ～きらいがある
- □ ～ずくめ
- □ ～まみれ
- □ ～めく
- □ ～っぱなし
- □ ～つ～つ
- □ ～ながらに
- □ ～ながらも
- □ ～と相(あい)まって
- □ ～にかかわる
- □ ～に即(そく)して
- □ ～ともなく
- □ ～をものともせず
- □ ～をよそに
- □ ～からある
- □ ～ごとき
- □ ～というもの

Unit 2　STEP 1

TEST 1

月　　日　　　/100点

文中の（　　　　　）から正しい方を選びなさい。（10×10＝100点）

① 新幹線の中から（見た・見る）ともなく外を眺めると、美しい富士山が見えた。

② 多くの疑問を（残す・残し）ながらも、その事件の捜査は打ち切られた。

③ 彼女は自分の感情をもろに顔に（出した・出す）きらいがある。

④ また靴下を（脱ぎ・脱ぐ）っぱなしにして。まったく困った父だ。

⑤ 祖父は（眠り・眠っている）かのごとく穏やかな顔で息を引き取った。

⑥ 大学を卒業してから（5年・5年も）というもの、仕事が忙しく遊ぶ余裕などなかった。

⑦ 子どもというのは、（泥に・泥）まみれで遊ぶのが自然な姿だろう。

⑧ 高校時代の恩師と30年ぶりに再会し、（さす・さし）つさされつ昔の話に花を咲かせた。

⑨ 先週の金曜日は、（給料日だ・給料日）と相まって、居酒屋はどこも込んでいた。

⑩ 困難が次々と（降りかかるの・降りかかる）をものともせず、彼女は目的に向かって進んでいる。

解答 P.97

TEST 2

月　日　/100点

文中の（　　　　）から正しいものを一つ選びなさい。（10 × 10 = 100点）

① このバッグは手頃な値段ながら（も・で・の）なかなか使いやすい。

② 新しい法律（と・に・を）即して、裁判員裁判が行われている。

③ エコの時代だが、日本人は便利な使い捨てグッズに頼るきらい（に・が・の）ある。

④ 周囲のアドバイス（と・に・を）よそに、彼はインターネットの世界にこもっている。

⑤ ここ１か月（から・を・と）いうもの、隣の家の住人を見ていない。

⑥ 台風の被災者は、涙ながら（で・に・の）テレビの取材に答えた。

⑦ その女優の美しさは、10 年に一人と言われる演技力（に・と・を）相まって彼女を「時の人」にした。

⑧ この動物園には、週末になると２万人から（の・する・なる）家族連れがやって来る。

⑨ 周りからの嫉妬や中傷（に・を・が）ものともせず、彼は業界のトップに立った。

⑩ 弁護士が、裁判（と・に・の）かかわる情報をマスコミに流すなんて。

TEST 3

月　　日　　　/100点

文中の（　　　　　）から正しい方を選びなさい。（10 × 10 = 100 点）

① 新しい課長は有能だが、命令口調で話す（がち・きらいがある）のが難点だ。

② 天気予報を見ずに、洗濯物を干し（まま・っぱなし）で出かけてしまった。

③ 今回の問題は、感情を入れずに法律（と相まって・に即して）考えるべきではないか。

④ あそこに停まっている車は、おそらく1,000 万円（からして・からする）高級外車だ。

⑤ 決勝戦では、相手の勢いを（よそに・ものともせず）日本代表が圧勝した。

⑥ 引きこもりの兄は、ここ半年（というもの・ということ）誰とも会話していない。

⑦ 祖父はいつも「貧しい（ながらの・ながらも）幸せだ」と話していた。

⑧ なかなか決心がつかず、彼女の家の前を（行きつ戻りつ・行っては戻って）してしまった。

⑨ ずっと探していたピアスが、ほこり（ずくめ・まみれ）で見つかった。

⑩ あんなチーム（ごとく・ごとき）に、大差で負けるなんて情けない。

解答P.97

TEST 4

月　日　/100点

（　　　　）に入る最も適当な言葉を［　　］から一つ選んで書きなさい。

※同じ言葉は一度しか使えません。（10 × 10 = 100 点）

ずくめ	まみれ	めいた	っぱなし
ながらの	が相まって	にかかわる	に即して
をものともせず	からある		

① 味と彩りのセンス（　　　　　　）、この料理はもはや芸術の域に達している。

② 先週のマラソン大会は、参加者数もタイムも、記録（　　　　　　）の大会となった。

③ 向かい風（　　　　　　）、そのアスリートは世界記録を樹立した。

④ 彼の作品は大きいものが多く、10 メートル（　　　　　　）ものも珍しくはない。

⑤ この件は法律（　　　　　　）厳しく処分されるだろう。

⑥ 弟は部屋の窓を開け（　　　　　　）にしていて、泥棒に入られた。

⑦ 駅前のラーメン屋は昔（　　　　　　）味でおいしいと評判だ。

⑧ 炎天下で汗（　　　　　　）になって、道路工事のアルバイトをした。

⑨ 彼は冗談（　　　　　　）口調で話しているが、目は真剣だ。

⑩ 今の時代、受験は人の人生（　　　　　　）大きな問題と言える。

TEST 1

月　　日　　/100点

（　　　　）に入る最も適当なものを１～４から一つ選びなさい。
（10 × 10 = 100 点）

① 娘はまだ6歳なのに、妙に大人（　　　　　）口の利き方をする。

1 らしい　　2 みたい　　3 めいた　　4 っぽく

② 兄は弁護士で、離婚（　　　　　）裁判が専門らしい。

1 にかかる　　2 とかかわられる　　3 をかける　　4 にかかわる

③ あいつ（　　　　　）が、クラスで一番可愛い子と付き合っているなんて。

1 なんて　　2 ごとき　　3 みたい　　4 ごとく

④ ラジオを聞く（　　　　　）聞いていると、青春時代の思い出の曲が流れてきた。

1 たびに　　2 ながらに　　3 かたわら　　4 ともなく

⑤ 去年は娘の結婚、息子の就職、夫の昇進と、我が家はいいこと（　　　　　）だった。

1 まみれ　　2 めいて　　3 ずくめ　　4 がち

⑥ 交通事故で愛犬を亡くした老人が、涙ながらに（　　　　　）。

1 元気に見せようとしていた　　2 カメラの前で大声で泣いた
3 心の中で悲しんでいた　　4 辛い胸の内を語った

月　日　/100点

⑦ 全社員の反対をよそに、(　　　　　)。

1 ボーナスが増えてよかった
2 会社の経営状況は良好だ
3 誰の意見も聞こうとしない
4 社長は海外工場の建設を決めた

⑧ 不況をものともせず、(　　　　　)。

1 課長に降格した
2 多くの社員がリストラされた
3 父はビジネスに成功した
4 今の会社を辞めるつもりだ

⑨ 今はさびれたこの辺りも、その昔は 3,000 からの (　　　　　)。

1 家があったそうだ
2 5,000 くらい家があった
3 する土地の値段だったのに
4 ある畑が連なっていた

⑩ 駅前のカフェは、イケメン店長と多彩なメニューが相まって、(　　　　　)。

1 かなり高めの値段設定だ
2 マスコミでも話題になっている
3 きっとサービスがいいだろう
4 とてもおしゃれな内装だ

Unit 3

続いてユニット3 では、話し手の気持ちや状況がよくわかる表現をチェック！

- □ ～たる
- □ ～と思(おも)いきや
- □ ～ともあろう
- □ ～ともなると
- □ ～たところで
- □ ～としたところで
- □ ～とはいえ
- □ ～にして
- □ ～ではあるまいし
- □ ～ならいざしらず
- □ ～ならでは
- □ ～なりに
- □ ～というところだ
- □ ～にたえる
- □ ～にたえない
- □ ～に足(た)る
- □ ～ときたら
- □ ～とは
- □ ～まじき
- □ ～ものを

Unit 3　STEP 1

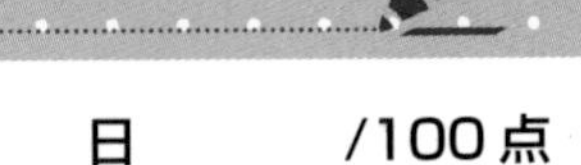

月　　日　　　/100点

TEST 1

文中の（　　　　）から正しい方を選びなさい。（10 × 10 = 100点）

① この俳優はイケメンだが、演技が下手で（見よう・見る）にたえない。

② 生徒に対して恋愛感情を抱くなんて、教師に（あり・ある）まじきことだ。

③ 今からどんなに（節約している・節約した）ところで、都心に一軒家なんて買えない。

④ やっと期末レポートが（完成した・完成して）と思いきや、枚数を間違えていたことがわかった。

⑤ 貧しくて（払える・払えない）ならいざしらず、お金があるのに払わないのは言語道断だ。

⑥ 日本語の勉強を始めてたった１年でＮ１に（合格する・合格しよう）とはすごい。

⑦ 長年付き合っているので、彼が（信頼する・信頼しよう）に足る人物だということは私が保証できる。

⑧ 熱がかなり（下がる・下がった）とはいえ、まだ無理はしないほうがいいだろう。

⑨ 結婚したことを教えてくれれば（お祝いした・お祝い）ものを、ずっと内緒にしていたなんて。

⑩ 自分で（作る・作った）ケーキではあるまいし、あんなに自慢しなくてもいいのに。

解答 P.98

月　　日　　　/100点

TEST 2

文中の（　　　　　）から正しいものを一つ選びなさい。（10×10＝100点）

① すぐに謝っておけばよかったもの（か・を・に）、今さら遅い。

② 試験まであと３日だが何もやっていない。今から徹夜したところ（が・で・を）合格は難しい。

③ 兄は8歳年上（とは・には・では）いえ、あまり頼りにならない。

④ 新しい部長（が・と・に）きたら、飲み会でも娘の自慢話ばかりだ。

⑤ よく人から悩みがなさそうだと言われるが、私には私なり（で・の・も）悩みがある。

⑥ いくら深夜だからといっても、見る（と・を・に）たえない下品な番組が多すぎる。

⑦ 彼からの電話（と・を・か）思いきや、大学の学生課からでがっかりした。

⑧ 彼女の話が実は全部うそだった（か・と・に）は驚いた。

⑨ 前は人気だけだったグループも、最近は聞く（と・を・に）たえる実力をつけてきた。

⑩ 今年のボーナスは全く期待できない。出ても、半月分（に・と・を）いったところだろう。

TEST 3

月　日　/100点

文中の（　　　　）から正しい方を選びなさい。（10 × 10 = 100 点）

① 学校の先生なのに、こんなことも知らない（とは・ときたら）。

② ネット上では見るに（たえる・たえない）ひどい写真が出回っているようだ。

③ 経験はともかく、彼女にはプロジェクトのリーダーに（足る・足りる）実力がある。

④ 祖母は 80 歳（としたって・にして）、スマートフォンを見事に使いこなしている。

⑤ 大企業の部長（とはいえ・ともなると）、さぞ収入も多いことだろう。

⑥ どこかのお嬢様（なりに・ではあるまいし）、彼女がどうして高級品ばかり買えるのか不思議だ。

⑦ 焼き肉食べ放題、ドリンク飲み放題で 2,980 円（とはいえ・とは）安い。

⑧ 警官がスーパーで万引きするなんて、ある（にたえない・まじき）ことだ。

⑨ 真夏なら（いざしらず・ではの）、12 月にサンダルで出社するのはどうだろうか。

⑩ 女性の育児環境が改善されれば、国（たるもの・としたって）メリットも多いはずだ。

解答 P.98

TEST 4

月　　日　　　/100点

（　　　　　）に入る最も適当な言葉を［　　　］から一つ選んで書きなさい。

※同じ言葉は一度しか使えません。（10 × 10 = 100 点）

たる	ともあろう	ともなれば	としたって
にして	ならではの	なりに	
といったところだ	にたえる	ときたら	

① 色使いもタッチも、まさにあの画家（　　　　　）ものだ。

② リストラされた方も辛いが、会社（　　　　　）辛い決断だったに違いない。

③ 当社の来年度の新規採用は、あっても2、3人（　　　　　）。

④ 自分の結婚式まであと3日（　　　　　）、彼も仕事が手につかないだろう。

⑤ あの店のお菓子（　　　　　）、「極上の味」というフレーズとはほど遠い。

⑥ これは知能指数180の彼（　　　　　）はじめて解ける超難問だ。

⑦ オリンピック選手（　　　　　）もの、国のためにベストを尽くすべきだ。

⑧ 市長（　　　　　）立場のものが、居酒屋で泥酔するなんて情けない。

⑨ 駅前の新築マンションは、震度7（　　　　　）安心設計だそうだ。

⑩ 下手なら下手（　　　　　）愛情を込めて作れば、きっと彼も喜んでくれるはずだ。

TEST 1

月　　日　　　/100点

（　　　　）に入る最も適当なものを1～4から一つ選びなさい。
（10 × 10 = 100点）

① 政治家(せいじか)（　　　　）、国民(こくみん)の税金(ぜいきん)の重(おも)さを知(し)らなければ失格(しっかく)だ。

1　ときたら　　2　ともあろう　　3　たるもの　　4　にして

② 今年(ことし)は昇給(しょうきゅう)は期待(きたい)できない。もしあっても5,000円(えん)（　　　　）だろう。

1　としたところ　　2　といったところ　　3　というもの　　4　ということ

③ 便利(べんり)なのはいいことだが、不便(ふべん)なら不便(ふべん)（　　　　）工夫(くふう)する楽(たの)しさがあるものだ。

1　ならでは　　2　ほど　　3　なりに　　4　なのに

④ この布(ぬの)は一見(いっけん)普通(ふつう)だが、300度(ど)の熱(ねつ)（　　　　）特殊(とくしゅ)加工(かこう)が施(ほどこ)されている。

1　にたえない　　2　に足りない　　3　にたえる　　4　に足る

⑤「この価格(かかく)は、他店(たてん)ではあり得(え)ない当店(とうてん)（　　　　）スペシャルプライスです。」

1　ならいざしらず　　2　なりの　　3　ならではの　　4　ならの

⑥ いろんな出費(しゅっぴ)が多(おお)くて今月(こんげつ)はピンチかと思(おも)いきや、（　　　　）。

1　友(とも)だちにお金(かね)を借(か)りた　　2　宝(たから)くじで10万円(まんえん)も当(あ)たった

3　また別(べつ)の出費(しゅっぴ)で困(こま)った　　4　節約(せつやく)しなければならない

解答P.98

月　　日　　　/100点

⑦ 周囲(しゅうい)の人々(ひとびと)が忠告(ちゅうこく)したところで、(　　　　　　　)だろう。

1　みんな本気(ほんき)で心配(しんぱい)していない　　2　考(かんが)え直(なお)すかもしれない

3　彼(かれ)は耳(みみ)を貸(か)さない　　4　どこかへ行(い)ってしまった

⑧ 大学生(だいがくせい)の弟(おとうと)ときたら、(　　　　　　　)。

1　就職活動(しゅうしょくかつどう)を頑張(がんば)っている　　2　とても優(やさ)しい子(こ)だ

3　遊(あそ)んでばかりで留年(りゅうねん)した　　4　私(わたし)の自慢(じまん)の弟(おとうと)だ

⑨ 父(ちち)は数年前(すうねんまえ)に定年(ていねん)を迎(むか)えたとはいえ、(　　　　　　　)。

1　悠々(ゆうゆう)と生活(せいかつ)している　　2　趣味(しゅみ)がないようだ

3　母(はは)とよくけんかしている　　4　まだまだ働(はたら)きたいようだ

⑩ 大学教授(だいがくきょうじゅ)ともあろうものが、(　　　　　　　)。

1　万引(まんび)きをするなんて　　2　今年(ことし)の3月(がつ)で退職(たいしょく)されるそうだ

3　今(いま)も日々(ひび)努力(どりょく)している　　4　大学(だいがく)の増加(ぞうか)とともに増(ふ)えている

Unit 4

ユニット４で確認するのは、条件を述べたり、
強調したりする表現！

- □ ～こそあれ
- □ ～こそすれ
- □ ～てこそ
- □ ～ばこそ
- □ ～すら
- □ ～だに
- □ ～たりとも
- □ ～ことなしに
- □ ただ～のみ
- □ ただ～のみならず
- □ ～なくして（は）
- □ ～なしに
- □ ～あっての
- □ ～とあれば
- □ ～ないまでも
- □ ～までもない
- □ ～をおいて
- □ ～いかんだ
- □ ～いかんによらず
- □ ～といえども
- □ ～をもってすれば

Unit 4 STEP 1

TEST 1

月　　日　　　/100点

文中の（　　　　　）から正しい方を選びなさい。（10 × 10 = 100点）

① あいつは、人(ひと)を（だます・だまし）こそすれ、だまされることはない。

② 先日(せんじつ)の事故(じこ)の光景(こうけい)は、（思(おも)い出(だ)した・思(おも)い出(だ)す）だに恐(おそ)ろしい。

③ 妹(いもうと)はプロのモデルとは（言(い)う・言(い)わない）までも、読者(どくしゃ)モデルくらいならなれそうだ。

④ 国民(こくみん)を幸(しあわ)せに（する・しない）ことなしには、国(くに)の繁栄(はんえい)はない。

⑤ 目標(もくひょう)を達成(たっせい)するためには、ただ努力(どりょく)（あり・ある）のみだ。

⑥ まだ（学生(がくせい)・学生(がくせい)の）とあれば、自由(じゆう)に使(つか)えるお金(かね)も少(すく)ないだろう。

⑦ お金(かね)も必要(ひつよう)だが、（健康(けんこう)で・健康(けんこう)に）あればこそ、毎日(まいにち)をエンジョイできる。

⑧ 入院(にゅういん)といっても検査入院(けんさにゅういん)だから、お見舞(みま)いに（行(い)く・行(い)かない）までもない。

⑨ ボランティア活動(かつどう)は（大変(たいへん)な・大変(たいへん)で）こそあれ、やりがいのほうが大(おお)きい。

⑩ しっかりと自分(じぶん)の目(め)で（見(み)て・見(み)た）こそ、被害(ひがい)の深刻(しんこく)さがわかる。

解答 P.99

TEST 2

月　　日　　　/100点

文中の（　　　　　）から正しいものを一つ選びなさい。（10 × 10 = 100点）

① 彼のまじめさ（が・を・と）もってすれば、新しい職場でも認められるだろう。

② 当社は国籍のいかん（を・に・が）問わず、グローバルな人材を求めている。

③ これが罪になることくらい、子ども（に・で・も）さえ知っていることだ。

④ 彼は人には見せないが、努力することなし（で・に・を）、あんなに上達できないはずだ。

⑤ どんなにケチ（を・で・と）いえども、家族が困っていたら助けるのが当然だ。

⑥ 明日のイベントは、天候いかん（の・に・で）会場が変更になるから注意すること。

⑦ 今年の映画ナンバー１は、この作品（を・が・に）おいて他にはない。

⑧ 小さな化粧ポーチでも、あのブランド（に・と・が）あれば１万円はするだろう。

⑨ 年をとると、親あって（も・の・こそ）自分なのだと痛感する。

⑩ 経験のいかん（を・に・の）よらず、時給は1,000円からスタートとなる。

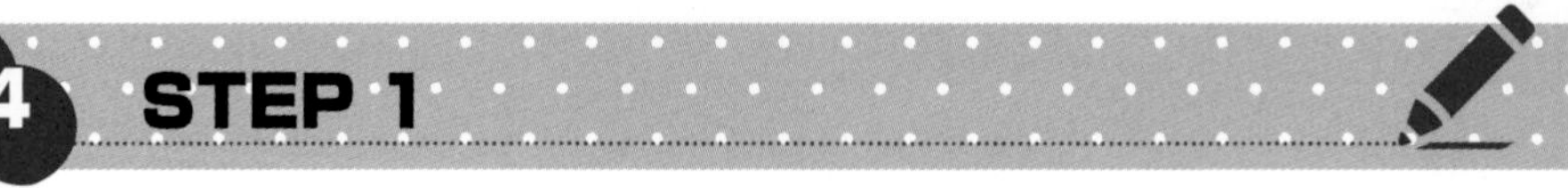

TEST 3

月　日　/100点

文中の（　　　　）から正しい方を選びなさい。（10 × 10 = 100点）

① 誰にも挨拶する（なし・ことなしに）彼は田舎に帰ってしまった。

② あんなヤツのことは名前を聞く（だに・すら）気分が悪くなる。

③ 社長とは（いくまでもなく・いかないまでも）、男ならある程度は出世したい。

④ 警察官と（あれば・いえども）普通の人間なのだから、間違えることだってある。

⑤ 職業の（いかんにより・いかんによらず）、20歳以上の国民は年金を払う義務がある。

⑥ 世の中には全力を（もってしても・もってすれば）、解決できないことがある。

⑦ 最近の日本人は、水が一滴（たりも・たりとも）無駄にできないものだということを忘れている。

⑧ あの人は記憶を失くして、自分の名前（すら・をすら）思い出せないらしい。

⑨ 私が将来住みたい国は、日本を（なくして・おいて）他にはない。

⑩ 子どもたちのことを思えば（すら・こそ）時には厳しく接するのだ。

解答P.99

TEST 4

月　　日　　　/100点

(　　　　　) に入る最も適当な言葉を □ から一つ選んで書きなさい。

※同じ言葉は一度しか使えません。 (10 × 10 = 100点)

ですら	たりとも	のみならず	なくしては
あっての	をおいて	いかんでは	いかんによらず
といえども	をもってすれば		

① 支えてくれる友人(　　　　　　)、今日の私はいなかったと思う。

② お客様(　　　　　　) サービス業だ。おもてなしの心を忘れてはいけない。

③ こんなことは常識で、小学生(　　　　　　) 知っている。

④ 今の彼の知名度(　　　　　　)、今度の選挙に当選できるだろう。

⑤ 東京(　　　　　　)、この辺りには驚くほど多くの自然が残っている。

⑥ お給料が少ない上に一人暮らしなので、1円(　　　　　　) 無駄にはできない生活だ。

⑦ この講義は、学部や専攻の(　　　　　　) 当校の学生なら誰でも自由に受講できる。

⑧ この場面でヒットが打てるのは、彼(　　　　　　) 他にはいない。

⑨ 少子高齢化は、ただ日本(　　　　　　) 今や先進国共通の問題だ。

⑩ 彼の態度(　　　　　　)、この間のことは許してやってもいい。

TEST 1

月　　日　　/100点

（　　　）に入る最も適当なものを１～４から一つ選びなさい。（10×10＝100点）

① 試験までカウントダウンが始まり、1日（　　　）無駄にはできない。

1　のみならず　　2　たりとも　　3　こそ　　4　といえども

② 守るものが（　　　）、どんな苦労があっても頑張れるのだ。

1　こそあれ　　2　あるには　　3　あればこそ　　4　あってすら

③ 周囲からの信用（　　　）、ビジネスで成功できないだろう。

1　なくして　　2　あっての　　3　とあれば　　4　ことなしに

④ 世界のアスリートと戦えるのは、彼（　　　）他にはいない。

1　なしに　　2　のみならず　　3　をおいて　　4　といえども

⑤ 相手は格上だが、努力（　　　）、勝てるかもしれない。

1　いかんで　　2　いかんによらない　　3　なくしてで　　4　こそあれ

⑥ 昔ながらの自然が残っているといえども、（　　　）。

1　近くに海があるわけではない　　2　観光客が少しずつ増えてきた

3　若い人が都会に行ってしまう　　4　開発で破壊されつつある

月　日　/100点

⑦ オリンピック代表とはいかないまでも、(　　　　)。

1　彼の実力もなかなかのものだ　　2　昔からずっと運動が苦手だ

3　まったく上達しない　　4　テニスを始めようか悩む

⑧ 他でもない彼の頼みとあれば、(　　　　)。

1　いったいどんな内容だろうか　　2　すぐに断ったほうがいい

3　多少無理をしても引き受ける　　4　電話で済ましてしまおう

⑨ あんな人の声は耳にするだに、(　　　　)。

1　まったく予想できなかった　　2　とても不愉快な気分になる

3　できるだけ聞きたくはない　　4　すぐに分かるので嬉しい

⑩「百聞は一見にしかず」と言うように、自分の目で見てこそ(　　　　)。

1　とても大切なことに違いない　　2　よく考えてみなさい

3　百聞と言えるのだと思う　　4　事実が見えてくるものだ

Unit 5

ユニット5 では、会話でもよく使う「たとえ」の
表現をマスター！

- □ ～だの～だの
- □ ～といい～といい
- □ ～といわず～といわず
- □ ～（よ）うが
- □ ～（よ）うが～まいが
- □ ～であれ
- □ ～なり～なり
- □ ～こととて
- □ ～とあって
- □ ～べく
- □ ～ゆえ
- □ ～とばかりに
- □ ～んがため
- □ ～んばかりだ
- □ ～にとどまらず
- □ ～にひきかえ
- □ ～にもまして
- □ ～はおろか
- □ ～もさることながら

TEST 1

月　　日　　　/100点

文中の（　　　　　）から正しい方を選びなさい。（10 × 10 = 100 点）

① 部長は（やり直す・やり直せ）とばかりに、私の企画書をつき返した。

② 今の時代、わからないことは（ケータイ・ケータイだ）なり何なりで、すぐに検索できる。

③ 第一志望の大学に（合格する・合格し）べく、遊びに出かけもせずに勉強している。

④ 妹はコンサートに（行く・行け）だの、バッグが欲しいだのと親からお小遣いをもらっている。

⑤ 弟が一流企業に就職（した・したの）にひきかえ、私は今も就職浪人中だ。

⑥ 法律は国民を（守ろう・守らん）がためにあるはずだが、時代に合わないものも多い。

⑦ まだ（新人・新人の）こととて、今回のミスは大目に見てやろう。

⑧ 別れた彼がどんな女性と（結婚しよう・結婚する）が、私には一切関係ない。

⑨ 父は朝帰りした私を「今何時だ」と（言った・言わん）ばかりににらんだ。

⑩ 紅葉の（シーズン・シーズンの）とあって、東京郊外も大賑いだ。

TEST 2　　月　　日　　/100点

文中の（　　　　）から正しいものを一つ選びなさい。（10 × 10 = 100点）

※ ③には同じものが入ります。

① 女の家柄（が•も•と）さることながら、結婚相手の家は誰もが知っている名家らしい。

② 妹の結婚（にも•でも•とも）まして、まだ 18 歳の姪の結婚には驚いた。

③ 道（を•に•と）いわず駅（を•に•と）いわず、今日はひどく混雑している。

④ どんなに完璧に見える人（に•だ•で）あれ、欠点の一つや二つあって当たり前だ。

⑤ 超円高ゆえ（に•で•が）、輸出赤字が続いている。

⑥ その女優の人気は、今や日本（で•に•を）とどまらず、海外からのオファーも殺到している。

⑦ 彼は彼女が大好きで、メールがいつ来よう（と•も•に）、すぐに返事を送っている。

⑧ 今月は家計が苦しくて、外食（が•は•を）おろか、給料日までお米も買えない。

⑨ 温和で人望のある兄（と•に•を）ひきかえ、弟は本当にどうしようもないヤツだ。

⑩ 友人は両親が医者（で•に•と）あって、親の彼への期待は相当なものらしい。

TEST 3

月　　日　　/100点

文中の（　　　　）から正しい方を選びなさい。（10 × 10 ＝ 100点）

※④⑩には同じものが入ります。

① 猫のラテは、私が帰ると「お帰り」と（ばかりに・ばかりで）玄関に走ってくる。

② 少子化が進む日本（にひきかえ・にもまして）台湾は深刻らしい。

③ このバンドはアジア（もさることながら・にとどまらず）世界を席巻している。

④ 最近の新人たちは、会議中に居眠りする（だの・なり）何（だの・なり）、緊張感ゼロだ。

⑤ 社会をより安全にせ（んばかりに・んがために）、警察が日夜活躍しているのだ。

⑥ もう子どもではないのだから、何かあっても自分で解決する（なり・べく）しなければ。

⑦ プロポーズを成功させる（べく・ゆえ）、ロマンティックな演出を考えている。

⑧ 父は海外旅行が初めての（こととて・とあって）、何日も前から落ち着かない様子だ。

⑨ 今回の事故は、会社の責任感のなさ（はおろか・ゆえに）起きたことだ。

⑩ 人気のカフェは、インテリア（といい・いわず）食器（といい・いわず）とてもセンスがいい。

解答P.100

TEST 4

月　　日　　/100点

（　　　　）に入る最も適当な言葉を□から一つ選んで書きなさい。

※同じ言葉は一度しか使えません。　(10 × 10 = 100点)

※⑥には同じものが入ります。

といわず	であれ	こととて	とあって
べく	とばかりに	がために	にもまして
はおろか	もさることながら		

① 前の会社で営業マンだった（　　　　　）、彼はトークが上手だ。

② 母校に初優勝をもたらす（　　　　　）、選手たちは一丸となって練習に励んだ。

③ ホームまで猛ダッシュしたが、電車はバイバイ（　　　　　）走り去って行った。

④ たとえ大統領（　　　　　）、人として謙虚さを忘れてはいけない。

⑤ 駅前のラーメン屋は人気があったが、テレビで紹介されて以前（　　　　　）行列が長くなった。

⑥ 電車の中（　　　　　）道（　　　　　）、姉は周囲を気にせずものを食べる。

⑦ 結婚するなら、性格（　　　　　）経済力や将来性も大切なポイントだ。

⑧ 息子の今の成績では、Aランクの大学（　　　　　）、Bランクの大学も難しそうだ。

⑨ いくら社会人とはいっても未成年の（　　　　　）、周囲のサポートも必要だ。

⑩ オリジナルブランドを作らん（　　　　　）、彼は有名デザイナーの下で修業した。

TEST 1

月　　日　　/100点

（　　　）に入る最も適当なものを1～4から一つ選びなさい。
（10 × 10 = 100点）

① どんなに豪華(ごうか)なマンション（　　　）、セキュリティが甘(あま)い物件(ぶっけん)は売(う)れない。

1 といい　　2 であれ　　3 とあって　　4 にもまして

②「電話(でんわ)（　　　）メール（　　　）できたはずなのに、どうして連絡(れんらく)しなかったの。」

1 だの・だの　　2 といい・といい

3 といわず・といわず　　4 なり・なり

③ 日本(にほん)は島国(しまぐに)（　　　）、海域(かいいき)に関(かん)する問題(もんだい)を多(おお)く抱(かか)えている。

1 こととて　　2 とばかりに　　3 ために　　4 ゆえに

④ 世界選手権(せかいせんしゅけん)で優勝(ゆうしょう)せん（　　　）、血(ち)のにじむようなトレーニングを積(つ)んだ。

1 ばかりに　　2 がために　　3 とばかりに　　4 とべく

⑤ 同(おな)じ駅前(えきまえ)でも、大人気(だいにんき)の行列店(ぎょうれつてん)（　　　）、隣(となり)の店(みせ)はいつ見(み)ても暇(ひま)そうだ。

1 とあっても　　2 にもまして　　3 にひきかえ　　4 はおろか

⑥ あの二人(ふたり)は水(みず)と油(あぶら)で、会話(かいわ)はおろか（　　　）。

1 一緒(いっしょ)に旅行(りょこう)に行(い)っている仲(なか)だ　　2 目(め)を合(あ)わせても挨拶(あいさつ)さえしない

3 仕事中(しごとちゅう)もおしゃべりしている　　4 どんなことを話(はな)しているのだろうか

解答 P.100

月　日　　/100点

⑦ パンダは、私たちを見ると「こんにちは」とばかりに（　　　　　）。

1 言ってこちらに歩いて来た　　2 手を上げた

3 すぐに笹を食べ始めた　　4 二頭でけんかを始めた

⑧ 彼は小さい頃に何年か日本に住んでいたとあって、（　　　　　）。

1 いつ頃のことかは知らない　　2 日本語は忘れてしまったらしい

3 発音が日本人のようだ　　4 東京ではなく地方の都市だった

⑨ 結婚式に招待されようとされまいと、（　　　　　）。

1 それによっては予定が変わる　　2 お祝いだけはしないといけない

3 されなかったらとても寂しい　　4 もうすぐ招待状が届くだろう

⑩ 最近のテレビはどのチャンネルも、アイドルだの芸人だの（　　　　　）。

1 いろいろあって興味深い　　2 とても役に立つ情報が多い

3 朝から夜まで面白い　　4 同じような出演者ばかりだ

Unit 6

ユニット6 は、話し手の強い感情をアピールする
表現がズラリ！

□ かぎりだ
□ ～極（きわ）まる
□ ～の至（いた）り
□ ～の極（きわ）み
□ ～ないではおかない
□ ～ないではすまない
□ ～てやまない
□ ～を禁（きん）じ得（え）ない
□ ～しまつだ
□ ～にかたくない
□ ～ばそれまでだ
□ ～までだ
□ ～うにも～ない
□ ～でなくてなんだろう
□ ～ないものでもない
□ ～にあたらない
□ ～といったらない
□ ～べからず
□ ～を余儀（よぎ）なくさせる
□ ～を余儀（よぎ）なくされる

TEST 1

月　日　/100点

文中の（　　　）から正しい方を選びなさい。（10 × 10 = 100点）

① 携帯電話の画面を見ながらホームの端を歩くのは、（危険・危険な）極まりない行為だ。

② 禁煙の場所でタバコを吸っている人を見たら、一言注意（しず・せず）にはおかない。

③ ワールドカップでの日本代表の健闘を（願うのを・願って）やまない。

④ 信じていた友人の裏切りに、（怒る・怒り）を禁じ得なかった。

⑤ 友人はみんなの心配をよそに働きもせず、ついに万引きで（捕まった・捕まる）しまつだ。

⑥ 昨日は終電の時間が過ぎたので彼女を車で（送る・送った）までで、深い意味はない。

⑦ 20年以上働いた会社から突然リストラされた彼のショックは、（想像・想像した）にかたくない。

⑧ 初恋の人に会いたいが、連絡先も知らないので（会いたい・会おう）にも会えない。

⑨ 大切な人のためなら、借金してでも（助ける・助けない）ものでもない。

⑩ 冷蔵庫の扉に妹の字で「私のケーキ食べる（べからず・べからざる）！」と貼ってある。

解答P.101

TEST 2

月　　日　　　/100点

文中の（　　　　　）から正しいものを一つ選びなさい。（10 × 10 = 100点）

① 大人気の教授に名前を覚えてもらえるなんて、光栄（の・に・な）至りだ。

② 日本にはない世界のユニークな習慣に、驚き（も・と・を）禁じ得ない。

③ たまたま買った宝くじで 1,000 万円当たった驚きは、察する（も・に・と）かたくない。

④ 彼の実力を考えれば、あの難しいテストで満点だったのも驚く（のは・には・とは）あたらない。

⑤ 高校生の妹は、口の利き方が生意気だ（と・を・で）いったらない。

⑥ 「就職氷河期」と言われる今は、多くの学生が就職浪人（に・が・を）余儀なくされている。

⑦ いつもあたたかい目で見守ってくれる母。これが愛（も・で・が）なくてなんだろう。

⑧ 趣味が都内の有名レストラン巡りだなんて、それこそ贅沢（の・に・な）極みだ。

⑨ 私への仕送りのために、故郷の両親には節約（が・を・も）余儀なくさせてしまっている。

⑩ 飲み物をこぼして人の服を汚してしまったら、弁償せず（とは・には・では）すまない。

TEST 3

月　　日　　　/100点

文中の（　　　　　）から正しい方を選びなさい。（10 × 10 = 100点）

① 3カラットのダイヤの指輪(ゆびわ)も、失(な)くしてしまえばそれ（かぎりだ・までだ）。

② 世界中(せかいじゅう)の子(こ)どもたちの明(あか)るい未来(みらい)を祈(いの)って（禁(きん)じ得(え)ない・やまない）。

③ 私(わたし)も海外(かいがい)ドラマは見(み)（るにかたくない・ないものでもない）が、日本(にほん)のドラマのほうが好(す)きだ。

④ 日本(にほん)に来(き)てからしばらくは、友(とも)だちもいなくて寂(さび)しい（の極(きわ)み・かぎり）だった。

⑤ トイレかと思(おも)ってドアを開(あ)けようとしたら「ここに入(はい)る（べからず・べからざる）」と書(か)いてあった。

⑥ 居眠(いねむ)り運転(うんてん)の車(くるま)にひかれて、彼(かれ)は3か月(げつ)にもおよぶ入院生活(にゅういんせいかつ)を余儀(よぎ)なく（された・させた）。

⑦ 狭(せま)い通路(つうろ)に自転車(じてんしゃ)を止(と)めるなんて、迷惑(めいわく)（極(きわ)まりない・の極(きわ)まりだ）。

⑧ 弱(よわ)い立場(たちば)の人(ひと)たちを虐待(ぎゃくたい)するとは、見過(みす)ごす（べからざる・にあたらない）ことだ。

⑨ 彼(かれ)は新人歓迎(しんじんかんげい)の飲(の)み会(かい)でお酒(さけ)を飲(の)み過(す)ぎ、ホームのベンチで寝込(ねこ)む（までだ・しまつだ）。

⑩ 私(わたし)のミスで高価(こうか)な皿(さら)を割(わ)ってしまったのだから、土下座(どげざ)せずには（おかない・すまない）。

解答P.52

TEST 4

月　　日　　/100点

（　　　　　）に入る最も適当な言葉を□から一つ選んで書きなさい。

※同じ言葉は一度しか使えません。（10 × 10 = 100点）

かぎりだ	の極み	ずにはおかない	ないではすまない
それまでだ	までだ	しようにもできない	
にはあたらない	ったらない	を余儀なくされた	

① 例年にない大雪で、住民は不便な生活（　　　　　）。

② 企業から不採用の通知が来たら、別の会社にエントリーする（　　　　　）。

③ 私の愛犬をいじめるヤツは、絶対に仕返しせ（　　　　　）。

④ 私としては当然のことをしたまでで、お礼（　　　　　）。

⑤ 携帯電話をどこかに落としてしまって、友だちに連絡（　　　　　）。

⑥ おもしろい新番組があるって聞いて見てみたけど、くだらない（　　　　　）。

⑦ 言葉もわからない外国で病気になるなんて、心細い（　　　　　）。

⑧ まだ新人の私がこんなすばらしい賞をもらえるとは、光栄（　　　　　）だ。

⑨ これはお詫びの品なので、宅配便ではなく直接届けに行か（　　　　　）だろう。

⑩ どんなに厳しいトレーニングを積んでも、負けてしまえば（　　　　　）。

Unit 6　STEP 2

TEST 1

月　　日　　　/100点

（　　　　　）に入る最も適当なものを１～４から一つ選びなさい。
（10 × 10 ＝ 100点）

① 国(こく)の両親(りょうしん)からバースデープレゼントが届(とど)き、（　　　　　）泣(な)いてしまった。

1　感(かん)かぎって　　2　感至(かんいた)って　　3　感極(かんきわ)まって　　4　感極(かんきわ)まらず

② ひったくりに貴重品(きちょうひん)の入(はい)ったバッグを取(と)られた老女(ろうじょ)に、同情(どうじょう)（　　　　　）。

1　せずにはおかない　　2　を禁(きん)じ得(え)ない
3　にやまない　　4　にかたくない

③ 最愛(さいあい)の息子(むすこ)を奪(うば)われた両親(りょうしん)の犯人(はんにん)への怒(いか)りは、察(さっ)する（　　　　　）。

1　にかたい　　2　がたい　　3　かたくはない　　4　にかたくない

④ 部下(ぶか)が失敗(しっぱい)しても責任(せきにん)を持(も)ってサポートしてくれる。これが理想(りそう)の上司(じょうし)（　　　）。

1　じゃないだろう　　2　じゃないのだ
3　じゃなくてなんだろう　　4　じゃないはずだ

⑤ 共働(ともばたら)きの家庭(かてい)が増(ふ)えて、多(おお)くの子(こ)どもたちが一人(ひとり)だけの時間(じかん)を（　　　　　）。

1　余儀(よぎ)なくされている　　2　余儀(よぎ)なくしている
3　余儀(よぎ)させない　　4　余儀(よぎ)しない

⑥ 彼(かれ)のベスト記録(きろく)をもってすれば、金(きん)メダルは無理(むり)としても銅(どう)メダルなら（　　　）。

1　取(と)れないものではないだろう　　2　取(と)れるものでもないだろう
3　取(と)れないものだと思(おも)う　　4　取(と)れるものだろう

解答 P.101

月　　日　　　/100点

⑦ 下の兄は重役になったが、上の兄は（　　　　　　）しまつだ。

1　結婚してすぐに海外赴任する　　2　問題を起こしてクビになる

3　大学を辞めてビジネスで成功する　　4　夢を達成するために努力する

⑧ 電子辞書で調べてわからなければ、インターネットで（　　　　　　）。

1　検索しないではすまない　　2　検索するまでだった

3　検索するまでのことだ　　4　検索しようにもできない

⑨ 最近じゃこの辺りも（　　　　　　）ったらない。

1　大型スーパーができて便利だ　　2　大きな道路ができてうるさい

3　人口が増えてにぎやかになった　　4　観光客が増えてうれしい

⑩ 友だちとはいえ、借りた本を汚してしまったら、（　　　　　　）。

1　弁償せずにはおかないだろう　　2　弁償しないではすまない

3　弁償させずにはすまないだろう　　4　弁償させられないではおかない

Unit 7

ユニット７からは、N1合格のために覚えておいてほしい重要表現！

- □ （あやうく）～ところだった
- □ いかに～か
- □ いざ～となると
- □ 一概（いちがい）に（は）～ない
- □ ～かというと（～ない）
- □ ～ぐらいなら
- □ ～ことだし
- □ ～ことはないにしても
- □ さすがの～も
- □ さぞ～（こと）だろう
- □ ～ずじまいだ
- □ ～そうもない
- □ ～たことにする
- □ ～たつもりだ
- □ ～たら～たで
- □ ～た拍子（ひょうし）に
- □ てっきり～かと思（おも）っていた
- □ ～てでも

TEST 1

月　　日　　　/100点

文中の（　　　　　）から正しい方を選びなさい。（10 × 10 = 100 点）

① 忙(いそが)しくて、あやうく家賃(やちん)の振(ふ)り込(こ)みを（忘(わす)れる・忘(わす)れた）ところだった。

② きちんと（数(かぞ)える・数(かぞ)えた）つもりだったが、レジで1,000円(えん)足(た)りないと言(い)われた。

③ 海外(かいがい)で暮(く)らしてみると、家族(かぞく)の存在(そんざい)がいかに（大切(たいせつ)・大切(たいせつ)だ）か身(み)に染(し)みる。

④ 夏休(なつやす)みには一時帰国(いちじきこく)したかったが、アルバイトが忙(いそが)しくて（帰(かえ)り・帰(かえ)れ）そうにない。

⑤ もし大地震(おおじしん)が起(お)きたら、ここまで津波(つなみ)が（来(く)る・来(こ)よう）ことはないにしても注意(ちゅうい)は必要(ひつよう)だ。

⑥ 彼女(かのじょ)とけんかして頬(ほお)を（たたかれた・たたかれる）拍子(ひょうし)に、僕(ぼく)のメガネが壊(こわ)れてしまった。

⑦ 今度(こんど)のテストは全(まった)く自信(じしん)がないが、カンニング（する・した）ぐらいなら0点(てん)でいい。

⑧ 旅行(りょこう)で現地(げんち)の方(かた)にあんなにお世話(せわ)になったのに、何(なに)もお礼(れい)（しず・せず）じまいで心苦(こころぐる)しい。

⑨ 学生(がくせい)の論文(ろんぶん)を自分(じぶん)が（書(か)く・書(か)いた）ことにしていたなんて、教授(きょうじゅ)にあるまじき行為(こうい)だ。

⑩ 人(ひと)の体(からだ)は不思議(ふしぎ)で、大食(おおぐ)いの人(ひと)が太(ふと)るとは一概(いちがい)には（言(い)わ・言(い)え）ないものだ。

解答P. 102

TEST 2

月　　日　　　/100点

文中の（　　　　　）から正しいものを一つ選びなさい。（10 × 10 = 100 点）

① ベトナムはどこでも一年中暑い（と・が・かと）いうと、高地や北部では寒い季節もある。

② 旅行先では晴れたほうが嬉しいが、雨が降ったら降った（を・で・に）それを楽しむだけだ。

③ 長引く不況で、さすが（な・は・の）有名デパートも営業不振が続いているようだ。

④ 試験の結果が早く知りたいが、いざ明日わかる（に・と・か）なると不安になってきた。

⑤ キャプテンがケガをしてしまい、来週の試合には出られそう（が・も・で）ない。

⑥ 部長に呼ばれて立ち上がった拍子（で・を・に）、腰に激痛が走った。

⑦ A「この写真の真ん中に写ってるのが、私の担任の先生だよ。」
B「えっ、この人が先生？てっきり学生（か・が・に）と思った」

⑧ 初めて入院して、いかに健康がありがたい（か・だ・と）しみじみ感じた。

⑨ 今夜はワールドカップの生中継がある（もの・くらい・こと）だし、早めに仕事を切り上げよう。

⑩ お嬢様と言われている彼女の家は、さぞ立派な（ほど・こと・わけ）だろう。

TEST 3

月　日　/100点

文中の（　　　）から正しい方を選びなさい。（10 × 10 ＝ 100点）

① あのアーティストの公演チケットなら、どんな手を使って（さえ・でも）手に入れたい。

② この数学の問題はあまりに難しくて、授業中には誰も解けず（じまいだ・そうもない）。

③ インターネットを使った詐欺が増えており、先日、知人もだまされる（こと・ところ）だったらしい。

④「今日は水曜日？　（さすがに・てっきり）木曜日かと思ってた。」

⑤ あんな所に転勤させられる（ぐらい・ほど）なら、会社をやめる。

⑥ やめる（ことはないにしても・までもなく）、受験前は少しアルバイトを減らそうと思っている。

⑦ 小さい頃、自分が窓ガラスを割ったのに、妹がやった（ことにした・ことにする）ものだ。

⑧ 電車が急停止した（拍子に・なり）、隣の人の足を踏んでしまった。

⑨ 私としてはベストを尽くした（つもりだ・つもりだった）が、結果は出てみないとわからない。

⑩ 人をサポートすることが、その人のためになるとは（あやうく・一概に）言えない。

解答 P.102

TEST 4

月　　日　　　/100点

（　　　　　）に入る最も適当な言葉を［　　］から一つ選んで書きなさい。

<u>※同じ言葉は一度しか使えません。</u>　(10 × 10 = 100 点)

いかに	いざ	かというと	ぐらいなら
ことだし	さすがの	さぞ	
ずじまい	つもりだった	てでも	

① 恥ずかしいから、友だちにお金を借りる（　　　　　　）、銀行のカードで借りる。

② 人気パティシエが作るお菓子がすべておいしい（　　　　　　）そうとも言えない。

③ 出かける時、財布を確かに入れてきた（　　　　　　）のに見当たらない。

④ 義理の親への恩は、何年かけ（　　　　　　）きちんと返すつもりだ。

⑤ 無事に就職も決まった（　　　　　　）、ちょっと海外旅行にでも行ってこようと思っている。

⑥ 招待客500人の結婚式なんて出たことはないが、（　　　　　　）料理も豪華だろう。

⑦ A「ゴールデンウィークはどこか行ったの？」
B「行こうと思いながら、結局はどこも行か（　　　　　　）だったよ。」

⑧ 動物園の来園者が急増したことから、パンダが（　　　　　　）愛されているかがわかる。

⑨ 毎朝授業で早起きするのは辛かったが、（　　　　　　）卒業となるとちょっと寂しい。

⑩ A「きのう、あの温和な部長が新人を大声で叱ってたよ。」
B「（　　　　　　）部長も、我慢できなかったんだね。」

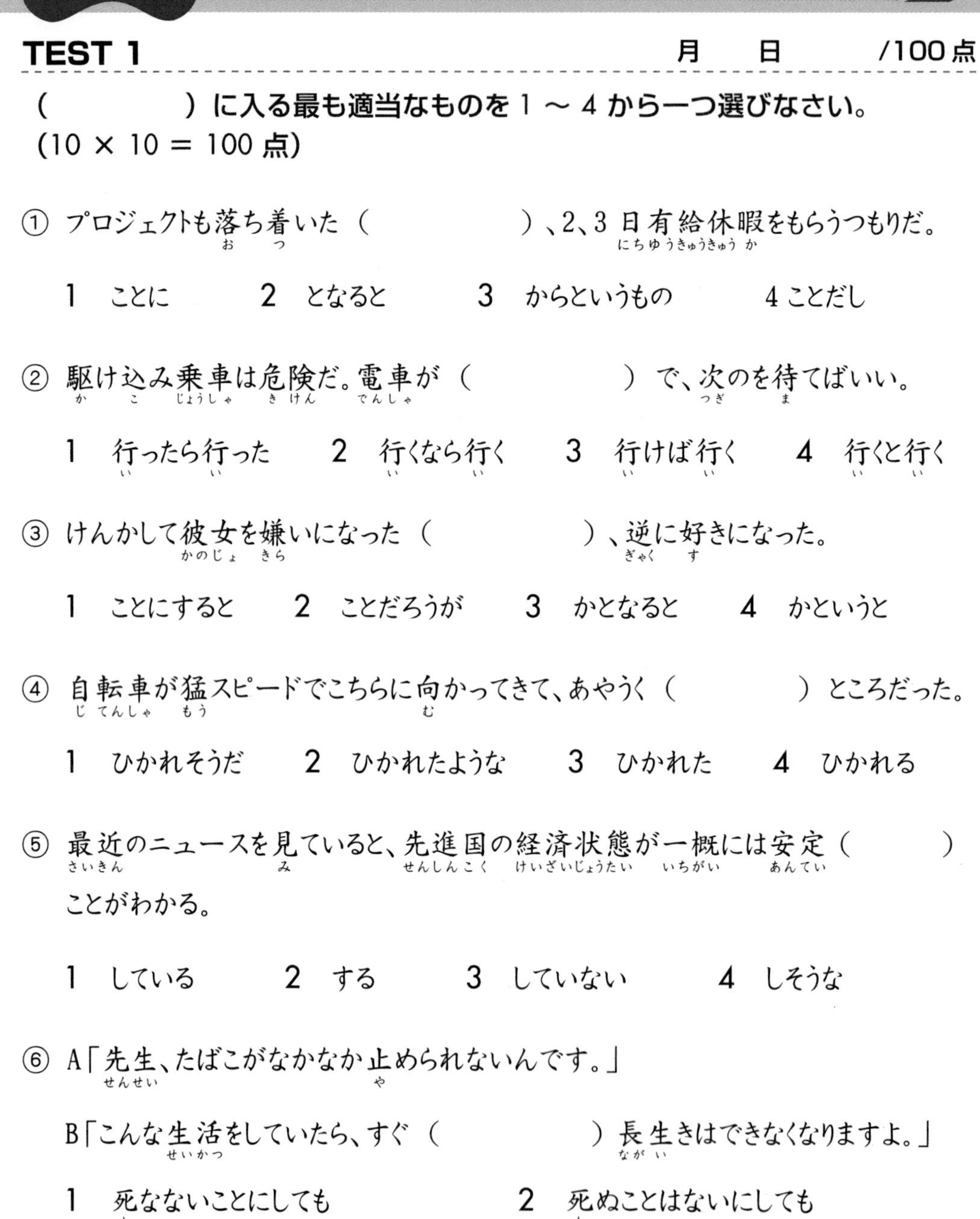

Unit 7　STEP 2

TEST 1　　　　月　　日　　/100点

（　　　　）に入る最も適当なものを1～4から一つ選びなさい。（10×10＝100点）

① プロジェクトも落ち着いた（　　　　）、2、3日有給休暇をもらうつもりだ。

1　ことに　　2　となると　　3　からというもの　　4　ことだし

② 駆け込み乗車は危険だ。電車が（　　　　）で、次のを待てばいい。

1　行ったら行った　　2　行くなら行く　　3　行けば行く　　4　行くと行く

③ けんかして彼女を嫌いになった（　　　　）、逆に好きになった。

1　ことにすると　　2　ことだろうが　　3　かとなると　　4　かというと

④ 自転車が猛スピードでこちらに向かってきて、あやうく（　　　　）ところだった。

1　ひかれそうだ　　2　ひかれたような　　3　ひかれた　　4　ひかれる

⑤ 最近のニュースを見ていると、先進国の経済状態が一概には安定（　　　　）ことがわかる。

1　している　　2　する　　3　していない　　4　しそうな

⑥ A「先生、たばこがなかなか止められないんです。」

B「こんな生活をしていたら、すぐ（　　　　）長生きはできなくなりますよ。」

1　死なないことにしても　　2　死ぬことはないにしても

3　死なないまでもなく　　4　死ぬことがあるはずなくても

解答 P.102

月　　日　　　/100点

⑦ テスト勉強（べんきょう）に集中（しゅうちゅう）したいが、遊（あそ）びに来（き）た友人（ゆうじん）が（　　　　　）。

1　帰（かえ）ってくれそうもない
2　帰（かえ）ってもらえるそうにない
3　帰（かえ）られてくれそうはない
4　帰（かえ）らないでいられるそうだ

⑧ 彼（かれ）の下（もと）で働（はたら）くぐらいなら、（　　　　　）。

1　彼（かれ）の指示（しじ）に従（したが）って頑張（がんば）ろう
2　今（いま）すぐにでも退職届（たいしょくとどけ）けを書（か）く
3　私（わたし）はまだ新人（しんじん）だから仕方（しかた）ない
4　プロジェクトを任（まか）せてほしい

⑨ 昨日（きのう）の会議（かいぎ）で、私（わたし）としてはわかりやすく（　　　　　）が、かえって混乱（こんらん）させたようだ。

1　説明（せつめい）しているつもりだ
2　説明（せつめい）したつもりだった
3　説明（せつめい）しないつもり
4　説明（せつめい）するつもりだ

⑩ 中学生（ちゅうがくせい）の頃（ころ）にパジャマを作（つく）る宿題（しゅくだい）があって、母（はは）にやってもらい（　　　　　）。

1　私（わたし）がやったことになった
2　私（わたし）がやったつもりになった
3　私（わたし）がやったことにした
4　私（わたし）がやったつもりにした

Unit 8

ユニット8では、日常会話にも役立つ上級表現をまとめてチェック！

- □ ～て何(なに)よりだ
- □ ～ては…、～ては…
- □ ～てはかなわない
- □ ～手前(てまえ)
- □ ～てまで
- □ ～てみせる
- □ ～ても差(さ)し支(つか)えない
- □ ～ても～きれない
- □ ～ても始(はじ)まらない
- □ ～というよりむしろ
- □ ～ときまって
- □ ～とみられる
- □ ～ないとも限(かぎ)らない
- □ ～に言(い)わせれば
- □ ～に限(かぎ)ったことではない
- □ ～に越(こ)したことはない
- □ ～のなんの

TEST 1

月　日　/100点

文中の（　　　　）から正しい方を選びなさい。（10 × 10 = 100点）

① あの店の料理はボリュームがあるので、全部（食べよう・食べた）としても食べきれない。

② 最近疲れているのか、夜10時に（なった・なる）ときまって眠くなってしまう。

③ あの人、何してるんだろう。さっきからアパートの前を行っては（戻る・戻り）している。

④ 昨日、駅前で20年ぶりに高校のクラスメートに会って（びっくりする・びっくりした）のなんの。

⑤ 海外でトラブルに遭った時、親切にしてくださった現地の方には（感謝し・感謝）きれない。

⑥ 新人の失敗を（責めるの・責めて）も始まらないから、これをいかして次は頑張ろう。

⑦ この地方でも大地震が（起きる・起きない）とも限らないから、備えはしておくべきだ。

⑧ A「やっと体調が回復しました。」
B「（それは・それで）何よりですね。」

⑨ 美しくなりたいという願望は、なにも（女性である・女性）に限ったことではない。

⑩ 彼が大学を（中退して・中退する）まで、やりたいことはいったい何だろう。

解答 P.103

TEST 2

月　　日　　　/100点

文中の（　　　　　）から正しいものを一つ選びなさい。（10 × 10 = 100 点）

① 行方不明の男性の持ち物（に・を・と）みられる携帯電話が発見された。

② ここは、はんこがなければサイン（でも・では・にも）差し支えないそうだ。

③ あの会社は今や誰もが知る大企業だが、年配の人たち（を・が・に）言わせれば、20 年前は誰も知らなかったそうだ。

④ 生活に欠かせないものなのに、光熱費がこんなに高（いじゃ・くちゃ・くで）かなわない。

⑤ レストランはサービスがいい（を・に・と）越したことはないが、それよりは料理のおいしさが決め手だ。

⑥ この小説家の文章は難解（を・に・と）いうより、むしろ意味不明だ。

⑦ 不思議なことに、私がその交差点に着く（と・に・が）きまって信号が青になる。

⑧ 私のこの思いは、伝えようとしても伝えきれるもの（じゃ・ちゃ・て）ない。

⑨ 会社の後輩（に・の・で）手前、この経済用語を知らないとは言えなかった。

⑩ 首都や大都市に人口が集中してしまうのは、日本（と・に・を）限ったことではない。

Unit 8　STEP 1

TEST 3

月　　日　　　/100点

文中の（　　　　　）から正しい方を選びなさい。（10 × 10 ＝ 100点）

① 親友の赤ちゃんの写真を見せてもらったが、可愛いの（なんか・なんの）。

② この建築物は、伝統的というより（つまり・むしろ）古くさい印象だ。

③ こんなに勉強したのに、遅刻して不合格になってしまったら泣いても泣き（きれない・きらない）。

④ 最近、この辺りで放火と（みえられる・みられる）火事が頻発している。

⑤ 父は小学生の頃から「いつかきっと出世して（みせる・みせた）」と思っていたそうだ。

⑥ 住む場所は駅に近いに（越したものはない・越したことはない）が、家賃が高くて無理だ。

⑦ 汚い手を使って（すら・まで）、お金持ちになりたくない。

⑧ 頭の固い課長と話していても（始まらない・たまらない）から、部長に相談してみよう。

⑨ 震災後減っていた日本への観光客が回復しているようで（何よりも・何よりだ）。

⑩ 妹は「街でスカウトされないとも（限らない・限りない）」と、毎日バッチリとメイクして出かける。

解答 P.103

TEST 4

月　日　/100点

（　　　）に入る最も適当な言葉を□から一つ選んで書きなさい。

※同じ言葉は一度しか使えません。（10 × 10 = 100 点）

で何よりだ	ではかなわない	手前	てみせる
でも差し支えない	きれるものではない		ときまって
とも限らない	に限ったことではない		のなんの

① 降水確率は20％だが、雨が降らない（　　　　）から、折りたたみ傘を携帯している。

② 上司から叱られてばかりいるが、いつか実力を認めさせ（　　　　）。

③ 高校生の弟は、私の言うことにいちいち反抗するので、憎らしい（　　　　）。

④ 洗濯物がまったく乾かない。いくら梅雨とはいえ、こんなに毎日雨（　　　　）。

⑤ 子どもの誕生日に東京ディズニーランドに行くと約束した（　　　　）、仕事で都合が悪くなったとは言えない。

⑥「今の若い者は！」と言われるが、マナーの問題は若者（　　　　）。

⑦ 災害への備えは大切だが、自然の災害は個人の力では防ぎ（　　　　）。

⑧ イベントの参加申し込みは、前日（　　　　）そうだ。

⑨ 小さな問題はいろいろあっても、とにかく両親が健在（　　　　）。

⑩ ここのところ、週末になる（　　　　）天気が崩れるような気がする。

Unit 8

Unit 8 STEP 2

TEST 1

月　　日　　　/100 点

（　　　　）に入る最も適当なものを 1 ～ 4 から一つ選びなさい。
（10 × 10 ＝ 100 点）

① 異常気象か、日本でも竜巻（　　　　　）現象が多発している。

1　にみられる　　2　とみる　　3　にみえる　　4　とみられる

② 同期の田中君は、「自分のブランドを作って（　　　　　）」と入社１か月で退職した。

1　みせる　　2　みせた　　3　みせて　　4　みる

③ 兄は仕事を辞めてからというもの、毎日（　　　　　）している。

1　食べては寝　　2　食っちゃ寝　　3　食べて寝　　4　食っては寝て

④ 父は自他ともに認める雨男で、旅行などに行くと（　　　　　）大雨だ。

1　きめられて　　2　きめて　　3　きまって　　4　きまられて

⑤ 嫌な人に頭を下げ（　　　　　）頼みごとはしたくない。

1　てでも　　2　てさえ　　3　てこそ　　4　てまで

⑥ 政治家たちはすぐに「国民の皆様のために」などというフレーズを使うが、私たち国民に（　　　　　）軽々しく言って欲しくない。

1　言わせられたら　　2　言わせられようものなら

3　言わせれば　　4　言わせてもらわれれば

月　　日　　　/100点

Unit 8

⑦ 日本語能力試験では高得点が取れるに（　　　　　）が、とりあえず合格すればいい。

1　越されることもない　　2　越されないことはない
3　越したりすることはない　　4　越したことはない

⑧ A「今晩も飲み会だっけ？終電までには帰れるんでしょ？　」
B「今日は酒が大好きな社長も来るし、朝まで（　　　　　）なあ。」

1　付き合えないとは限らない　　2　付き合うとも限れない
3　付き合わないとも限れない　　4　付き合わされないとも限らない

⑨ A「あの、もし（　　　　　）、ご連絡先を教えていただけませんでしょうか。」
B「ええ、もちろん。」

1　差し支えないと　　2　差し支えられなければ
3　差し支えなければ　　4　差し支えありませんと

⑩ いくらメロンが好きでも、こんなにたくさん（　　　　　）から、ご近所におすそ分けすることにしよう。

1　食べきられるものではない　　2　食べきれるものではない
3　食べきれることではない　　4　食べられないこともない

Unit 9

ユニット9では、重要表現に加えて敬語のポイントも再チェック！

- □ ～のももっともだ
- □ ～ばきりがない
- □ ～ほうがましだ
- □ ～べくもない
- □ ～まいとして
- □ ～まま（に）
- □ ～ものとする
- □ よくも～ものだ
- □ ～よし
- □ ～を経（へ）て
- □ 受身（うけみ）・使役（しえき）・使役受身（しえきうけみ）
- □ 尊敬語（そんけいご）
- □ 謙譲語（けんじょうご）
- □ その他（た）

Unit 9　STEP 1

TEST 1

月　　日　　　/100点

文中の（　　　　　）から正しい方を選びなさい。（10 × 10 = 100 点）

① 結果はまだ出ていないが、N１に（受かった・受ける）ものとして日本で仕事を探そう。

② 子どもにけがを（させる・する）まいとして、神経質になっている親も多い。

③ あんなひどい言い方をする人なら、後輩が（嫌われる・嫌う）のももっともだ。

④ いくら食べ放題とはいえ、よくもあんなに（食べる・食べられる）ものだ。

⑤ 宝くじにでも当たらない限り、私が億万長者になるなど（望み・望む）べくもない。

⑥ 就職先も条件を（あげれ・あげられれ）ばきりがないから、どこかで妥協しないと。

⑦ 最近は少子化の影響もあり、子どもに（言う・言われる）ままに物を与える親も多い。

⑧ A「先生は毎日何時ごろ（休めれ・休まれ）ますか。」
B「だいたい 12 時を回ってしまいますね。」

⑨「会議用の資料は明朝までに（ご用意・お用意）しておきます。」

⑩ こちらで検討の上、（連絡させられて・連絡させて）いただきます。

解答 P.104

TEST 2

月　　日　　　/100点

文中の（　　　　）から正しいものを一つ選びなさい。（10 × 10 = 100 点）

① 3年にわたるニューヨークへの演劇留学（が・を・と）経て、その俳優は実力派に成長した。

② まだ返事はないが、社長も参加するもの（に・を・と）してお店の予約を入れておいた。

③ あんなに徹夜が続いたら、体調を崩す（のが・のも・のに）もっともだ。

④ 弟ときたら、今まで親に大切に育ててもらいながら、よく（ぞ・も・に）あんな口が利けたものだ。

⑤ 完璧を求めてもきり（も・に・が）ないから、今回の論文はこれで提出してみよう。

⑥ クラスメートとはいえ、大企業の社長を父にもつ彼女となど比べるべく（が・は・も）ない。

⑦ 私の予算では高級マンションは無理だが、今の部屋よりこの物件のほう（も・が・に）ましだと思う。

⑧「この春、定年退職なさった（と・の・との）よし。長い間、お疲れさまでございました。」

⑨ 加藤さんはイエスマンで、いつも社長に言われるまま（で・に・を）しか動くことができない。

⑩ 友人は彼女に浮気を知られまい（に・か・と）して、メールを全て削除したそうだ。

Unit 9 STEP 1

TEST 3

月　日　/100点

文中の（　　　　　）から正しい方を選びなさい。（10 × 10 = 100点）

① まだ新人のくせに、よくも上司にあんな態度がとれた（ものだ・ことだ）。

② 今日の面接の結果は、後日（ご連絡します・ご連絡にします）。しばらくお待ちください。」

③ 今年の夏もボーナスがもらえる（ものとして・まいとして）、ずっと欲しかったバッグをカードで購入した。

④「来月、日本にいらっしゃる（よし・べし）。ぜひ、お会いしたいですね。」

⑤ その事故で全てを失った彼の悲しみは深く、私には知る（べく・べき）もない。

⑥「皆様の日頃のご愛顧に心から感謝（申します・申し上げます）。」

⑦「このサービスは24時間、お電話一本でご利用に（なります・なれます）。」

⑧「お母さん、本を買うから500円（ちょうだいします・ちょうだい）。」

⑨「ぜひ異文化コミュニケーションを専攻したいと考え、（貴・弊）校を志望させていただきました。」

⑩ 国民の国政に対する不満を挙げたら（きり・まし）がない。

解答 P.104

TEST 4

月　　日　　　/100 点

（　　　　　）に入る最も適当な言葉を［　　　］から一つ選んで書きなさい。

※同じ言葉は一度しか使えません。　（10 × 10 = 100 点）

のももっともだ	ばきりがない	ほうがましだ	
べくもない	まいとして	ままに	
ものとして	ものだ	よし	を経て

① 彼は有名デザイナーのアシスタント（　　　　　　）、ついにオリジナルブランドを立ち上げた。

② 「この度、女の子をご出産なさった（　　　　　　）。おめでとうございます。」

③ 無駄遣いはする（　　　　　　）、細かく家計簿をつけている。

④ まだ 18 歳で留学しているのだから、寂しくなって泣いてしまう（　　　　　　）。

⑤ 弟は勉強が大嫌いで「大学になんて行くなら働いた（　　　　　　）」と言っている。

⑥ 犯人がその男だということは疑う（　　　　　　）事実だ。

⑦ いとこは、今の彼女に言われる（　　　　　　）お金を使っているようで心配だ。

⑧ 結婚相手に求める条件をあげれ（　　　　　　）が、そんな条件の揃う人はいない。

⑨ 「お返事は 15 日までにお願いします。それまでにお返事がない場合は、承諾していただいた（　　　　　　）計画を進めさせていただきます。」

⑩ あんなに仲良さそうにしていて、よくもあんなひどい陰口が言える（　　　　　　）。

Unit 9 STEP 2

TEST 1

月　日　/100点

（　　　）に入る最も適当なものを1～4から一つ選びなさい。
（10 × 10 = 100点）

① こんな盛大なパーティに（　　　　）着ていく服がない。

1 招いても　2 招かれても　3 招きられても　4 招かられても

② 中途採用の説明会は、明後日（　　　　）3階の会議室にて開催いたします。

1 御社　2 弊社　3 拙社　4 貴社

③ 予約しても30分も（　　　　）のでは、あのクリニックの予約は何のための予約かわからない。

1 待たされる　2 待たせららる
3 待たたされる　4 待たせられさせる

④ 困ったことがあったら、（　　　　）どうぞ。

1 遠慮なくして　2 ご遠慮なくて
3 ご遠慮なしで　4 ご遠慮なさらず

⑤ よく夕食作りを（　　　　）うちに、娘も料理を覚えたようだ。

1 手伝わせられる　2 手伝わせる
3 手伝わせた　4 手伝わせて

月　日　/100点

⑥「お待たせいたしました。この件について私から（　　　　）。

1　説明されていただきます
2　説明していただけます
3　説明させていただきます
4　説明させられていただきます

⑦ カラオケが好きな人は、他の人もみんなも好きだと思っているらしいが、私は音痴なので（　　　　）のが苦痛でならない。

1　マイクが渡せられる
2　マイクを渡されられる
3　マイクが渡わせられる
4　マイクを渡される

⑧ もうすぐゴールデンウィークですが、どこか（　　　　）か。

1　行かれる予定はございます
2　行かられる予定はあります
3　行かされる予定はおありです
4　行かれるご予定はおありです

⑨ A「これでよろしいですか。」

B「それでは最後に、こちらにご印鑑を（　　　　）か。」

1　ちょうだいいただけます
2　ちょうだいします
3　ちょうだいできます
4　ちょうだいしてくださいます

⑩ 当店は心を込めたサービスをお客様に（　　　　）。

1　ご提供させていただけます
2　ご提供していただけます
3　ご提供していただきます
4　ご提供させていただきます

さあ、いよいよここからは模擬テスト！

これまで本書で取り上げた機能すべての中から、過去の日本語能力試験で多く出題されているものを中心に本試験に即した問題を集めました。

すべての問題に解答と解説をつけましたので、しっかりチェックしてください。

3 回ともそれぞれ 15 分で解いて 5 分で見直し、あわせて 20 分以内を目安にチャレンジ！各 80 点以上を目指しましょう！

模擬テストⅠ

問題 1

次の文の（　　　　　）に入れるのに最も よいものを 1・2・3・4 から一つ選びなさい。（4 × 10 = 40 点）

1 定年退職（　　　　　　）、田舎でスローライフを始めたり、海外移住したりする人も多い。

1　を経て　　2　を機に　　3　を限りに　　4　を皮切りに

2 彼は口が堅く、事実を知り（　　　　　　）、他の誰にも言わなかった。

1　がてら　　2　つつは　　3　まいに　　4　ながらも

3 師走の金曜日（　　　　　　）あって、居酒屋はどこも予約でいっぱいだ。

1　と　　2　が　　3　に　　4　で

4 入社早々、社長に意見するとは、無礼（　　　　　　）新人だ。

1　やまない　　2　至らない　　3　極まりない　　4　を禁じ得ない

5 人前で話すのは大の苦手なのに、朝礼でいきなりスピーチを（　　　　　　）あせった。

1　させて　　2　せさせられて　　3　されて　　4　させられて

6 彼は本当に空気が読めない人だから、みんなが皮肉を（　　　　　　）ところで気づかないだろう。

1　言う　　2　言った　　3　言っている　　4　言おうとした

7 A「田中さんの送別会、幹事やってくれない？」
B「やれと言われれば（　　　　　）けど、実は彼とはそれほど親しくなかったんだよね。」

1 やらないものでもない
2 やらないことではない
3 やらないにはあたらない
4 やらないではおかない

8 留学生活は、家族と離れてもう少しマイペースに過ごせるかと思ったが、勉強にアルバイトにと（　　　　　）。

1 忙しいのなんのといえばない
2 忙しくないといえばない
3 忙しいといったらない
4 忙しいといえばなんのって

9 （面接試験で）
面接官「では、まず当社の志望動機を聞かせてください。」
応募者「はい、御社の企業理念に感動し、今回（　　　　　）。」

1 応募していただきました
2 応募させていただきました
3 応募してさしあげました
4 ご応募なされました

10 （会社で）
A「よかったね。この企画、部長にオーケーがもらえて。」
B「でも、部長の気が（　　　　　）から、さっさと進めちゃったほうがいいかもね。」

1 変わることもありえない
2 変わらないおそれがある
3 変わらないとも限らない
4 変わらないではない

問題 2

次の文の＿＿★＿＿に入る最もよいものを、1・2・3・4 から一つ選びなさい。（4 × 10 = 40 点）

1 今回のスキャンダルは単なる噂ではなく＿＿＿ ＿＿＿ ＿★＿ ＿＿＿ 大問題に発展しそうだ。

1 政治家　2 にかかわる　3 生命　4 彼の

2 運転手の不注意による交通事故が ＿＿＿、＿＿＿ ＿★＿ ＿＿＿ 気を抜いてはいけない。

1 たりとも　2 一瞬　3 多発しているが　4 運転中は

3 新聞によると、事件の現場 ＿＿＿ ＿＿＿ ＿★＿ ＿＿＿ 惨状だったそうだ。

1 見る　2 その部屋は　3 となった　4 にたえない

4 驚いたことに、この不況の時代にあっても、一流企業の ＿＿＿ ＿＿＿ ＿★＿ ＿＿＿ も珍しくはないのだそうだ。

1 ともなると　2 年収　3 社長　4 数億円

5 （インタビューで）

A「ご主人からのプロポーズの言葉は？」

B「それが、『＿＿＿ ＿＿＿ ＿★＿ ＿＿＿ 人は他にいない』だったんです。ちょっと変ですよね。」

1 ボクを　2 をおいて　3 キミ　4 幸せにしてくれる

6 退職金は、会社の＿＿＿ ＿＿＿ ＿★＿ ＿＿＿ が決められている。

1 その金額　2 規定　3 即して　4 に

7 節電(せつでん)しなければと ＿＿＿、＿＿＿ ＿★＿ ＿＿＿ 寝(ね)てしまった。

1 っぱなしで　2 昨晩(さくばん)も　3 思(おも)いつつ　4 電気(でんき)をつけ

8 兄(あに)は ＿＿＿ ＿＿＿ ＿★＿ ＿＿＿ やっと国家試験(こっかしけん)にパスした。

1 挑戦(ちょうせん)する　2 4回目(かいめ)　3 こと　4 にして

9 地球温暖化(ちきゅうおんだんか)は、＿＿＿ ＿＿＿ ＿★＿ ＿＿＿ 未来(みらい)にも大(おお)きな影響(えいきょう)を及(およ)ぼす問題(もんだい)だ。

1 のみ　2 ただ　3 現代人(げんだいじん)　4 ならず

10 姉(あね)は、ダイエット薬(ぐすり)を飲(の)み続(つづ)けた ＿＿＿ ＿＿＿ ＿★＿ ＿＿＿。

1 あげく　2 しまつだ　3 体(からだ)を壊(こわ)して　4 入院(にゅういん)する

次のページに続きます！

問題 3

次の文章を読んで内容を把握し、[1]から[5]の中に入る最もよいものを、1・2・3・4から一つ選びなさい。（4 × 5 ＝ 20 点）

我が家には一日に何本も電話がかかってくる。仕事の依頼の場合[1]、個人的な用向きもあり、投資から布団クリーニング、墓場、エステまで、あらゆる勧誘の電話もかかってくる。悪戯電話も、中には電波系の人からの不気味な電話もある。だから自衛の手段として、名乗らなくなった。「はい」しか言わない。[2-a]の場合は先方が勝手に「奥様ですか」なんて喋り始めるから、すぐに断る。身内や友人、[2-b]は、向こうが名乗る前に声で分かるし、もちろん「○○です」と名乗ってくれる。問題は、未知の人からの仕事の依頼。これが、静かな日常にさざ波を立ててくれる場合が多い。

その一。「乃南さんのお宅ですか」などと確認をとらない。即、本題。間違い電話だったら、どうするんだろう？または、「オイナミさんですか」「ナンノさんですか」なんて言われる場合も少なくない。私はノナミです。

その二。同様に自分の身元もきちんと名乗らない。

その三。挨拶抜きに本題に入る。路上の勧誘と一緒じゃないかと思うくらい。

（中略）

その六。断ると、「え～、どうしてですかぁ」とか「やってもらえると思ってたのにぃ」なんて言う。あんたの口調だけで嫌になったんだよ、と思うけど、見知らぬ人に説教も出来ないから大抵は我慢する。

その七。電話を切るときに挨拶をしない。怪しいセールスマン[3]、「はい、どうも」という挨拶があるものか？

解答P.105

こういう電話が実に多いのだ。それも大抵は女性である。 4 二十代か三十代の前半くらい、でももっと年上っぽい人もいる。実際に会えば、意外に悪い人ではないのかも知れないとは思う。だが、とても会う気になど 5 。プライドだけ高くてどうするんだ。自立する女を気取るなら、せめて幼稚園児程度の挨拶くらいは出来るようになって欲しいものだ。

エッセイ集『ああ、腹立つ』（新潮文庫）　「電話しないでっ！」（乃南アサ）より

1

1　であっても　　2　とあれば　　3　もあれば　　4　とあっては

2

1　a 知人　／　b　家族　　2　a 勧誘　／　b　仕事

3　a 勧誘　／　b　お馴染みさん　　4　a 知人　／　b　電波系の人

3

1　ともあろうものが　　2　ならではの　　3　じゃあるまいし　　4　ともなれば

4

1　声によっては　　2　声に基づき　　3　声だからって　　4　声からすると

5

1　なれるものではない　　2　なれるものならではだ

3　なれないものでもない　　4　なれないものだろうか

模擬テストⅡ

問題 1

次の文の（　　　　　）に入れるのに最もよいものを1・2・3・4から一つ選びなさい。（4 × 10 = 40点）

1 身内の猛反対を（　　　　　）日本に来たが、今ではみんな応援してくれている。

1 なくして　　2 よそに　　3 めぐって　　4 もって

2 高橋部長は厳しい人で、部下が報告書を持ってきた（　　　　　）次々とやり直しを命じる。

1 や否や　　2 なり　　3 が早いか　　4 そばから

3 年配の人は「まったく、今の若い者は使えない」と、否定的に見る（　　　　　）が、見習いたいほど立派な若者も山ほどいる。

1 きらいである　　2 きらいがある　　3 きらいになる　　4 きらいにある

4 「お客様（　　　　　）サービス業だ。」という社長の下で教育されているだけに、この店の店員は実に気が利く。

1 もっての　　2 おいての　　3 あっての　　4 なりの

5 アラブの国々で独裁政権が崩壊したものの、多くの人々が物理的にも精神的にも辛い生活を（　　　　　）。

1 余儀なくさせている　　2 余儀なくされている

3 しないではおかない　　4 しないではすまない

6 週末くらいは同僚と思いきり飲みたいが、ドクターストップがかかっては（　　　　　）にも飲めない。

1 飲んだ　　2 飲みたい　　3 飲もう　　4 飲み

解答 P.107

月　日　/100点

7 （学校で）

学生「すみません。昨日バイトで帰るのが遅かったもので。」

教師「アルバイトが（　　　　　）、遅刻の理由にはなりませんよ。」

1　あるといわずないといわず　　2　あるといいないといい

3　ありであれなしであれ　　4　あろうがあるまいが

8 引っ越しするので家にある本を処分しようと思うが、古本屋に売ってもこの本だったら、せいぜい1冊50円（　　　　　）。

1　といったところだろう　　2　ということだろう

3　というぐらいだ　　4　といったものだ

9 9（デパートで）

A「昨日こちらで買ったパンツ、2センチぐらいすそ上げしてもらえますか。」

B「かしこまりました。では、別途1,000円（　　　　　）よろしいですか。」

1　ちょうだいなさっても　　2　ちょうだいしても

3　ちょうだいくださっても　　4　ちょうだいさせていただけても

10 （空港で）

A「ニューヨークに行っても連絡してね。本当に寂しくてたまらないわ。」

B「そんな！宇宙に（　　　　　）。いつだって、メールなり電話なりできるよ。」

1　引っ越すことではあるまいし　　2　引っ越しじゃありまいし

3　引っ越すものではあるまいし　　4　引っ越すわけじゃあるまいし

問題 2

次の文の＿＿★＿＿に入る最もよいものを、1・2・3・4 から一つ選びなさい。（4 × 10 = 40 点）

1 最近は ＿＿＿ ＿＿＿ ★ ＿＿＿ 物が少なく、どのブランドも無難なデザインの服が多いように思う。

1 という　　2 ならでは　　3 この　　4 ブランド

2 朝から晩まで働きづめだが、自分のカフェをもつ ＿＿＿ ＿＿＿ ★ ＿＿＿ つらいと感じたことなどない。

1 いう　　2 と　　3 こそ　　4 夢があれば

3 就職は超氷河期と言われているが ＿＿＿ ＿＿＿ ★ ＿＿＿ 再就職もさほど難しくはないだろう。

1 もって　　2 彼女の　　3 すれば　　4 キャリアを

4 「来週からタイに赴任してくれないか」なんて ＿＿＿ ＿＿＿ ★ ＿＿＿ 返事できない。

1 としたって　　2 社長の　　3 業務命令　　4 すぐには

5 A「今の新入社員は、入ってもすぐやめちゃうね。」
B「まあ、そういう時代なんだよ。
こちらも割り切って、＿＿＿ ＿＿＿ ★ ＿＿＿ だよ。」

1 まで　　2 新しい人を　　3 のこと　　4 採用する

解答 P.107

6 他人の個人情報をネット上に ＿＿＿ ＿＿＿ ＿★＿、＿＿＿ なんだろう。

1 犯罪でなくて　2 流す　3 のが　4 無断で

7 着付け教室に通い始めたが、＿＿＿ ＿＿＿ ＿★＿ ＿＿＿ ことができない。

1 思うように　2 初心者の　3 着る　4 こととて

8 「＿＿＿ ＿＿＿ ＿★＿ ＿＿＿ 商品の返品はお受けできません。」

1 理由　2 いかんに　3 の　4 かかわらず

9 新しい社長は、史上最年少で ＿＿＿ ＿＿＿ ＿★＿ ＿＿＿ の抜てきとなった。

1 外国人と　2 ずくめ　3 初めての　4 異例

10 友人が結婚したが、相手が ＿＿＿ ＿＿＿ ＿★＿ ＿＿＿ かぎりだ。

1 とは　2 実業家　3 イケメンの　4 うらやましい

次のページに続きます！

問題 3

次の文章を読んで内容を把握し、[1]から[5]の中に入る最もよいものを、1・2・3・4から一つ選びなさい。（4 × 5 = 20 点）

相手が視界から消え去った時に、社会関係を維持するためにおしゃべりをし合うというのが、きわめて高度な社交術であるのはあらためて指摘する[1]。目下のところ動物ではヒヒとニホンザルの仲間だけで報告されている。しかも両者とも、時として数百頭という例外的に巨大な規模の群れを形成することが知られているが、それはこの社会性によってのみ可能となったと思われる。他の霊長類の群れは、大きくても五十頭を超えることはない。対面して関係を維持するには、このあたりが限界なのだ。

ただし、彼らの出す音声そのものには、メッセージが含まれていない。仲間の所在を確認して、反応が聞こえなくなる事態を防いでいるにすぎない以上、やっていることは下等と言えば下等かもしれない。[2]最近の日本人と比べてみた時、あまり差がないように[3]のだ。

とりわけ若者が携帯でメールをやりとりするのと、そっくりだと思う。そもそもケータイを使いだすと、常に身につけていないとどうも不安な気分に陥るらしい。さきほどまで会っていた相手と[4-a]、[4-b]「元気？」とか、あえて伝える価値のない情報を交信している。しかしそんなことは、大昔からサルがやっていたことなのだ。ニホンザルも起きている間中、誰かとつながっていないと落ち着かないようである。（中略）日本語には英語のグルーブにあたるものとして、[5-a]と[5-b]ということばがある。前者は動物については用いられることはあっても、ふつう人間には使わない。しかしケータイの普及は、人間ですら[5-c]的にしか結びつかず、それでいて充足して生活できることを実証してくれているのである。

正高信男『ケータイを持ったサル』（中公新書）より

解答 P.107

1

1 まいとしているのだろう　　2 までのことだろうか

3 までもないだろう　　4 まじきものだ

2

1 しかも　　2 だが　　3 そして　　4 一方

3

1 思(おも)ってもしかたない　　2 思(おも)えてならない

3 思(おも)いを禁(きん)じ得(え)ない　　4 思(おも)わないことはない

4

1 a 離(はな)れるや ／ b ただちに

2 a 離(はな)れたなり ／ b とたんに

3 a 離(はな)れたかたわら ／ b いったん

4 a 離(はな)れたが最後(さいご) ／ b いっせいに

5

1 a 群(む)れ ／ b 集団(しゅうだん) ／⊠ 集団(しゅうだん)

2 a 群(む)れ ／ b 集団(しゅうだん) ／⊠ 群(む)れ

3 a 集団(しゅうだん) ／ b 群(む)れ ／⊠ 群(む)れ

4 a 集団(しゅうだん) ／ b 群(む)れ ／⊠ 集団(しゅうだん)

模擬テストⅢ

問題 1

次の文の（　　　　）に入れるのに最もよいものを 1・2・3・4 から一つ選びなさい。（4 × 10 = 40 点）

1 あまりに簡単なテストだったので、これは満点がとれた（　　　　）、ケアレスミスで 92 点しかとれなかった。

1　とはいえ　　2　ときたら　　3　と思いきや　　4　とあって

2 この俳優には他の人にはない不思議なオーラがある。アカデミー賞とは（　　　　）、きっと国際的に活躍するようになるだろう。

1　言うまでも
2　言わないまでも
3　言うまでもなく
4　言わないまでもなく

3 スカートが汚れているなら教えてくれればいい（　　　　）。同僚が誰も言ってくれないから、恥ずかしいことに、一日このスカートで過ごしてしまった。

1　ものの　　2　ものか　　3　ものに　　4　ものを

4 「うそも方便」という言葉は、時と場合によってはうそをついた方がいいこともあるという意味だ。うそを（　　　　）まで何かを手にすることとは違う。

1　ついた　　2　つく　　3　ついて　　4　つこうと

5 フリーライターとして活躍している友人（　　　　）、なかなか自立できない自分が情けない。

1　にひきかえ　　2　はおろか　　3　もさることながら　　4　にもまして

6 個人競技とは違い、団体スポーツはそれぞれの技術はもとより、チームワーク（　　　　）勝利はない。

1　なしにして　　2　あることなしに　　3　なくして　　4　ないまでも

月　日　/100点

7 A「最近の若い人は、あまり海外志向がないらしいね。」
B「冒険するのが怖いのかな。若者がみんな（　　　　）、そんなこともないんだけどね。」

1 消極的だといえれば　2 消極的かというと
3 消極的かといわされれば　4 消極的かといわせれば

8 外食産業が不振と言われているが、あのチェーン店は（　　　　）、売り上げが倍増し店舗数も増え続けているらしい。

1 おいしさと安さに相まり　2 おいしさと安さが相まって
3 おいしさは安さが相まって　4 おいしさが安さに相まった

9 A「ねえ、ねえ。駅前のスーパーで卵10 個100 円だって。行ってみない？」
B「でも、もう3 時よ。チラシに『売り切れの際は（　　　　）』って書いてあるよ。」
A「じゃ、もう売り切れかな。」

1 ご容赦願います　2 ご容赦願えます
3 ご容赦いただけます　4 ご容赦くださいます

10 A「先生から借りた本、うっかりコーヒーをこぼしちゃった。どうしよう……。」
B「えーっ、それはまずいよ。きちんと（　　　　）よ。しかも、できるだけ早くね。」

1 謝らないではおかない　2 謝らないではすまない
3 謝らずにはおけない　4 謝らないではすめない

問題２

次の文の＿＿★＿＿に入る最もよいものを、1・2・3・4から一つ選びなさい。（4 × 10 = 40 点）

1 あわてて乗(の)った時(とき)、カードを探(さが)すのにもたもたしていたら、＿＿＿ ＿＿＿ ＿★＿ ＿＿＿ にらまれた。

1 と　2 運転手(うんてんしゅ)　3 言(い)わんばかりに　4 「早(はや)くしろ」

2 通勤電車(つうきんでんしゃ)から ＿＿＿ ＿＿＿ ＿★＿、＿＿＿ 可愛(かわい)いうさぎのような形(かたち)の雲(くも)が浮(う)かんでいて、少(すこ)し幸(しあわ)せな気分(きぶん)になった。

1 見(み)ると　2 ともなしに　3 空(そら)に　4 見(み)る

3 海外逃亡(かいがいとうぼう)していると思(おも)われた指名手配犯(しめいてはいはん)が＿＿＿ ＿＿＿ ＿★＿ ＿＿＿ 本当(ほんとう)に驚(おどろ)いた。

1 とは　2 いた　3 国内(こくない)に　4 潜(ひそ)んで

4 酔(よ)っ払(ぱら)いとはいえ、無抵抗(むていこう)な駅員(えきいん)に ＿＿＿ ＿＿＿ ＿★＿ ＿＿＿ で、厳(きび)しく対処(たいしょ)すべきだ。

1 など　2 こと　3 あるまじき　4 暴力(ぼうりょく)をふるう

5 妻(つま)「あの子(こ)、また彼女(かのじょ)を変(か)えたみたい。飽(あ)きっぽくて、困(こま)ったものね。」
夫(おっと)「＿＿＿ ＿＿＿ ＿★＿ ＿＿＿、あいつももう 24 だからなあ。」

1 とは　2 ゆえ　3 言(い)っても　4 若(わか)さ

6 事件(じけん)の真相(しんそう)を＿＿＿ ＿＿＿ ＿★＿ ＿＿＿警察(けいさつ)が全力(ぜんりょく)で捜査(そうさ)している。

1 せん　2 明(あき)らかに　3 が　4 ために

7　どんなに必死(ひっし)で勉強(べんきょう)しても、＿＿＿＿　＿＿＿＿　＿★＿　＿＿＿＿　だ。

1　しまえば　　2　それまで　　3　間違(まちが)えて　　4　本番(ほんばん)で

8　「ストレス解消法(かいしょうほう)はショッピング」という友人(ゆうじん)は、＿＿＿＿　＿＿＿＿　＿★＿　＿＿＿＿、所持金(しょじきん)がなくなるまで買(か)い物(もの)を続(つづ)ける。

1　が最後(さいご)　　2　デパートへ　　3　足(あし)を　　4　踏(ふ)み入れた

9　そのアンティーク人形(にんぎょう)は　＿＿＿＿　＿＿＿＿　＿★＿　＿＿＿＿　リアルな表情(ひょうじょう)をしている。

1　出(だ)すか　　2　今(いま)にも　　3　のごとく　　4　しゃべり

10　売(う)り上(あ)げが半分(はんぶん)以下(いか)に減(へ)る　＿＿＿＿　＿＿＿＿　＿★＿　＿＿＿＿　社長(しゃちょう)は会社(かいしゃ)再建(さいけん)をあきらめなかった。

1　状況(じょうきょう)と　　2　に　　3　至(いた)っても　　4　なる

模擬テストⅢ

問題 3

次の文章を読んで内容を把握し、[1]から[5]の中に入る最もよいものを、1・2・3・4から一つ選びなさい。（4 × 5 = 20 点）

理不尽な凶悪事件が後を絶たず、何の罪もない人々がその尊い命を奪われている。騒然とした現場からその惨状を伝える記者のレポートを[1]、「嫌な世の中になったものだ」と、暗澹たる思いに駆られる。何より怖いのは、いつの間にか「またか」が慢性化して、人々がそれを異常であると認識しなくなった時なのだが、そうなる前に打つ手はないのだろうか。犯人が抱える心の闇は知る由もないが、これ以上、一般市民が巻き込まれることは[2]ことだ。

ところで、こういった事件が起きるたびに、違和感を覚えることがある。それは、犯人の「人となり」を明らかにしたいマスコミの問いに対して、周囲の人が[3]発する「おとなしい」という言葉である。「あんなひどい事件を起こすような人には見えなかった」「おとなしい人だったのに」「信じられない」と。

言うまでもなく、「おとなしい」とは、穏やかで反抗しない印象であることを意味する。だが、それはあくまで[4-a]でのことであり、当然ながら人間には[4-b]に秘めた様々な思いがあるはずだ。「おとなしい」ということは、けっしてその胸の内に何もないということではなく、外には出さない、あるいは出せないというだけのことだ。むしろ、「やんちゃ」と言われるような常に感情を[4-c]に出している方が、[4-d]にため込んだ感情は少ないことなど、[5]はずなのだが……。

「おとなしい」ということを、イコール「問題なし」としてしまうのはどうだろうか。おとなしいからこそ、周囲がその内側を察する程度の「干渉」は、この時代には欠かせないように思う。外から見えない「狂気」のサインを少しでも早くキャッチできるような社会が、今こそ求められている。

注 1）　暗澹たる＝将来に希望は持てない、暗い状況

注 2）　やんちゃ＝元気でいたずら好きな様子

解答 P.109

1

1 聞(き)くや否(いな)や　　2 聞(き)くにつけ

3 聞(き)いたと思(おも)いきや　　4 聞(き)くかたわら

2

1 許(ゆる)されるべき　　2 許(ゆる)されるまでもない

3 許(ゆる)させるまじき　　4 許(ゆる)すべからざる

3

1 口(くち)をそろえて　　2 口(くち)がうまくて

3 口(くち)をすべらして　　4 口(くち)をすっぱくして

4

1 a 内面(ないめん) ／ b 内面(ないめん) ／ c 外面(がいめん) ／ d 外面(がいめん)

2 a 内面(ないめん) ／ b 外面(がいめん) ／ c 内面(ないめん) ／ d 外面(がいめん)

3 a 外面(がいめん) ／ b 内面(ないめん) ／ c 外面(がいめん) ／ d 内面(ないめん)

4 a 外面(がいめん) ／ b 内面(ないめん) ／ c 内面(ないめん) ／ d 外面(がいめん)

5

1 想像(そうぞう)にとどまらない　　2 想像(そうぞう)できてはかなわない

3 想像(そうぞう)すればきりがない　　4 想像(そうぞう)にかたくない

Unit1 解答・解説

STEP 1 解答

TEST1 ①飲んだ ②辞めて ③切る ④入ってくる ⑤働く
⑥のぞき ⑦出る ⑧悪い ⑨開催されるの ⑩書いた

TEST2 ①に ②から ③に ④を ⑤が ⑥を ⑦を ⑧を ⑨を ⑩が

TEST3 ①かたわら ②がてら ③かたがた ④そばから ⑤や否や
⑥をもって ⑦にあって ⑧を機に ⑨が早いか ⑩が最後

TEST4 ①をもって ②かたがた ③を限りに ④に至っても ⑤そばから
⑥にあって ⑦を機に ⑧を皮切りに ⑨が最後 ⑩が早いか

STEP 2 解答 & 解說

TEST1 ① 3 ② 3 ③ 2 ④ 4 ⑤ 1 ⑥ 3 ⑦ 4 ⑧ 1 ⑨ 4 ⑩ 2

① 「～や否や」或是「～や」是表示「～之後，馬上發生後續的～」的意思。請注意，句型前面接的是動詞的辭書形。 ● 參考書 19 頁

② 「～をもって」表示「時間或時機等等的段落」。 ● 參考書 36 頁

③ 「～を皮切りに」表示「以～為起點，其他接續著～」的意思。
● 參考書 31 頁

④ 「声を限りに」是盡可能地放大聲量的意思的慣用表現。 ● 參考書 35 頁

⑤ 因為接「聞こえた（＝た形）」，所以「～が早いか」是正確答案。如果是接「聞こえる（＝辞書形）」的話，「～や」也是ＯＫ。 ● 參考書 16 頁

⑥ 從「お忙しい」這個敬語表現可得知，這是指對方狀態，而非自己的狀態。在商用日文中經常使用。 ● 參考書 26 頁

⑦ 要選「以～為契機而產生的狀態，開始發生，而且持續進行中。」的選項。
● 參考書 30 頁

⑧ 「～に至っては」後面接的是「到了～狀況的話，就遲了、沒有解決辦法」的句子。 ● 參考書 28 頁

⑨ 「～が最後」後面接的是「做～的話，會招致不良的結果，最好注意」的內容。被挖苦的人婉轉地表達自己的不愉快的心情，是在諷刺。 ● 參考書 34 頁

⑩ 「～そばから」是用在表示多次重複的事物上，一次性的不可以使用。
● 參考書 17 頁

何点だったかな？ しっかりできたら、ユニット２にチャレンジ！

Unit 2　解答・解説

STEP 1　解答

TEST1　①見る　②残し　③出す　④脱ぎ　⑤眠っている
⑥5年　⑦泥　⑧さし　⑨給料日　⑩降りかかるの

TEST2　①も　②に　③が　④を　⑤と　⑥に　⑦と　⑧の　⑨を　⑩に

TEST3　①きらいがある　②っぱなし　③に即して　④からする　⑤ものともせず
⑥というもの　⑦ながらも　⑧行きつ戻りつ　⑨まみれ　⑩ごとき

TEST4　①が相まって　②ずくめ　③をものともせず　④からある　⑤に即して
⑥っぱなし　⑦ながらの　⑧まみれ　⑨めいた　⑩にかかわる

STEP 2　解答 & 解説

TEST1　① 3　② 4　③ 2　④ 4　⑤ 3　⑥ 4　⑦ 4　⑧ 3　⑨ 1
⑩ 2

① 總覺得有那樣的印象的意思。　● 參考書 41 頁

② 「～にかかわる」表示「與～有關係」的意思。大多表示重大的、嚴重的事物。
● 參考書 51 頁

③ 「～ごとき」表示「～なんか」的蔑視表現。 ● 參考書 59 頁

④ 「～ともなく」表示「並非刻意，而是不知不覺中做～」的意思。
● 參考書 54 頁

⑤ 「～ずくめ」表示某狀態頻繁持續的意思。大部分指的是好的事。
● 參考書 39 頁

⑥ 「涙ながらに」是「哭著做～」的慣用表現。　● 參考書 46 頁

⑦ 「～をよそに」表示「無視應該要做～，反而去做～」。是負面的內容。
● 參考書 56 頁

⑧ 「～をものともせず」表示「無畏困難或問題，產生好的結果」的句子。
● 參考書 55 頁

⑨ 表示「在那以上」的意思。如果是金額的話，就表示「超過～金額」的意思。
● 參考書 58 頁

⑩ 「～は～と相まって」之外，還有「～と～が相まって」、「～が～と相まって」的形態。　● 參考書 50 頁

解答・解説

Unit 3　解答・解説

STEP 1　解答

TEST1　①見る　②ある　③節約した　④完成した　⑤払えない
⑥合格する　⑦信頼する　⑧下がった　⑨お祝いした　⑩作った

TEST2　①を　②で　③とは　④と　⑤の　⑥に　⑦と　⑧と　⑨に　⑩と

TEST3　①とは　②たえない　③足る　④にして　⑤ともなると
⑥ではあるまいし　⑦とは　⑧まじき　⑨いざしらず　⑩としたって

TEST4　①ならではの　②としたって　③といったところだ　④ともなれば　⑤ときたら
⑥にして　⑦たる　⑧ともあろう　⑨にたえる　⑩なりに

STEP 2　解答 & 解説

TEST1　① 3　② 2　③ 3　④ 3　⑤ 3　⑥ 2　⑦ 3　⑧ 3　⑨ 4　⑩ 1

① 「Ａたるものｂ」表示「如果是Ａ的立場的人的話，當然是Ｂ」的意思。
● 参考書 62 頁

② 最多也是這個程度，表示不多、大不了的意思。　● 参考書 80 頁

③ 「〜なりに」表示「符合〜、適合〜」。　● 参考書 77 頁

④ 「〜にたえる」表示勉強總算可以應付。　● 参考書 81 頁

⑤ 「〜ならではの」表示「其他沒有的、獨自的」的意思。如這題一般，常用在廣告的標題上。　● 参考書 76 頁

⑥ 「〜（か）と思いきや」表示因為實際狀況與所想的不同而驚訝。正面、負面的結果都有。　● 参考書 63 頁

⑦ 「〜たところで」表示「即使做〜也沒有意義，不會產生好的結果」的意思。
● 参考書 68 頁

⑧ 「〜ときたら」後面要接對他人不滿的負面內容。　● 参考書 86 頁

⑨ 「〜とはいえ」後面會接上「雖然如此，但是與想像中的狀況不同」的意思的句子。　● 参考書 70 頁

⑩ 「〜ともあろうものが」表示「特別立場、受尊敬的人，但是卻做了〜」。
● 参考書 64 頁

何点だったかな？　自信がついたら、ユニット４にチャレンジ！

Unit 4　解答・解説

STEP 1　解答

TEST1　①だまし　②思い出す　③言わない　④する　⑤ある
⑥学生　⑦健康で　⑧行く　⑨大変で　⑩見て

TEST2　①を　②を　③で　④に　⑤と　⑥で　⑦を　⑧と　⑨の　⑩に

TEST3　①ことなしに　②だに　③いかないまでも　④いえども　⑤いかんによらず
⑥もってしても　⑦たりとも　⑧すら　⑨おいて　⑩こそ

TEST4　①なくしては　②あっての　③ですら　④をもってすれば　⑤といえども
⑥たりとも　⑦いかんによらず　⑧をおいて　⑨のみならず　⑩いかんでは

STEP 2　解答 & 解説

TEST1　① 2　② 3　③ 1　④ 3　⑤ 1　⑥ 4　⑦ 1　⑧ 3　⑨ 2　⑩ 4

① 接續「1日」之類的少的數字，以表示強調。句尾接否定　● 参考書 100 頁

② 以「Aがあればこそ B」表示「強調B的理由是A（不是其他的）」。
● 参考書 95 頁

③ 如果沒有～的話，就不會有良好的結果。　● 参考書 105 頁

④ 利用「AをおいてBない」表示「只有A，不考慮除了A以外的～」。
● 参考書 112 頁

⑤ 「～いかん」是「依～，結果會有所改變」的意思的拘謹表現。　● 参考書 114 頁

⑥ 同「自然が残っているけれども……」。　● 参考書 116 頁

⑦ 「還不到那樣的程度，但是接近」的意思。　● 参考書 110 頁

⑧ 要選擇「不是別人，而是特別的人拜託的話，要怎麼做」的選項。
● 参考書 109 頁

⑨ 「光是聽到聲音就覺得討厭」的表現。　● 参考書 99 頁

⑩ 利用「Aてこそ B」表示「做了A後，才首次～」　● 参考書 94 頁

何点だったかな？　ポイントを把握できたら、ユニット5にチャレンジ！

Unit 5　解答・解説

STEP 1　解答

TEST1　①やり直せ　②ケータイ　③合格する　④行く　⑤したの

⑥守らん　⑦新人の　⑧結婚しよう　⑨言わん　⑩シーズン

TEST2　①も　②にも　③と・と　④で　⑤に　⑥に　⑦と　⑧は　⑨に　⑩と

TEST3　①ばかりに　②にもまして　③にとどまらず　④だの・だの　⑤んがために

⑥なり　⑦べく　⑧こととて　⑨ゆえに　⑩といい・といい

TEST4　①とあって　②べく　③とばかりに　④であれ　⑤にもまして

⑥といわず・といわず　⑦もさることながら　⑧はおろか　⑨こととて　⑩がために

STEP 2　解答 & 解説

TEST1　① 2　② 4　③ 4　④ 2　⑤ 3　⑥ 2　⑦ 2　⑧ 3　⑨ 2　⑩ 4

① 「ＡであれＢ」表示「即使是Ａ也沒用，還是要看Ｂ如何」的意思。
● 參考書 126 頁

② 列舉電話、E mail 等手段方法。 ● 參考書 127 頁

③ 表示「正因為是～理由」的拘謹表現。 ● 參考書 133 頁

④ 「～んがため」表示「為了～遠大目的而努力」的意思。 ● 參考書 137 頁

⑤ 「ＡにひきかえＢ」表示「Ａ與Ｂ是正相反」。 ● 參考書 141 頁

⑥ 「ＡはおろかＢも」表示「Ａ當然是，Ｂ也是～」的強調表現。 ● 參考書 143 頁

⑦ 要選「實際上不是如此，但是宛如～一般」的內容。「水、油」是指性質完全不同，所以不合。 ● 參考書 136 頁

⑧ 後面會接上「何年か日本(にほん)に住んでいたので当然～だ」意思的句子。
● 參考書 131 頁

⑨ 不管是否被招待，結果是相同的。 ● 參考書 125 頁

⑩ 「ＡだのＢだの」表示「列舉沒有什麼大不了的、評價低的事物」
● 參考書 120 頁

何点だったかな？　間違えたところを確認したら、ユニット６にチャレンジ！

Unit 6　解答・解説

STEP 1　解答

TEST1　①危険　②せず　③願って　④怒り　⑤捕まる
⑥送った　⑦想像　⑧会おう　⑨助けない　⑩べからず

TEST2　①の　②を　③に　④には　⑤と　⑥を　⑦で　⑧の　⑨を　⑩には

TEST3　①までだ　②やまない　③ないものでもない　④かぎり　⑤べからず
⑥された　⑦極まりない　⑧べからざる　⑨しまつだ　⑩すまない

TEST4　①を余儀なくされた　②までだ　③ずにはおかない　④にはあたらない
⑤しようにもできない　⑥ったらない　⑦かぎりだ　⑧の極み
⑨ないではすまない　⑩それまでだ

STEP 2　解答 & 解説

TEST1　① 3　② 2　③ 4　④ 3　⑤ 1　⑥ 1　⑦ 2　⑧ 3　⑨ 2　⑩ 2

① 「感極まって」是「とても感激して」的意思的慣用表現。　● 參考書 147 頁
② 表示無法壓抑湧起的感情的意思。　● 參考書 155 頁
③ 「不難、容易做到～」的表現。　● 參考書 159 頁
④ 看起來似乎是疑問句，但其實是「（不是其他的）就是那個！」的果斷表現。
● 參考書 165 頁
⑤ 「違反自己的意願，據情況不得不～」的意思。　● 參考書 173 頁
⑥ 「該可能性不是沒有」的意思的表現。　● 參考書 166 頁
⑦ 「經歷許多事之後，變成如此不好的結果」的意思的句子。　● 參考書 158 頁
⑧ 「～までのことだ」表示「之後就只剩做～」的意思。　● 參考書 161 頁
⑨ 「～ったらない」是表達不滿的口語表現。　● 參考書 170 頁
⑩ 「依照情況，不做～的話，就無法了結」。　● 參考書 153 頁

何点だったかな？　ユニット7　からは、覚えておいてほしい
表現がいろいろ！

Unit 7　解答・解説

STEP 1　解答

TEST1　①忘れる　②数えた　③大切　④帰れ　⑤来る
⑥たたかれた　⑦する　⑧せず　⑨書いた　⑩言え

TEST2　①かと　②で　③の　④と　⑤も　⑥に　⑦か　⑧か　⑨こと　⑩こと

TEST3　①でも　②じまいだ　③ところ　④てっきり　⑤ぐらい
⑥ことはないにしても　⑦ことにした　⑧拍子に　⑨つもりだ　⑩一概に

TEST4　①ぐらいなら　②かというと　③つもりだった　④てでも　⑤ことだし
⑥さぞ　⑦ずじまい　⑧いかに　⑨いざ　⑩さすがの

STEP 2　解答 & 解説

TEST1　①4　②1　③4　④4　⑤3　⑥2　⑦1　⑧2　⑨2　⑩3

① 「ＡことだしＢ」表示「在Ａ的條件下，做Ｂ是最合適的」。　● 參考書 184 頁

② 「〜たら〜たで」接「如此的話，還有別的方法（所以沒關係）」的意思的句子。
● 參考書 196 頁

③ 要選「跟預想及結果不同」的意思的「〜かというと」　● 參考書 181 頁

④ 「雖然危險但是沒關係」的意思的表現。前面接的動詞是辭書形。
● 參考書 176 頁

⑤ 「一概に」的句尾會接上否定表現，表示「也會有例外」的意思。
● 參考書 180 頁

⑥ 「辞書形＋ことはないにしても」表示「雖然其可能性少，但是〜」。
● 參考書 185 頁

⑦ 要選「朋友回來的可能性少」的選項。　● 參考書 191 頁

⑧ 「ＡぐらいならＢ」表示「雖然Ａ或Ｂ都不是好的選項，但是其中的Ａ萬萬不可」。　● 參考書 182 頁

⑨ 了解到「自己的認知與事實不同」的時候的表現。　● 參考書 193 頁

⑩ 「た形＋ことにした」表示「異於真相的事物，卻宛如事實地顯現予人。」
● 參考書 192 頁

何点だったかな？　ユニット８ではレベルアップのための会話表現を強化！

Unit 8　解答・解説

STEP 1　解答

TEST1　①食べよう　②なる　③戻り　④びっくりした　⑤感謝し
⑥責めて　⑦起きない　⑧それは　⑨女性　⑩中退して

TEST2　①と　②でも　③に　④くちゃ　⑤に　⑥と　⑦と　⑧じゃ　⑨の　⑩に

TEST3　①なんの　②むしろ　③きれない　④みられる　⑤みせる
⑥越したことはない　⑦まで　⑧始まらない　⑨何よりだ　⑩限らない

TEST4　①とも限らない　②てみせる　③のなんの　④ではかなわない
⑤手前　⑥に限ったことではない　⑦きれるものではない
⑧ても差し支えない　⑨で何よりだ　⑩ときまって

STEP 2　解答 & 解説

TEST1　① 4　② 1　③ 2　④ 3　⑤ 4　⑥ 3　⑦ 4　⑧ 4　⑨ 3　⑩ 2

① 「～とみられる」表示「可以那麼考慮、判斷」的意思。　● 參考書 216 頁

② 「て形＋みせる」表示「目前尚未實現，但是之後將以此為目標，努力達成」的意志表示。　● 參考書 208 頁

③ 「A ては B」表示「重複該動作」的意思。「食っちゃ寝」是慣用表現，表示「什麼都不做，閒晃」　● 參考書 203 頁

④ 「A ときまって B」表示「A 的時候必定發生 B」的意思的句子。「雨男」表示「只要與那人有關，就必定會下雨」。「雨女」、「晴れ男」、「晴れ女」是類似的表現。　● 參考書 215 頁

⑤ 「～てまで」表示使用不太好的手段達成目標的意思。會接上具否定意味的句尾。　● 參考書 207 頁

⑥ 「A に言わせれば」表示「敘述 A 獨自的意見或主張」。如果 A 本身是說話人的話，也常用「言わせてもらえ（れ）ば」來表現。　● 參考書 220 頁

⑦ 「～に越したことはない」表示「那是理想的」。　● 參考書 222 頁

⑧ 「～ないとも限らない」表示該可能性並非完全沒有。　● 參考書 217 頁

⑨ 「差し支えなければ」表示考慮對方的立場、情況下，拜託對方。　● 參考書 210 頁

⑩ 「～きれるものはない」表示「要徹底地做～，是困難的」，「おすそ分け」是將自己收到的東西分贈給別人的意思。　● 參考書 211 頁

何点だったかな？　さあ、最後のユニット９で仕上げをしよう！

Unit 9 解答・解説

STEP 1 解答

TEST1 ①受かった ②させる ③嫌う ④食べられる ⑤望む
⑥あげれ ⑦言われる ⑧休まれ ⑨ご用意 ⑩連絡させて

TEST2 ①を ②と ③のも ④も ⑤が ⑥も ⑦が ⑧との ⑨に ⑩と

TEST3 ①ものだ ②ご連絡します ③ものとして ④よし ⑤べく
⑥申し上げます ⑦なれます ⑧ちょうだい ⑨貴 ⑩きり

TEST4 ①を経て ②よし ③まいとして ④のももっともだ ⑤ほうがましだ
⑥べくもない ⑦ままに ⑧ばきりがない ⑨ものとして ⑩ものだ

STEP 2 解答 & 解説

TEST1 ① 2 ② 2 ③ 1 ④ 4 ⑤ 2 ⑥ 3 ⑦ 4 ⑧ 4 ⑨ 3 ⑩ 4

① 被動形的確認。因為是針對「私」，所以要選「招く」的被動形。
● 參考書 238 頁

② 是表示自己公司的謙讓表現，所以選「弊社」。「貴社」、「御社」是尊敬表現。
● 參考書 244 頁

③ 「待つ」的使役被動形。「1グループ」的動詞有「待たされる」及「待たせられる」兩種形態。 ● 參考書 240 頁

④ 其他還有「ご遠慮なく」，也是很常使用。 ● 參考書 242 頁

⑤ 下指示的是我，幫忙的是女兒，所以「手伝う」的使役形是正確答案。
● 參考書 239 頁

⑥ 「使役形＋せていただく」表示「取得許可」等意思的謙讓表現。在商業場合經常使用。 ● 參考書 247 頁

⑦ 「渡す」的被動形。「音痴」是音感差，唱歌不好聽的意思；「方向音痴」則是方向感有問題，容易迷路的意思。 ● 參考書 238 頁

⑧ 「あります」的尊敬語是「おありです」。如果是「ございます」的話，則變成謙讓語。 ● 參考書 243 頁

⑨ 「いただけますか」的另一種表現。 ● 參考書 248 頁

⑩ 提供服務的是店方，所以要選謙讓表現。 ● 參考書 247 頁

何点だったかな？ これでユニット1から9まで一通りマスター！

ここからは、3回分の模擬問題でN1文法の総仕上げをしよう！

模擬テストⅠ・Ⅱ・Ⅲ 解答・解説

模擬テストⅠ

問題 1

1 2 「～を機に」表示「因為某契機，而開始～、產生變化」的意思。「スローライフ」指的是不同於都會快速步調的生活，在鄉下或大自然悠然生活的方式。
● 參考書 32 頁

2 4 「～ながら（も）」表示「～だけれども、～のに」的意思。「口が堅い」是不會向他人多說嘴、洩漏秘密的意思。「あの人は口が堅い」指的是該人物是值得信賴的意味。相反的，輕易將別人的秘密說出口則是「口が軽い」。 ● 參考書 47 頁

3 1 「AとあってB」表示因為具備A這個特別條件，所以可以接受B的狀態。「師走」是 12 月的陰曆的說法。1 ～ 12 月都有陰曆的稱呼，但是即使是使用陽曆的現在，還是很常使用「師走」。 ● 參考書 131 頁

4 3 「～極まりない」表示「非常～」的情緒化表現。「～極まる」也是一樣的意思，但是「極まりない」比較常用。 ● 參考書 147 頁

5 4 「～させられる」是使役被動形，表示「違反自己的意思，不得不做～」的意思。「大の苦手」是非常不擅長的意思。「あせる」是指因為發生意料之外的事而慌張的意思。● 參考書 240 頁

6 2 「動詞のた形＋ところで～」表示「做了～也無益、沒意義」的否定口氣。「空気が読めない」是指不能察覺當場的狀況、人的心情等等。 ● 參考書 68 頁

7 1 「～ないものでもない」表示可能性不是零的意思。「幹事」是籌劃主辦聚餐、旅行等等活動的人 ● 參考書 166 頁

8 3 「～といったらない」表達說話者「非常～」的不滿、批判口氣。「マイペース」是指不配合他人，按自己的做法、步調進行某事，或是指這種性格。
● 參考書 170 頁

9 2 「（さ）せていただく」是徵求對方的許可、說明自己的行動的謙讓表現。「御社」、「貴社」都不是針對自己，而是針對對方公司的敬語表現。
● 參考書 247 頁

10 3 「～ないとも限らない」表示有其可能性。（所以最好注意！）
● 參考書 217 頁

問題 2

1 3（4→1→3→2）

「～にかかわる」表示「與～有關」。「スキャンダル」是指影響社會的不好事件。在這題中，「政治家としての命が終わる＝政治家をやめなければいけない」的嚴重問題的意思。 ● 參考書 51 頁

2 2（3→4→2→1）

「～たりとも」表示即使是少的，也不行的意思。可以接上少的金額或時間。「気を抜く」指忘了緊張感、不注意的負面內容。 ● 參考書 100 頁

3 1（3→2→1→4）

「～にたえない」表示「太過悽慘而不能～」的意思。「見るにたえない」之外，「聞くにたえない」也很常使用。 ● 參考書 82 頁

4 2（3→1→2→4）

「AともなるとB」表示在「A的特別條件下，會是B」的意思。B是「與一般情況不同、這樣也是有可能」的內容。 ● 參考書 65 頁

5 1（3→2→1→4）

「～をおいて他に（は）ない」強調「それだけ、その人だけであること」的慣用表現。 ● 參考書 112 頁

6 3（2→4→3→1）

「Aに即してB」表示「按照A去進行B」的意思。A可以是法律、規則等等。
● 參考書 52 頁

7 4（3→2→4→1）

「Aっぱなし」的A是他動詞時，表示「就那樣置之不理」的負面意思。A是自動詞時，表示「某狀態持續下去」的意思。 ● 參考書 44 頁

8 2（1→3→2→4）

「AにしてB」表示A不是通常的狀態下，得到B的結果。 ● 參考書 71 頁

9 1（2→3→1→4）

「ただ～のみならず」表示「不僅是只有那個，還有其他的」的表現。
● 參考書 104 頁

10 4（1→3→4→2）

「～しまつだ」表示發生許多事後，產生不好的結果的意思。 ● 參考書 158 頁

問題 3

1 3 「依頼もあれば」強調「還有其他的」的表現。 ⬢ N 2 文法

2 3 b 的前面因為有「身内」、「友人」等表示人的詞，所以 b 也要填入表示人的答案。「お馴染みさん」是熟識的人、親近的人的意思。「電波系の人」是指有妄想癖的人。

3 3 「セールスマンじゃあるまいし～」指「如果是セールスマン的話，還可以理解，但是因為不是，所以～」。 ⬢ 參考書 74 頁

4 4 「声からすると」表示從聲音來推測的話的意思。 ⬢ N 2 文法

5 1 「なれるものではない」表示「なれない」是一般的情況的意思。 ⬢ N 2 文法

模擬テストⅡ

問題 1

1 2 「A をよそに B」表示「（本來最好考慮～）但是無視 A、不考慮 A 而做 B」的意思。句子是負面的內容。「A をものともせず B」的話，則是指「無畏 A 困難的情況下去做 B」的正面內容。「猛反対」是指強烈反對的意思。 ⬢ 參考書 56 頁

2 4 「A そばから B」指「在 A 後重複多次做 B」的意思。不會用在一次性的狀況。「そばから」的前面接動詞的辭書形、た形。 ⬢ 參考書 17 ページ

3 2 「～きらいがある」表示有～的傾向的意思。不好的事情居多。「まったく！」用來表示說話者對他人震驚的心情或是批判等等。 ⬢ 參考書 38 頁

4 3 「A あっての B」表示「有 A 才會有 B，沒有 A 的話就沒有 B」的意思。「気が利く」是指「不僅是指自己的事，也會周到地考慮到周圍的～」的意思。 ⬢ 參考書 108 頁

5 2 「～を余儀なくされる」表示「不管自己意願如何，目前正處於嚴峻的狀況」的意思。「～を余儀なくさせる」表示「因為自己的原因而造成他人陷入嚴峻狀況」的意思。 ⬢ 參考書 173 頁

6 3 「～（よ）うにも～ない」表示「即使想做，也因為某理由而不能做」的意思的句子。「～にも」前面的動詞是意向形。「ドクターストップ」指的是因為健康上的理由，被醫師禁喝酒、抽菸、運動等等。 ⬢ 參考書 164 頁

7 4 「～（よ）うが～まいが」、「～（よ）うと～まいと」表示「即使在相對的情況下，結果也是一樣的」的意思。題目中指的「不能將打工做為上學遲到的理由」的意思。 ● 參考書 125 頁

8 1 「～といったところだ」、「～というところだ」表示「大致那樣的程度（沒什麼大不了）」的意思。 ● 參考書 80 頁

9 2 「～をちょうだいする」表示「從對方得到～」的謙讓表現。選項中的 4 是「いただいても」的話，也是正確答案。「パンツ」有褲子、內褲這兩種意思。「別途」是「除此之外，另外加上」的意思。 ● 參考書 248 頁

10 4 「～じゃあるまいし」表示「如果是～的話還可以理解，但是實際上並非如此」。「A なり B なり」表示列舉手段方式的表現。 ● 參考書 74 頁

問題 2

1 2（3→4→2→1）

「～ならでは」表示擁有與其他人不同的個性，是正面的。「無難」表示尋常、沒有問題，如「面接には黒のスーツが無難だ」這般使用。 ● 參考書 76 頁

2 4（2→1→4→3）

「～ばこそ」表示強調理由。「働きづめ」表示毫無休息地工作。 ● 參考書 95 頁

3 1（2→4→1→3）

「～をもってすれば」表示「如果使用～的話，不會有不好的結果」。「～をもってしても」是「即使使用～，也不會有好的結果」。兩者是相反的內容。就找工作而言，「氷河期」是指因為不景氣徵人機會減少，無法定出內定職缺的嚴峻情況。
● 參考書 117 頁

4 1（2→3→1→4）

「A としたって B」、「A としたところで B」表示「即使是從 A 的狀況、立場來考慮，仍是 B」的意思。 ● 參考書 69 頁

5 1（2→4→1→3）

「～までだ」、「～までのことだ」表示「之後就只剩下做～了」的意思。「割り切って」表示「不在意細微的事物，果決地應對」的意思。 ● 參考書 161 頁

6 3（4→2→3→1）

「A でなくてなんだろう」表示「除了 A 之外，別無其他」。是「強調就是 A」的強調表現方式。 ● 參考書 165 頁

7 1（2→4→1→3）

「～（の）ことと て」表示「因為～的狀況、理由」的拘謹表現。「着付け教室」是教授日本和服穿著方式的教室。 ● 參考書 130 頁

8 2（1→3→2→4）

「～（の）いかんにかかわらず」表示「不管那個如何，都沒有關係，結果是相同的」 ● 參考書 115 頁

9 4（3→1→4→2）

「～ずくめ」是「～很多，持續～」的表現。「異例」是非常少見的意思。

● 參考書 39 頁

10 1（3→2→1→4）

「～かぎりだ」表示「非常～」。 ● 參考書 146 頁

問題 3

1 3 「指摘するまでもない」表示「即使不指出來，大家也都知道」的意思。

● 參考書 111 頁

2 2 從整句及後面的句子內容來看，要選逆接的接續詞。

3 2 自然會那麼想的語感，所以要選「思えてならない」。 ● Ｎ２文法

4 1 「離れるや」、「ただちに」表示「一離開就馬上～」。 ● 參考書 19 頁

5 2 要考慮「人們使用的是哪一個」。

解答・解說

模擬テストⅢ

問題 1

1 3 「Ａ（か）と思いきやＢ」表示「以為是Ａ，結果與料想的不同，是Ｂ」。「ケアレスミス」的意思是：本來加以預防就可以避免的事，但是因為不注意而引起的錯誤。 ● 參考書 63 頁

2 2 「～ないまでも」表示「即使不是那種極端的程度，也是與其接近的」。「オーラ」是「那個人特有的氣質」。 ● 參考書 110 頁

3 4 「～ものを」表示說話者對他人的不滿。請參照N 2 文法的「～ものか」、「～ものの」。 参考書 89 頁

4 3 「～てまで」表示「即使採取非一般的手段，也一定要做～」的意思，句末常接上「～たくない」之類的否定表現。「～ても」的話，句末則是接上「～たい」之類的肯定用法比較多。 参考書 207 頁

5 1 「～にひきかえ」表示「與～比起來，完全不同」的句子。 参考書 141 頁

6 3 「～なくして（は）」表示「如果不如此的話，會產生不好的狀況」。「～はもとより」表示「～是理所當然的，其他的也是～」。 N 2 文法。 参考書 105 頁

7 2 「～かというと～ない」表示「並非全如一般所想的，也會有例外」的意思。「海外志向」是指對外國抱有強烈的關心、非常關注。 参考書 181 頁

8 2 「AとBが相まって」或是「AはBと相まって」表示「同時具有A與B條件，而產生～效果」的意思。「相まった」後面要接名詞。「チェーン店」指的不是一般的店，而是集團的連鎖店。 参考書 50 頁

9 1 「～願います」是「請求顧客等等人物，做～」的敬語表現。「容赦」原來是「不責備他人的過失」的意思。「売り切れの際はご容赦願います」則是「如果賣完了的話，敬請原諒」的意思。也就是說「賣完了的話，真不好意思」的語氣。 参考書 242 頁

10 2 「～ないではすまない」表示「按情況來看，如果不～的話，事情就不會結束、解決」的意思。「～ないではおかない」表示說話者「一定要做～」的強烈意願。「まずい」是「該狀況不佳、事情不妙」的意思。 参考書 153 頁

問題 2

1 3（4 → 1 → 3 → 2）

「Aと言わんばかりにB」表示「實際上並沒說，但是宛如就是說出A而產生B」。「もたもた（する）」是「不了解做法，因而花了很長的時間」。 参考書 136 頁

2 1（4 → 2 → 1 → 3）

「～ともなしに」表示「並非特意如此，但是無意中做了之後得到意外的結果」的意思。「見るともなしに」、「聞くともなしに」等等經常出現。 参考書 54 頁

3 2（3→4→2→1）

「～とは」表示說話者的意外、驚訝。後面有時會接上句子，但是大部分的情況是「～とは。」結束。 ● 參考書 87 頁

4 3（4→1→3→2）

「～まじき」表示「絕對不被允許、絕對不可以做」的強烈表現。 ● 參考書 88 頁

5 1（4→2→1→3）

「～ゆえ」表示原因、理由等等的拘謹表現。「若さゆえ」表示「因為年輕，（即使做了～）也是沒辦法、也是會被原諒」。 ● 參考書 133 頁

6 3（2→1→3→4）

「～んがために」表示「為了～目的」的強烈意願。 ● 參考書 137 頁

7 1（4→3→1→2）

「～ばそれまでだ」表示「演變成～狀況的話，就無法可施了、就完了」的意思。 ● 參考書 160 頁

8 4（2→3→4→1）

「～たが最後」表示「做了～後，導致壞的結果」 ● 參考書 34 頁

9 1（2→4→1→3）

「～のごとく」表示「具體說明某樣子」。「リアル」是常用的字彙，表示「宛如～、如同真的」。 ● 參考書 59 頁

10 2（1→4→2→3）

「Aに至ってもB」表示「即使是A的狀況下B」 ● 參考書 28 頁

問題 3

1 2 「聞くにつけ」表示「一聽到～，就總是抱持同樣的心情」。 ● N2文法

2 4 就其前後文中「絕對不允許」的意思來說，要選「許すべからざる」。 ● 參考書 171 頁

3 1 就「不同的人說一樣的內容」的意思來說，要選「口をそろえて」。「口がうまい」表示「說表面的話，讓人心情愉悅」的意思。「口をすべらす」表示「不小心說出秘密等等」。「口をすっぱくする」表示「對他人一直反覆說同樣的事」。

4 3 要由「秘める」、「出す」等等來推斷答案。

5 4 「想像にかたくない」表示「不難想像→可以容易想像」。 ● 參考書 159 頁

解答・解說